DIE WEISHEIT DES WAHNSINNS

MINISTERIUM DER KURIOSITÄTEN, BAND #10

C.J. ARCHER

Übersetzt von
ANNETTE SPRATTE

WWW.CJARCHER.COM

Die Weisheit des Wahnsinns, Ministerium der Kuriositäten, Band 10

Originaltitel: The Wisdom of Madness © 2017 C.J. Archer

Aus dem Englischen übersetzt von Annette Spratte
© 2024

KAPITEL 1

SETH

Seth beobachtete, wie Charlie und Lincoln leise miteinander sprachen, im Hinterkopf die vage Erinnerung, dass er einmal halb in Charlie verliebt gewesen war.

Vielleicht nicht verliebt. Nicht wirklich. Jedenfalls nicht die tiefe Liebe, die ein Ehemann für seine Frau empfindet—oder empfinden sollte—und ganz sicher nicht die tiefe Liebe, die Lincoln und Charlie füreinander empfanden. Sie dachten ähnlich, beendeten die Sätze füreinander und kannten sich gegenseitig besser, als sie sich selbst kannten.

Es war erstaunlich, dass jemand einen kalten, kalkulierenden Mann wie Lincoln lieben konnte. Und noch wundersamer war es, dass Lincoln diese Liebe erwiderte. Sie alle hatten gedacht, er sei völlig gefühlskalt. Bevor Charlie in Lichfield Towers eingezogen war, hatten Seth, der Koch und Gus gewitzelt, dass Lincoln im Labor eines verrückten Wissenschaftlers kreiert worden war.

Wie falsch sie gelegen hatten.

Nein, Seth war nie wirklich in Charlie verliebt gewesen, aber er verehrte sie. Sie hatte einmal gesagt, ihre Beziehung wäre die eines Bruders zu seiner Schwester, aber seiner Erfahrung nach zankten Geschwister. Er und Charlie stritten selten. Lieblingscousine? Nein, das passte auch nicht. Er liebte Charlie wie … wie ein Mann, der die Scherben aufsammelte, wenn ihr

Ehemann starb. Wie ein Mann, der wusste, dass sie nicht die Liebe seines Lebens, seine Seelenverwandte war, aber der sie auch nicht leiden sehen wollte. Da. Das beschrieb ihre Beziehung perfekt und sogar recht poetisch, wenn er es so sagen durfte.

Er legte seine Füße in den Stiefeln auf einen Schemel, verschränkte die Hände über seinem Bauch und beobachtete, wie seine beiden guten Freunde sich verschmitzt zulächelten. Es gab ihm einen Stich in die Eingeweide. Niemand hatte ihn je so angesehen und manchmal fragte er sich, ob es jemals jemand tun würde.

Gedanken an Alice drohten sich zu erheben, aber er schlug sie nieder. Es war sinnlos, über sie nachzudenken. Sie war schlichtweg nicht an ihm interessiert. Mehr war dazu nicht zu sagen. Wenn sie sich nicht ständig über den Weg laufen würden, würde Seth bald das Interesse verlieren, dessen war er sich sicher. Wenn sie nicht dauernd anwesend wäre. Schließlich war er ein sprunghafter Liebhaber, der seine Liebschaften selten länger als einige Monate behielt. Sobald Alice aus Lichfield auszog, würde alles wieder gut sein. Er könnte sich eine einsame Witwe oder gelangweilte Gouvernante suchen, eine ältere Frau, aber nicht zu alt. Eine, die die Aufmerksamkeiten eines jüngeren Mannes zu schätzen wusste. Nicht eine wie Alice mit ihrem bissigen Verstand, ihrer feurigen Intelligenz und formidablen Eleganz.

Eine, die seine Vergangenheit nicht schockieren würde.

Seths Mutter betrat den Salon, als ob sie die Hausherrin wäre. Es war ein Zeugnis von Charlies Gutmütigkeit, dass sie sich mit der unbezähmbaren Lady Vickers abgab. Seth Mutter konnte anstrengend sein, um es freundlich auszudrücken.

Sie schnalzte mit der Zunge und scheuchte seine Füße vom Schemel, damit sie vorbeigehen konnte.

„Du hättest auch drumherum gehen können, Mutter", sagte er.

„Deine Stiefel sind dreckig. Charlie möchte keinen Schmutz auf ihrem Samtschemel." Sie sank auf das Sofa und betrachtete ihn.

„Das entscheidet Charlie, nicht du."

Sie seufzte. „Seth, warum bist du in letzter Zeit so übellaunig?"

„Bin ich nicht."

„Doch, bist du. Dir passt nichts, was ich tue oder sage, ganz abgesehen davon, dass du durchs Haus schleichst wie ein gelangweilter Schuljunge. Du bist tatsächlich schlimmer als damals während der Schulferien. Da hast du wenigstens den ganzen Tag im Stall verbracht oder warst ausreiten."

„Ich würde auch jetzt liebend gern den ganzen Tag im Stall verbringen, aber scheinbar ist das keine passende Beschäftigung für einen Gentleman."

„Nicht die körperliche Arbeit, nein", gab sie zu. „Allerdings kannst du immer noch reiten gehen." Sie schaute zur Uhr auf dem Kaminsims. „Du hast noch ein paar Stunden, ehe du dich fürs Dinner umziehen musst. Du hast doch nicht vergessen, dass du heute mit mir bei den Beecrofts dinierst, oder?"

Er stützte seine Ellenbogen auf die Knie und vergrub seine Finger in seinen Haaren. „Muss ich da hin?"

„Ja! Lizzie Beecroft ist ganz wild darauf, dich wiederzusehen. Jedenfalls behauptet das ihre Mutter."

„Lizzie Beecroft kann mir noch nicht einmal in die Augen sehen. Und wenn sie redet, dann nur über Pferde. Nichts als Pferde."

„Du magst Pferde", mischte Charlie sich vom anderen Ende des Raumes ein.

„Sie weiß, dass *du* sie magst, Seth, mein Lieber", sagte seine Mutter. „Sie versucht, deine Aufmerksamkeit zu erregen, indem sie über *deine* Interessen spricht. Ehrlich, ich dachte, du verstehst Frauen."

„Manche Frauen", murmelte er und schob wieder Gedanken an Alice zur Seite. Er runzelte die Stirn. „Und wieso glaubst du, dass ich Frauen verstehe?" Soweit er sich erinnern konnte, hatte er seine Verflossenen selten seiner Mutter gegenüber erwähnt. Sie wusste natürlich von Julia und einer Handvoll anderer, aber nicht von allen. Nicht einmal annähernd.

Seine Mutter wich seinem Blick aus. „Ich höre Dinge."

Was hatte sie gehört? Wie viel wusste sie? Wollte er die Antworten erfahren?

„Du solltest gehen, Seth", sagte Charlie schnell. Sie glaubte zweifelsohne, dass er der Rettung bedurfte, die treue Seele. „Du warst seit der Hochzeit viel zu lange in Lichfield eingepfercht und verdienst einen vergnüglichen Abend anderswo."

Das war das Problem—es würde nicht vergnüglich werden. Früher einmal hätte er sich auf ein Dinner bei den Beecrofts gefreut—oder bei jedem beliebigen anderen—aber jetzt empfand er es als lästige Pflicht. Jetzt fand er die Mädchen albern oder langweilig und konnte sich einfach nicht aufraffen, mit ihnen zu flirten. Was war nur mit ihm los? Warum konnte er nicht mehr tun, was er früher getan hatte, und einen Abend mit hübschen Mädchen genießen? Die Schüchternen hätte er geneckt und mit den Forscheren angebandelt.

Seit der Hochzeit vor einer Woche hatte sich etwas verändert. Vielleicht lag es daran, dass er Charlie und Lincoln so glücklich zusammen sah. Oder es war die Ruhe nach dem Chaos, das bis zu diesem Tag geherrscht hatte. Lincoln war verhaftet worden, Swinburn hatte versucht, das Ministerium zu zerstören, und die Armee der Herzkönigin war gekommen, um Alice zu holen. Auch wenn er froh war, dass all das vorüber war, musste er zugeben, dass die Tage danach öde gewesen waren. Gus' Großtante und die Waisenkinder zu besuchen, genügte einfach nicht. Er brauchte mehr, wusste aber nicht, was. Ein Dinner bei den Beecrofts war es jedenfalls nicht.

Er flehte seine Mutter an. „Wir waren erst vor drei Tagen bei den Beecrofts zum Dinner. Muss ich da schon wieder hin?"

„Ja."

„Warum? Denn ich werde Lizzie Beecroft nicht heiraten."

„Möglicherweise doch, wenn du dich etwas bemühen würdest, sie kennenzulernen. Sie ist ziemlich hübsch, wenn sie mal von ihrem Schoß hochschaut."

„Ich brauche mehr als eine ziemlich hübsche Frau für die Ehe." Sogar bei seinen Liebschaften. Schön, aber langweilig hatte ihn noch nie gereizt.

Seine Mutter war jedoch noch nicht bereit, den sehr schmackhaften Bissen einer Beecroft Braut aufzugeben. Es war zwar keine wohlhabende Familie, aber sie waren angesehen und respektabel, etwas, wonach seine Mutter sich sehnte, und um ganz ehrlich zu sein, was der Name Vickers dringend brauchte. Seths Vater hatte den Felsbrocken den Hügel der Schande hinuntergestoßen und Seth hatte ihn nur durch sehr dubiose Mittel aufgehalten. Ihn den Hügel wieder hinaufzurollen, erwies sich jedoch sowohl für Seth als auch für seine Mutter als Ding der Unmöglichkeit. Sie mussten sich an eine Familie wie die Beecrofts hängen, um den letzten Anstieg zu schaffen. Das Problem war nur, dass es ihm ziemlich egal war.

„Lizzie ist demütig, vernünftig und wohlerzogen", fuhr Lady Vickers fort.

Er konnte sich ein Grinsen nicht verkneifen. „Zum Glück musstest du nie eine Tochter verheiraten. Du bist nicht sehr gut darin, einem Kerl die Qualitäten eines Mädchens schmackhaft zu machen."

„Lizzie würde die perfekte Ehefrau abgeben."

„Nicht für jemanden wie mich. Ich brauche eher eine wie Charlie."

„Ist das so?", erwiderte Lincoln und klang dabei, als wollte er Seth die Nase einschlagen.

„Nicht wie Charlie", sagte Seth, ehe er unter Lincolns Blick zu einem Eisblock gefror. „Ganz gewiss nicht wie sie. Überhaupt nicht."

„Jemand wie Alice", fügte Charlie hinzu, deren Augen frech aufblitzten. Sie pflückte den verschlafenen Beagle vom Teppich neben ihren Füßen und legte ihn sich auf den Schoß. Lincolns Blick enteiste, während er jeder ihrer Bewegungen folgte.

„Alice ist ein nettes Mädchen", sagte Seths Mutter, „aber sie ist nichts für Seth und das weiß er."

„Sie erinnern sich aber schon daran, dass sie eine Prinzessin ist?", fragte Charlie.

Seine Mutter zog sich einen ihrer schwarzen Handschuhe aus. „Nicht hier."

„Wäre es anders, wenn sie nicht im Exil wäre?"

„Soll ich meinen Seth ganz an eine andere Welt verlieren? Ich habe ihn schrecklich vermisst, als ich nach Amerika gegangen bin. Man stelle sich vor, wir wären getrennt von ..." Sie wedelte mit dem Handschuh. „Von mehr als einem Ozean? Das würde mir zu sehr zusetzen."

Seth öffnete den Mund, um zu protestieren, stellte aber fest, dass ihm nicht der Sinn danach stand. Er hatte keine Ahnung mehr, was er von Alice halten sollte. Vielleicht hatte seine Mutter recht. Oder sie lag vollkommen falsch. Er seufzte. Warum konnte er nicht mehr so sein wie früher? Das Leben und die Welt um sich herum genießen, gern Zuneigung geben und bekommen, dankbar dafür sein, wenn er es sich irgendwo gemütlich machen konnte, wenn er satt war? Eigentlich wie Gordon, der Welpe.

Himmel, war er noch vor wenigen Monaten so dermaßen unreif gewesen?

„Abgesehen davon", fuhr seine Mutter fort, „wissen die Beecrofts sehr wenig über ... Geschehnisse aus deiner Vergangenheit."

Seth spürte, wie ihm die Hitze den Hals hinaufkroch. Es schien, als wüsste seine Mutter mehr, als ihm lieb war. Alice Gott sei Dank nicht.

„Die Beecrofts kommen selten nach London", sagte seine Mutter. „Lady Beecroft hat ihre Tochter erst vorige Woche nach mehr als zwei Jahren Abwesenheit hergebracht und hatte noch keine Gelegenheit, den ganzen Tratsch zu hören. Du wärst schlau, wenn du dir das Mädchen schnappst, bevor sie etwas davon mitbekommt."

Seth folgte dem Gedanken von seiner zukünftigen, gesichtslosen Ehefrau, die von seiner Vergangenheit und all den anrüchigen Dingen erfuhr, die er damals sogar freiwillig getan hatte, um über die Runden zu kommen. Es war gar nicht so, dass er die Entscheidungen bereute, die er getroffen hatte. Er zog es nur vor, dass gewisse Leute nichts davon erfuhren. Vor allem die Frau nicht, die ihn bewundern und respektieren sollte, wer immer sie auch war.

Er stöhnte. „Hilf mir, Charlie."

Charlies Finger streichelten Gordons lange Ohren. „Lass mich da raus."

Seth schaute Lincoln an, dessen Augenwinkel sich verengten. Aus der Richtung konnte er auch keine Hilfe erwarten.

Charlie setzte den Welpen auf Lincolns Schoß und streckte Seths Mutter die Hand entgegen. „Warum schauen wir uns nicht zusammen das Menü für diese Woche an? Ich könnte Ihren Rat gebrauchen."

„Den brauchen Sie nicht", sagte seine Mutter. „Sie sind vollkommen in der Lage, ohne mich mit dem Koch zu reden, auch wenn ich ihn wegen einer anderen Sache gern sprechen würde."

Eine andere Sache? Oh Gott, was hatte sie vor? Erst der Lakai —der *zweite* Lakai—und jetzt der Koch. Der auch noch Seths Freund war. Musste sie ihr, ... was auch immer es war ... vor ihrem eigenen Sohn ausbreiten?

„Ich weiß, was Sie vorhaben, Charlie", sagte seine Mutter, „aber es wird nicht funktionieren. Ich lasse mich von meinem Vorhaben nicht abbringen. Seth, versprich mir, dass du heute Abend mit zum Dinner kommst."

Wenn er ein Versprechen gab und es dann nicht hielt, kam er dann in die Hölle? Gott sah doch sicher, dass es notwendig war.

„Ich muss weg", sagte Seth und erhob sich. „Ich erinnere mich, dass ich etwas Wichtiges erledigen muss."

Das Eintreten des Butlers Doyle rettete ihn vor dem scharfen Blick seiner Mutter. „Miss Eva Cornell und David Cornell", verkündete Doyle.

Seth setzte sich wieder. *Hierfür* würde er bleiben. Es war immer spaßig, Lincoln mit der Anwesenheit seiner Halbgeschwister kämpfen zu sehen.

Charlie, die immer die elegante Gastgeberin und Schwägerin war, begrüßte die beiden mit einem Küsschen. Selbst der ernste David erwiderte ihr Lächeln. Es welkte jedoch dahin, sobald er seinen älteren Halbbruder aufstehen sah, um sie zu begrüßen. Nicht einmal der junge Hund in Lincolns Armen konnte Davids Gesichtszüge erweichen.

„Fitzroy", sagte David.

„Cornell", sagte Lincoln.

Seth schüttelte betont Davids Hand und küsste Evas Wange. Dank der daraus resultierenden Nähe spürte er, wie sie sich anspannte. Es war die gleiche Reaktion, die sie immer bei seinem Anblick zeigte, jedoch hielt es zum Glück selten länger an. Sie schien nur einen Moment zu brauchen, um sich an seine Anwesenheit zu gewöhnen. Dieses Verhalten hatte er schon oft bei schüchternen Menschen beobachtet. Nur, dass Eva nicht schüchtern war.

„Was verschafft uns dieses Vergnügen?", fragte er und trat bewusst einen Schritt zurück, um ihr Raum zu geben.

David sah sich um. „Unsere Mutter ist nicht hier?"

„Nein", sagte Lincoln.

„Wir haben Leisl seit der Hochzeit nicht gesehen", fügte Charlie hinzu. „Warum dachtet ihr, sie wäre hier?"

„Sie hat uns eine Nachricht hinterlassen, in der sie uns bat, herzukommen."

„Mir, nicht *uns*", sagte Eva zu ihrem Bruder. „Sie hat die Nachricht an mich adressiert. Du solltest eigentlich arbeiten." Sie fragte Lincoln, ob sie den Welpen auf den Arm nehmen dürfe, und er reichte ihn ihr. Sie drückte ihn an ihre Brust und knuddelte ihn. Seth musste es dem Welpen lassen—er schaffte es besser als Seth selbst, Eva zum Entspannen zu bringen. „Wie habt ihr ihn genannt?"

„Gordon", sagte Charlie. „Nach Gordon Thackeray, einem Freund, er uns gelegentlich geholfen hat. Er ist jetzt fort, aber nicht vergessen."

„Wie nett." Eva lachte, als Gordon ihr das Kinn ableckte.

Seth konnte nicht anders, als sie anzulächeln. Sie hatte nicht nur ein strahlendes Lachen, er staunte auch immer noch darüber, wie ähnlich sie Lincoln sah mit ihren starken Wangenknochen und den dunklen Haaren und Augen. Lincoln lachte allerdings niemals so. Jedenfalls nicht in Seths Gegenwart.

„Wenn unsere Mutter nicht hier ist, wo ist sie dann?", fragte David, den die Schlappohren und großen braunen Augen des Welpen kalt ließen.

„Vielleicht hat sie beschlossen, erst etwas einkaufen zu gehen", sagte Seths Mutter.

„Sie geht nicht gern einkaufen."

„Möglicherweise ist es heute anders."

David sah aus, als wolle er protestieren, aber Eva kam ihm zuvor. „Sie hat sich auf jeden Fall in den letzten Wochen merkwürdig verhalten."

„In den letzten Tagen hat sie mehrmals versucht, dich hierher zu bewegen", ergänzte David. „Weißt du, warum?"

Eva kraulte Gordon hinter den Ohren und legte ihre Wange an seinen Kopf. „Nein."

„Wo ihr schon mal hier seid, bleibt doch zum Tee." Charlie gab Doyle ein Zeichen. „Bringen Sie auch etwas zur Stärkung. Oh, und bitten Sie Gus und Alice, zu uns zu kommen."

David saß steif auf der Kante eines Sessels, während Eva neben Seths Mutter auf das Sofa sank, Gordon immer noch im Arm. Der quirlige Welpe schnappte nach ihren Fingern, was sie wieder zum Lachen brachte. Mit ihren streng zurückgebundenen Haaren und dem zugeknöpften hohen Kragen wirkte sie prüde, aber wenn sie lachte, kam ihr Zigeuner-Erbe zum Vorschein. Seth wettete, sie war wesentlich lockerer, als sie zugab. Er beschloss, Gordon immer in der Nähe zu haben, wenn Eva zu Besuch kam; auf die Art würde ihre Anspannung bei der Begrüßung nur einen Augenblick währen.

„Wir sollten uns einen Hund zulegen, David", sagte sie.

„Auf gar keinen Fall!" David wandte sich an Lincoln. „Ein Suchtrupp sollte auf unsere Mutter angesetzt werden."

„Wo soll die Suche beginnen?" Lincolns Sarkasmus war ein dünnes Ding, aber scharf. Charlie zuckte zusammen.

„Du bist der Ermittlungsexperte. Fang die Suche da an, wo du denkst, dass sie starten sollte."

„Oder wir trinken erst Tee und warten ab, ob sie aufkreuzt." Eva drückte ihrem Bruder den Hund in den Arm. „Braver Junge." Seth war sich nicht ganz sicher, ob sie damit Gordon oder David meinte.

David setzte Gordon auf den Boden und der Welpe tapste zu Charlie, deren Schuhe er ausgiebig beschnüffelte, ehe er sich neben ihre Füße legte.

Alice trat mit Gus ein. Sie begrüßte Eva und David freundlich, doch es fehlte die Lebhaftigkeit, die Seth sonst so an ihr bewunderte. Seit der Hochzeit war sie nicht mehr sie selbst. Oder vielmehr, seit die Armee der Herzkönigin versucht hatte, sie nach Wunderland zurückzuholen, um sich dort der Anklage wegen Hochverrats zu stellen. Dieser Tag hatte Alice schwer erschüttert—wie jeden von ihnen—und sie hatte sich noch nicht vollständig davon erholt. Zu wissen, dass eine ganze Armee jederzeit wieder auftauchen konnte, um sie zu entführen, musste sie belasten. Seth wünschte sich nur, sie würde ihm gestatten, einen Teil dieser Last mitzutragen, indem sie mit ihm redete. Sie vertraute sich noch nicht einmal Charlie an. Seth nahm an, dass Alice sie in diesen Tagen nicht belasten wollte, die eigentlich die glücklichsten ihres Lebens sein sollten. Er wusste aber auch, dass Alices missliche Lage der Grund war, weshalb Lincoln und Charlie noch nicht zu ihrer Hochzeitsreise aufgebrochen waren.

Die Stimmung im Salon veränderte sich plötzlich. Es war so unterschwellig, dass Seth einen Moment brauchte, um es überhaupt zu bemerken, und noch einige Momente mehr, um den Ursprung auszumachen. Es war ganz sicher nicht Gus, der eine gesteigerte Erwartungshaltung mitgebracht hatte. Der große Trottel war ... nun, ein großer Trottel. Er wüsste noch nicht einmal, wie man gesteigert oder Erwartungshaltung buchstabiert, geschweige denn die Charaktertiefe besitzen, die man für Intrigen brauchte. Das machte ihn so liebenswert—nicht, dass Seth ihm das jemals sagen würde.

Nach kurzer Überlegung kam er zu dem Schluss, dass es auch nicht Alices Schuld war. Sie wirkte äußerlich so ruhig und elegant wie immer und die einzigen Stimmungen, die sie mitbrachte, waren Traurigkeit und Sorge.

Die Veränderung kam von Eva. Seth spürte ihren Blick über sich springen wie das Flattern eines Vogels, doch wenn er sie ansah, schaute sie zu Alice.

Doyle brachte ein Tablett mit Tee und Seths Aufmerksamkeit folgte den Bewegungen des Butlers und dann Charlies, während sie ausschenkte. Er half ihr, die Tassen zu verteilen, spürte jedoch erneut Evas Blick auf sich. Er drehte sich plötzlich um und erwischte sie, wie sie ihn anstarrte. Zu seiner Genugtuung lief sie rot an.

„Ist dir zu warm?", neckte er, während er ihr eine Tasse reichte. „Soll ich ein Fenster öffnen?"

„Es ist kühl genug." Als ihr ihr Eingeständnis bewusst wurde, dass ihre geröteten Wangen ihm geschuldet waren, änderte sie ihre Meinung. „Wenn ich es mir recht überlege, ist es tatsächlich recht warm."

Seths Mutter stimmte ihr zu. „Eine wenig frische Luft wäre schön. Gus, mein Lieber, würden Sie das Fenster öffnen?"

Gus fügte sich und nickte Seth zu, der ihm in der Erwartung folgte, seinem Freund mit dem Fenster zu helfen. Stattdessen flüsterte Gus: „Flirte nich mit ihr. Sie is die Schwester vom Tod, in Gottes Namen."

„Lincoln ist es egal."

„Cornell vielleicht nich."

Seth schielte zu David, der mit den Damen Tee trank wie ein gut erzogener Gentleman der Mittelschicht. „Du liegst falsch, Gus", flüsterte Seth zurück. „Ich habe kein Interesse an Eva."

„Dann hör auf, mit ihr zu flirten, weil sie das nämlich glaubt. Wenn du ihr das Herz brichst, wollen dir beide Brüder deine hässliche Nase brechen."

„Sie hat auch kein Interesse an mir. Es ist nur ein harmloser kleiner Flirt, völlig bedeutungslos." Seth riss das Fenster so heftig auf, dass alle sich nach ihm umdrehten. Gut, denn er hatte das Gefühl, Gus hätte sonst weitergemacht. Wenn es etwas gab, was Seth noch weniger leiden konnte als eine Standpauke seiner Mutter, dann war es eine Standpauke von Gus.

„Wie kommst du mit deinen Studien voran?", fragte Charlie Eva.

„Ganz gut, danke." Eva nippte an ihrem Tee und führte es nicht weiter aus.

„Setzen die Vorlesungen in den Sommermonaten nicht aus und die Studenten gehen nach Hause?", fragte Lincoln.

„Du denkst an die Universität", sagte sie geschmeidig, wobei ihr Blick nicht von seinem wich. Seth hatte den Eindruck, als würde er zwei wilde Krieger beobachten, die sich auf dem Schlachtfeld gegenüberstanden. Er war sich nur nicht sicher, worin die Schlacht bestand. „Die Ausbildung einer Krankenschwester wird im Sommer fortgesetzt. Wir lernen unser Handwerk im Krankenhaus, nicht an der Universität, wie du ganz sicher weißt, Lincoln."

David senkte seine Tasse und sah sie an. „In der letzten Woche warst du häufiger zu Hause. Und auch die Woche davor, wenn ich es recht überlege. Warum?"

„Ich hatte weniger Schichten."

Seth beobachtete sie genau und suchte nach Anzeichen einer Lüge. Lincoln hatte den Verdacht, dass Eva tatsächlich studierte, um Ärztin zu werden, nicht Krankenschwester, und Seth hatte keinen Grund, ihm nicht zu glauben, auch wenn ihm nicht klar war, warum sie deswegen lügen müsste. Was war so falsch daran, Ärztin zu werden? Es war ein nobler Beruf und ein interessantes, fortschrittliches Forschungsgebiet.

Wenn Lincoln allerdings glaubte, dass sie log, musste es so sein. Immerhin hatte er die angeborene Fähigkeit zu spüren, wenn manche Menschen nicht die Wahrheit sagten. Seth würde das nicht anzweifeln.

„Während es auf den Sommer zuging, hast du hart gearbeitet", gab David zu. „Ich schätze, es ist nur fair, wenn sie dir etwas mehr frei geben."

Evas Lippen wurden schmal. Sie nippte wieder.

Seth hätte schwören können, dass Lincoln zufrieden wirkte, seiner Schwester bezüglich ihrer Lüge Unbehagen bereitet zu haben, aber abgesehen von einem Zucken seiner Augenbrauen veränderte sich nichts an ihm. Charlie verdrehte die Augen.

„Ich bin überrascht, euch beide zu Hause vorzufinden", sagte David zu Lincoln. „Ich dachte, ihr wärt inzwischen auf Hochzeitsreise."

„Bald", sagte Charlie.

Ein bedrücktes Schweigen hüllte sie ein, bis Alice es schließlich brach. „Drängt sie doch zu fahren", sagte sie zu Eva und David. „Auf mich hören sie nicht."

„Auf *uns* hören sie nicht", erwiderte Seth. „Sie glauben, sie müssten hierbleiben, falls es eine … Situation gibt."

„Falls die Armee mich wieder holen kommt", fügte Alice hinzu. „Sagt ihnen, dass es nicht nötig ist und mir nichts passiert. Die Armee kommt vielleicht gar nicht. Sie sind die ganze Woche nicht aufgetaucht."

„Alice, wir haben das besprochen", sagte Charlie. „Es ist nicht so, als würden wir nicht fahren. Wir fahren nur *jetzt* noch nicht. Wir müssen hier sein, falls sie erneut versuchen, dich mitzunehmen."

„Tut mir leid, dass ich es erwähnt habe", murmelte David.

„Ich sehe es wie Alice", sagte Eva. „Ihr solltet fahren." Sie sprach hastig, als wolle sie ihre Meinung vor allen anderen kundtun, bevor sie sich umentschied.

Doyle trat wieder ein und kündigte Leisl Cornell an, ehe er sich verbeugte und ging. Seth und die anderen Männer erhoben sich, um sie zu begrüßen. Lincoln gab seiner Mutter einen knappen Kuss auf die Wange. Charlie umarmte sie und goss dann eine weitere Tasse Tee ein.

„Wo warst du?", schnappte David. „Du hast gesagt, wir sollten dich hier treffen."

„Ich bin hier." Leisl runzelte die Stirn. „Ich habe dich nicht gebeten zu kommen, nur Eva."

David schlug seine langen Beine über und betrachtete seine Tasse mit mehr Interesse, als das Geschirr verdiente. „Ich habe mir die Freiheit erlaubt, trotzdem zu kommen."

„Und die Arbeit?"

„Das Büro hat heute geschlossen."

„Warum?"

Er rutschte auf seinem Sitz herum. „Da bin ich nicht ganz sicher."

Die Furchen auf Leisls Stirn vertieften sich. Vielleicht erkannte auch sie mit ihren seherischen Fähigkeiten eine Lüge. Während es Seth nicht überraschte, setzte sein Herz einen Schlag aus, als sie plötzlich ihn mit ihrem Blick an den Stuhl nagelte. Sie hatte entnervend stechende Augen, dunkel und tief wie ein Abgrund, ganz wie ihr ältester Sohn. Seth hatte das Gefühl, als würde die Zigeunerin alle seine Geheimnisse kennen, selbst die, über die er mit niemandem reden konnte.

„Leisl, versuchst du bitte, Charlie und Lincoln zu überreden, dass sie ihre Hochzeitsreise nicht länger aufschieben?", flehte Alice sie an. „Sie scheinen zu glauben, dass wir ihren Schutz brauchen."

„Das tut ihr", sagte Lincoln.

„Sie werden fahren." Leisl klang, als würde sie eine Antwort wiederholen, die sie schon oft ausgesprochen hatte. „Keine Sorge. Sie fahren, wenn sie bereit sind."

„Aber wann wird das sein?"

„Nachdem wir sicher sein können, dass die Armee dich nicht holen kommt", sagte Charlie.

„Vielleicht kommt sie nicht."

„Doch", sagten Eva und Leisl gleichzeitig.

Charlies Lippen öffneten sich. Alice wurde blass und Seths Mutter bedeckte ihren Mund mit der Hand. Gus richtete sich auf, bereit und aufmerksam, doch Seth erstarrte. Nur sein Herz schlug schneller, während es wie ein Stein sank. Er hatte gehofft, die Armee hätte aufgegeben. Anscheinend nicht. Die Aussicht auf ihre Rückkehr hing über Lichfield wie eine Guillotine.

Er versuchte, Alices Aufmerksamkeit zu erregen, ihr ein rückversicherndes Lächeln zu schenken, doch sie schaute nicht in seine Richtung. Stattdessen nahm sie die Hand, die Charlie ihr anbot, und klammerte sich daran fest.

Nur Lincoln wirkte nicht überrascht von der Aussage seiner Mutter und Schwester. „Es ist nur die Frage wann", sagte er.

„Wir wissen es nicht", fügte Eva hinzu. „Ich kann es nicht genau erkennen …"

„Mutter?", drängte David. „Wann?"

„Ich kann es nicht sagen", sagte Leisl.

Seth schluckte eine Bemerkung herunter, aber Lincoln äußerte sie stattdessen. „Kannst du nicht oder willst du nicht?"

Leisl nippte an ihrem Tee. Seth schoss auf die Füße, marschierte aber nicht auf sie zu, wie er es gern getan hätte. Er ging im Zimmer auf und ab und versuchte, seine Frustration weg zu atmen. Es war sinnlos. Das hier war zu wichtig, um es einfach so abzutun.

„Du musst uns sagen, was du gesehen hast", sagte er, die Stimme rau.

„Ja!", rief Eva. „Sag es uns. Wir haben das Recht, es zu erfahren."

Wir? Meinte sie nicht Alice? Oder Charlie, Lincoln und die anderen Bewohner in Lichfield? Inwieweit betraf irgendetwas von all dem Eva?

„Kommen Sie, Mrs Cornell", sagte Seths Mutter mit zitternder Stimme. „Wann wird die Armee eintreffen?"

Leisl antwortete nicht.

„In Gottes Namen!", explodierte Seth. „Das ist—" Er unterbrach sich, als Lincoln aus dem Zimmer stürmte.

Seth verstand es nicht, vertraute jedoch Lincolns Instinkten mehr als seinen eigenen und rannte ihm nach. Hinter ihm dröhnten Gus' Schritte. Mehrere Stimmen folgten ihnen aus dem

Salon, aber Seth schaute nicht zurück. Sie hasteten nach unten zur Waffenkammer. Lincoln befahl Gus, Doyle anzuweisen, sich mit den Angestellten im hinteren Bereich des Hauses aufzuhalten. Während Gus davonstürmte, schlossen Lincoln und Seth die Schränke auf und nahmen die Waffen heraus. Schnell und leise machten sie sich daran, sie zu laden und einzustecken. Seth schob zwei Pistolen in den Hosenbund und nahm eine Duellpistole in jede Hand. Lincoln hängte sich ein Gewehr über die Schulter und griff ein zweites, das er Gus reichte, sobald er zurück war. Dann legte er Pistolen und Messer bereit, sodass er sie schnell zu fassen bekam.

Sie wollten gerade aufbrechen, als Charlie in der Tür auftauchte. Sie war so bleich wie die Leichen, die sie auferweckt hatte, und ihre Augen waren zu groß für ihr Gesicht.

„General Ironside ist hier", sagte sie mit erstaunlich fester Stimme. „Auf dem Rasen vor dem Haus stehen mindestens einhundert Soldaten und weitere hundert formieren sich hinten."

Verdammt. Sie waren umzingelt.

KAPITEL 2

ALICE

Der dunkle Schatten der Furcht breitete sich schnell und gnadenlos in Alice aus. Ein paar Augenblicke zuvor hatte sie im Salon Tee getrunken, jetzt wurde sie wie eine Gefangene ins Turmzimmer gebracht. Vielleicht diente es ihrer Sicherheit, aber sie fühlte sich trotzdem, als würden die Wände immer enger heranrücken. Als wären die Gitter am Fenster nicht nur dazu da, die Armee draußen zu halten, sondern sie drinnen.

Sie waren umzingelt. Sie konnte den General Befehle bellen hören. Der Katapult rumpelte an seinen Platz, wobei der Rasen weiter aufgerissen wurde, der sich vom letzten Besuch der Armee in Lichfield noch nicht erholt hatte.

Wegen mir.

„Bleib vom Fenster weg", warnte Eva. „Sie dürfen dich nicht sehen."

Alle Frauen waren im Turmzimmer, wie brave Ehefrauen, Töchter, Schwestern und Mütter. Die Männer waren unten und bereiteten sich darauf vor, das Feuer zu erwidern. Selbst David, den Alice kaum kannte. Ein Mann, der laut Leisl und Eva nicht einmal hier sein sollte.

Alice betrachtete Leisl, die auf dem Bett saß, während die anderen um sie herumstromerten. Die Zigeunerin war ruhig. Zu ruhig. Sie hob ihren Blick, um Alice in die Augen zu sehen, und nickte einmal. Dieses wissende Nicken sagte mehr als alle ihre Worte im Salon.

Alice suchte am Kopfende des Bettes Halt, schluckte schwer und erwiderte das Nicken.

„Ich tue es jetzt", sagte Charlie.

Sie musste nicht erklären, was „es" bedeutete. Sie hatten letzte Woche ausgiebig darüber diskutiert, die Toten vom Highgate Friedhof zu beschwören. Falls die Armee zurückkehrte, waren die Toten die beste Waffe. Eine Armee konnte nur durch eine andere Armee besiegt werden. Und eine Armee, die nicht sterben konnte, war noch besser.

Ein Schauer durchlief Alice. All diese toten Körper, die wieder zum Leben erweckt wurden. Einige würden entsetzlich verwest sein, andere kaum mehr als Skelette. Es wäre die Hölle auf Erden. Es wäre falsch.

Die Frauen waren ins höchste Zimmer des Hauses gegangen, um so weit wie möglich von beiden Armeen weg zu sein. Das Turmzimmer war zwar nicht der sicherste Ort, sollte es mit dem Katapult beschossen werden, aber es würde einige Zeit beanspruchen, den Katapult in Position zu bringen, und noch mehr, bis die Ziegel sich lösten und der Turm einstürzte. Das war alles, was sie brauchten—Zeit, damit Charlie die Namen der Toten aussprechen und die Geister in ihre Körper schicken konnte. Noch etwas mehr Zeit, bis die Leichen vom Friedhof zum Haus kamen.

Es dauerte viel zu lange.

Charlie strich ein Blatt Papier glatt, auf dem sie Hunderte von Namen aufgelistet hatte. Alle stammten vom Friedhof, wo sie während eines langen Nachmittags die Grabsteine inspiziert hatte. Sie holte tief Luft und stieß sie langsam wieder aus. Eigentlich widerstrebte es ihr.

Alice wollte es auch nicht. „Nein, Charlie. Tu's nicht."

Charlies Kopf ruckte hoch. „Du gehst *nicht* mit denen."

„Es wird zu lange dauern, genug Tote zu beschwören."

„Dann lass mich anfangen."

Alice stand auf, doch Charlie reckte sich und packte ihren Arm, um sie von der Tür fernzuhalten. Lady Vickers ergriff

Alices anderen Arm. Seths unbezwingbare, erhabene Mutter hatte noch nie so verängstigt gewirkt.

„Tun Sie das nicht", sagte sie zu Alice. „Ich weiß, wir hatten unsere Differenzen, aber bitte bleiben Sie. Sie brechen Seth das Herz."

Alice schenkte ihr ein trauriges Lächeln. „Das bezweifle ich."

„Er wird Ihnen folgen. Er wird Sie nicht gehen lassen."

„Wo ich hingehe, kann er mir nicht folgen."

„Doch, kann er", mischte sich Leisl ein.

Alice hätte sie am liebsten erwürgt. Lady Vickers sah aus, als würde sie gleich in Tränen ausbrechen, und eine weinende Lady Vickers war kein Anblick, den Alice ertragen wollte. Dieser Abschied würde auch so schwer genug werden, ohne dass die Frau, zu der sie aufsah, sich in ein heulendes Häufchen Elend verwandelte.

Sie tätschelte Lady Vickers' Hand. „Lassen Sie mich gehen."

„Nein!" Charlie grub ihre Fingernägel in Alices Arm. „Leisl, Eva, warum helft ihr nicht?"

Eva schaute weg, doch Leisl nicht. Sie saß unbeweglich da, sah jedoch etwas besorgt aus. Alice hatte den Verdacht, dass sie sich nicht um sie sorgte, sondern um ihre Beziehung zu Charlie. Sie wollte nicht, dass ihre neue Schwiegertochter sie hasste, weil sie nicht mithalf, Alice im Turmzimmer zu halten.

Charlies große Augen schwammen vor Tränen. Alice blickte hinein. „Sie helfen nicht, weil sie wissen, dass ich es tun werde. Sie haben es gesehen, Charlie. Sie haben gesehen, wie ich mit der Armee gegangen bin."

Charlie fuhr zu den beiden herum. „Leisl?", flüsterte sie rau.

Leisl nickte. Eva nicht.

Draußen, weit unten, brüllte jemand Befehle. Sie wurden durch die Reihen der Armee weitergegeben, bis Alice die Stimmen nicht mehr ausmachen konnte. Sie stellte sich Lincoln, Gus, David und Seth vor, wie sie ihre Positionen bezogen, einen Plan besprachen, ihre Waffen zückten.

Seth. Wenn er ihr gegenüber doch nur mehr er selbst gewesen wäre, lägen die Dinge vielleicht anders. Alices Entscheidung wäre eventuell leichter gewesen. Aber er verhielt sich ihr gegenüber nicht so wie Charlie gegenüber und sie konnte keinen Mann lieben, der meinte, er müsse vorgeben, jemand anderer zu sein, damit er ihrer wert war.

Leisl hatte gesagt, dass er gehen könne. Er konnte Alice ins Wunderland folgen. Da sie wusste, wie ritterlich Seth sein konnte, würde er es versuchen. Hoffentlich war Lincoln stark genug, um ihn zurückzuhalten.

Charlies Finger lockerten sich, ließen jedoch nicht los. „Wenn sie geht", sagte sie zu Leisl, „wird ihr nichts geschehen?"

„Ich kann nicht sehen", sagte Leisl.

„Was kannst du dann sehen?", schnappte Charlie.

„Vieles, aber du darfst es jetzt noch nicht wissen. Eines Tages, ja. Jetzt vertraue Alice. Vertraue ihrer Wahl. Es ist ihre Zukunft und nur sie darf darüber entscheiden."

„Wie soll das eine Wahl sein?", fragte Lady Vickers mit schriller Stimme. „Sie haben ihre Zukunft gesehen. Sie ist festgeschrieben."

„Ich sehe *eine* Zukunft", sagte Leisl. „Es gibt nicht nur eine für sie."

„Sie hat noch immer die Wahl", versicherte Eva Lady Vickers und Charlie. „Keine Zukunft ist in Stein gemeißelt."

Alice glaubte es nicht so recht. In der ganzen Situation lag eine Unausweichlichkeit, ein Gefühl von Richtigkeit, jetzt, da sie sich entschieden hatte.

Ein donnerndes Krachen ertönte unten. Der Boden bebte und das gesamte Haus schien aufzustöhnen. Sie hatten begonnen, die Ramme zu benutzen. Bald würde der Katapult mit angreifen.

Ihnen lief die Zeit davon.

„Ich muss gehen, Charlie", flehte Alice. „Bitte, halte mich nicht auf."

Charlie zögerte. Eine Träne schlüpfte aus ihrem linken Auge. „Wird sie zurückkommen?"

„Ich weiß nicht", sagte Leisl.

„Wir sehen uns wieder, Charlie. Ich verspreche es." Alice zog ihre Freundin in eine feste Umarmung. Sie spürte, dass Charlie weinte, obwohl sie keinen Mucks von sich gab.

Die Ramme schlug wieder zu. Alice hob ihre Röcke und rannte aus dem Zimmer, die Treppen hinab zur Eingangshalle. Lincoln stellte sich mit dem Gewehr in der Hand in den Weg.

Hinter ihm wölbte sich die Haustür nach innen. Die mittlere Türangel war zerbrochen und hing von ihren Schrauben herab.

Lincolns Blick glitt an Alice vorbei zu Charlie. Dann trat er wortlos zur Seite.

„Was tust du?", schrie Seth, der aus der Bibliothek kam. „Alice, geh wieder nach oben. Ihr alle, geht!"

„Nein, Seth", sagte Alice. „Das werde ich nicht tun."

Er verstellte ihr den Weg zur Haustür, das viel zu schöne Gesicht verbissen. Sie staunte, wie dieser Mann in einem Augenblick so einfältig und fröhlich wie der Welpe Gordon und im nächsten so männlich und bestimmend sein konnte.

„Du gehst nicht mit ihnen", sagte er.

Die Tür zerbarst und jagte Holzsplitter und Steinbrocken durch die Eingangshalle. Lincoln warf sich nach vorn, um Alice und Charlie mit seinem Körper zu schützen.

Als er ihnen aufhalf, sah Alice, dass die anderen sich flach auf den Boden gelegt hatten. Zum Glück schien niemand verletzt worden zu sein.

Soldaten mit Schwertern drängten durch den Eingang. Gus und Seth hoben die Pistolen und zielten.

„Stop!", rief Alice. „Nicht schießen! Steckt eure Waffen weg." Sie trat zwischen ihre Freunde und die sich nähernde Wunderlandarmee, die Hände erhoben. „Ich gehe mit euch."

Lincoln hätte sie aufhalten können, denn er stand nahe genug, war schnell und stark genug. Doch er ließ sie gehen.

„Alice!", brüllte Seth.

General Ironsides stämmige Gestalt füllte den Türrahmen und blockierte das Licht, wodurch sein Gesicht im Schatten lag. Er schritt in die Eingangshalle, zielstrebig und furchtlos. Sein Sohn, Sir Markell Ironside, folgte ihm. Beide hatten die gleiche Statur, wobei der ältere Mann etwas kräftiger um die Mitte war und stärker gerötete Wangen besaß. Beide hatten grüne Augen, die die Situation schnell einschätzten. Sir Markells waren jedoch tiefer, wie Smaragde. Trotz der groben Gesichtszüge des Generals war es leicht, die Familienähnlichkeit in den starken Brauen, dem entschlossenen Zug um den Mund und der recht arroganten Haltung zu erkennen.

„Seid gegrüßt, Eure Hoheit", sagte Sir Markell und verbeugte sich.

„Nenn sie nicht so", spuckte Seth. „Sie ist nicht mehr eure Prinzessin. Ihr habt sie aufgegeben."

„Jetzt ist es an der Zeit für sie, nach Hause zu kommen."

„Um sich der Anklage einer verrückten Königin zu stellen, die sie lieber tot sehen will."

Sir Markell zog eine Augenbraue hoch. Er und Seth waren im gleichen Alter, gleich groß und sahen ähnlich gut aus, aber nicht auf die gleiche Art. Nicht einmal annähernd. Wo Seth wie Sonnenschein wirkte, war Sir Markell eine ominöse Wolke.

„Sie kommen freiwillig mit uns, Miss Alice?", fragte der General. Miss Alice, nicht Prinzessin oder Hoheit.

Alice nickte.

„Gut." Er steckte sein Schwert bis zum Heft zurück in die Scheide. „Kommen Sie." In seiner Stimme lag keine Freude, keine Spur von Siegesgewissheit. Weder er noch sein Sohn wirkten, als hätten sie gewonnen.

Alice schluckte. Worauf ließ sie sich da ein? „Ich würde mich gern noch von meinen Freunden verabschieden."

Sir Markell nickte. Anders als sein Vater behielt er sein Schwert in der Hand und Seth im Blick.

Alice wandte sich an Lady Vickers und umarmte sie. „Auf Wiedersehen, Lady V."

„Auf Wiedersehen, mein liebes Mädchen", flüsterte Lady Vickers. „Seien Sie vorsichtig."

Alice kannte die Cornells nicht ganz so gut, aber sie umarmte sie trotzdem, sogar David. Dann ging sie zu Lincoln.

„Ich würde dich bitten, auf Charlie aufzupassen", sagte sie zu ihm, „aber ich weiß, dass ich es nicht sagen muss."

Sein Griff wurde einen kurzen Moment fester, ehe er zurücktrat.

Sie wandte ihre Aufmerksamkeit auf Gus. „Sorg dafür, dass Seth eine bessere Wahl trifft als mich", flüsterte sie. „Und grüß die Waisenkinder und deine Tante. Ich werde sie vermissen."

Sie dachte, sie hätte ihn ein Schluchzen herunterschlucken hören, als er sich abwandte, aber da er sein Gesicht nicht hob, konnte sie es nicht genau sagen.

Dann war Seth an der Reihe. Sie umarmten sich verlegen. Alice wusste beim besten Willen nicht, was sie zu ihm sagen sollte, und er gab auch nichts von sich. Ihre Kehle war sowieso mit Tränen verstopft.

Sie weinte, als sie Charlie umarmte und spürte, wie Charlies zierliche Gestalt bebte. Alice hatte in ihrer Kindheit wenige Freunde gehabt, da ihre Eltern sie so isoliert hatten. Charlie war ihre erste echte Freundin gewesen. Irgendwie schaffte Alice es, ihr das trotz ihrer Tränen zu sagen.

„Und du meine", erwiderte Charlie an Alices Schulter. „Ich werde dich vermissen."

„Ich dich auch. Pass auf dich auf, Charlie. Vergiss mich nicht."

„Natürlich nicht. Und du vergisst dein Versprechen nicht, dass du mich besuchst."

„Das werde ich, sobald ich kann." Keine von ihnen erwähnte, wie unwahrscheinlich das war.

Alice trat auf Sir Markell zu und hob das Kinn. Sie ballte ihre Hände zu Fäusten und grub ihre Fingernägel in ihre Handflächen, um das Zittern zu unterdrücken. Sie würde ihn ihre Angst nicht sehen lassen. „Ich bin bereit."

„Nein!" Seth packte ihre Hand. „Tu das nicht, Alice. Wir bekämpfen sie. Wir kämpfen gegen alle. Du musst nicht gehen." Die Qual in seinem Gesicht brachte sie beinahe aus der Fassung. Liebte er sie wirklich so sehr? Oder war sein ritterlicher Stolz verletzt, weil er das Gefühl hatte, sie nicht beschützen zu können?

„Ich möchte gehen, Seth. Ich bin die Prinzessin von Wunderland. Das ist mein Schicksal." Vielleicht waren es nur Worte, aber sie rollten durch ihr Inneres. Es fühlte sich richtig an. Es *war* ihr Schicksal, egal was Leisl über eine freie Entscheidung gesagt hatte. Alice gehörte hier nicht her. Das hatte sie nie getan. Sie gehörte nach Wunderland.

Nach Hause.

Sir Markell begleitete sie vor dem General hinaus. Die Reihe der Soldaten, die sich über den Rasen zog, beobachteten sie, manche offen neugierig, manche gelangweilt. Die Sonne blinkte auf ihren Schwertern und Alice hob eine Hand, um ihre Augen vor dem Licht zu schützen. Einige der Soldaten werteten das als Feindseligkeit und veränderten ihre Haltung. Neben ihr hatte Sir Markell ein humorloses Lachen ausgestoßen, dessen war sie sich sicher, doch als sie ihn ansah, war sein Kinn fest.

Er führte sie die Treppen hinunter. Obwohl er sie nicht berührte, spürte sie deutlich seine Anwesenheit. Er war so groß —so breitschultrig und maskulin. Selbst wenn sie hätte fliehen wollen, bezweifelte sie, dass es ihr gelungen wäre. Es war definitiv unmöglich, der Armee jetzt noch zu entkommen. Charlie konnte niemals rechtzeitig genug Tote beschwören, um sie zu retten.

Alice stieß langsam die Luft aus, aber es beruhigte ihr hämmerndes Herz nicht. „Ist die Reise nach Wunderland schwierig?"

„Nein", sagte Sir Markell. „Es ist in einem Wimpernschlag vorbei und Sie werden nichts spüren. Eure Hoheit, wenn wir dorthin kommen—"

„Sir Markell!" Der General steuerte auf sie zu. Er hielt eine Taschenuhr an ihrer Kette. „Bring die Gefangene zu mir."

Gefangene. Alices Innerstes rebellierte. „Mein Name ist Alice." Sie glaubte, auf Sir Markells Gesicht ein Lächeln zu sehen, ehe er wegschaute.

General Ironside zögerte. „Miss Alice, wenn ich bitten darf." Er hielt ihr die Hand hin und sie nahm sie. Das weiche Leder seines Handschuhs fühlte sich warm an.

Sie wünschte, sie hätte an so praktische Dinge wie Handschuhe, einen Mantel und ein gutes Paar Stiefel anstatt ihrer Hausschuhe gedacht. In Wunderland konnte es kalt sein und Gefangene wurden wahrscheinlich nicht verwöhnt.

Der General begann, einige Worte aufzusagen und Alice spürte ein Pulsieren, das durch ihren gesamten Körper drang. Sie hob die Hand zu einem Abschiedsgruß an ihre Freunde, die auf den Stufen von Lichfield Towers standen, und bemühte sich sehr, ihre Tränen in Schach zu halten. Aber Charlie wirkte so besorgt und verloren, dass Alice nicht anders konnte, als zu schluchzen.

„Nein!" Seth löste sich aus der Gruppe und rannte auf Alice zu.

Charlie griff nach ihm, aber er war zu schnell und Lincolns Arm, der sich um ihre Mitte legte, zu stark. Seth rannte weiter, doch er war nicht allein. Gus trampelte ihm hinterher. Seine Schritte waren nicht annähernd so elegant, doch er hielt das hohe Tempo mit schierer Kraft aufrecht.

„Seth!", rief Gus ihm nach.

„Nicht!", schrie Charlie auf und wehrte sich gegen Lincoln.

Lady Vickers kreischte. Sie hob ihre Röcke und hastete vorwärts, war jedoch viel zu langsam und zu weit weg, um Seth rechtzeitig zu erreichen.

Eva allerdings nicht. Auch sie stürmte los. Trotz ihrer hinderlichen Röcke holte sie Gus ein. Während er besorgt wirkte, sah sie einfach nur entschlossen aus. David jagte ihr nach. Seine Rufe, stehen zu bleiben, ignorierte sie.

Der Sog der magischen Taschenuhr steigerte sich. Alice spürte, wie Teile von ihr sich auflösten, als wäre sie Staub in einem Windstoß. Sie konnte Seth und die anderen noch sehen und fragte sich, ob sie sie als Ganzes sahen. Sie waren jetzt so nahe. Gus griff nach Seth, verfehlte ihn jedoch und stolperte.

„Nicht weiter, Seth!", rief Alice, konnte ihre eigene Stimme allerdings nicht mehr hören. Die Luft strömte so laut wie ein Wasserfall, füllte ihren Kopf, und doch schrie sie Seth weiter an, er solle stehen bleiben.

Er blieb nicht stehen. Die Ränder ihres Blickfelds verschwammen und wurden schwarz. Die Welt schloss sich um sie und alles, was sie noch sehen konnte, war ein Tunnel, der von Seth ausgefüllt war. Dahinter kamen Gus, Eva und dann David.

Seth sprang. Er stieß Alice an, die gegen den hinter ihr stehenden Sir Markell taumelte. Gemeinsam stürzten sie in einem Gewirr aus Armen und Beinen zu Boden. Ihre Landung war hart und drängte die Luft aus Alices Lungen. Alles um sie wurde schwarz.

Allmählich kehrte das Licht zurück. Es dauerte einen Moment, ehe sie erkannt, dass sie in einen düsteren Himmel voller regenschwerer Wolken blickte. Einen Augenblick zuvor war es sonnig gewesen.

„Alice?" Seths Gesicht kam in ihr Blickfeld. Er sah besorgt aus. „Ist alles in Ordnung?"

„Ich … ich glaube schon." Sie hielt ihm die Hand hin, damit er ihr aufhelfen konnte, doch Seth nahm sie nicht. Sir Markell trat dazwischen und hob sie auf. Er hielt sie fest, bis sie sicher stand. Alice berührte ihren schmerzenden Kopf. Sie musste bei der Landung auf dem Boden aufgeschlagen sein.

„Sie Dummkopf", knurrte Sir Markell. „Sie elender Dummkopf. Sie gehören nicht hierher!"

Seth schien ihn nicht zu hören. Er war zu sehr damit beschäftigt, sich zu orientieren. Hinter ihm klopfte sich David die Hose ab, während Gus Eva auf die Füße half. Sie sah sich schnell um, ehe ihr Blick auf Seth fiel, als ob sie sich vergewissern müsse, dass es ihm gut ging.

Die stechende Eifersucht in Alices Brust verflog, während sie sich ebenfalls orientierte. Sie waren alle hier—ihre Freunde, Sir Markell, sein Vater, die Armee und sogar ihr Katapult und die Ramme. Sie standen auf einer Wiese, die auf drei Seiten von Bäumen umgeben war. Zu ihrer Linken befanden sich Holzbauten mit Strohdächern wie bei einem Dorf aus alten Zeiten. Aber es waren keine anderen Zeiten, sondern ein anderer *Ort*.

Hinter dem Dorf schlängelte sich eine Straße den Hügel hinauf und verschwand hinter einer hohen Steinmauer. Türme und Zinnen einer Burg, die aus den gleichen dunkelgrauen Steinen erbaut war wie die Mauer, erhoben sich wie eine strenge Gouvernante, die ihre Schützlinge tief unten im Dorf beaufsichtigte.

Der Hauch einer weit entfernten Erinnerung zerrte an Alice, doch als sie danach greifen wollte, konnte sie es nicht. Der Hauch verschwand, ehe der Sinn sich ihr erschloss.

Sie musste sich nicht erinnern, um zu wissen, wo sie war. „Wunderland", flüsterte sie.

„Willkommen zu Hause, Eure Hoheit." Sir Markells Flüstern strich über ihr Ohr und etwas regte sich in ihr, so klein und zerbrechlich wie der Flügel eines Schmetterlings.

Sie sah ihn scharf an. Er zwinkerte.

„Sir Markell!", bellte der General. „Was sagst du zur Gefangenen?"

„Alice", erinnerte Alice ihn, ohne den Blick von Sir Markell abzuwenden. Sie wollte, dass er noch einmal zwinkerte oder lächelte, etwas, das ihn als Freund kennzeichnete, nicht als Feind.

„Weg von ihr." Es war nicht der General, der Sir Markell so anfuhr und ihn fortzerrte, sondern Seth. Er bestand förmlich aus schwer atmender Brust und geballten Fäusten. In seinen Augen war keine Spur von Angst, als er den Mann nieder starrte, der eine ganze Armee im Rücken hatte.

Sir Markell verschränkte die Arme.

„Du hättest nicht mitkommen sollen, Seth", sagte Alice. „Jetzt steckst du hier auch fest. Und sie auch."

Der arme David war ziemlich grün angelaufen, ganz anders als seine Schwester. Ihr neugieriger, intelligenter Blick sprang umher. Gus stand hinter Seth und stärkte ihm den Rücken, wie er es immer tat. Sie stritten vielleicht, liebten einander jedoch wie Brüder. Es war wenig überraschend, dass Gus Seth durch das Portal gefolgt war.

„Mach dir um uns keine Sorgen", sagte Seth zu ihr. „*Wir* stehen nicht unter Arrest."

Gott sei Dank.

Der Ruf des Generals zerschlug Alices Erleichterung. „Ergreift sie!"

KAPITEL 3

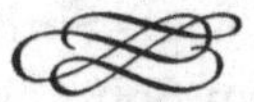

EVA

Eva hielt Davids Hand. Sie spürte sein Zittern und wünschte sich, er wäre nicht mitgekommen. Für so etwas war er nicht geschaffen, anders als Seth und Gus mit ihrer Kämpferausbildung, ihrem muskulösen Körperbau und den Erfahrungen mit dem Übernatürlichen. David war für Schreibtischarbeit gemacht, nicht für Schlägereien. Ihre Mutter war entschlossen gewesen, ihre Kinder nicht wie Roma aufwachsen zu lassen aus Angst vor der Diskriminierung, die mit ihrer Kultur einherging. Dadurch hatte sie sie möglicherweise zu englisch erzogen.

Eva wagte kaum zu atmen, als mehrere Soldaten aus den Reihen traten und sie in Gewahrsam nahmen. Obwohl sie mehr wusste als die anderen, hatte sie Angst. Das hier hatte sie nicht vorausgesehen. Sie hatte gar nichts von Wunderland und ihrer Zeit dort gesehen, sondern nur das, was danach kam. Und sie hatte den Instinkten ihrer Mutter vertraut. *Die* hatte einige dieser Dinge vorausgesehen. Als Eva klar geworden war, warum Leisl sie nach Lichfield geschickt hatte, hatte sie sich in ihr Schicksal gefügt.

Was ihr Angst einflößte, war Davids Rolle in der Sache. Ihre Mutter hatte ihn nicht erwähnt. Er sollte nicht hier sein.

„Nein!", rief Alice. „Sie sind unschuldig! Ihr wollt mich. Lasst sie gehen."

„Sie stehen nicht unter Arrest", sagte der General. „Aber sie müssen mit uns kommen, bis wir wissen, was wir mit ihnen machen sollen."

„Und wer entscheidet das?"

„Die Königin."

„Also darf niemand ohne Erlaubnis der Königin Wunderland besuchen?", höhnte Alice. „Das ist albern."

„Da hat sie dich, Vater", sagte Sir Markell leichthin.

Der General warf seinem Sohn einen giftigen Blick zu. „Ich bin dein General. Du wirst mich als solchen ansprechen, Sir Markell." Zu Alice sagte er: „Dies hier sind außergewöhnliche Umstände. Ihre Freunde werden versuchen, Sie zu befreien und müssen daher bewacht werden. Ihnen wird kein Leid zugefügt und sie werden in ihre Welt zurückgeschickt werden, wenn es das ist, was die Königin wünscht."

Was er nicht sagte, was Eva jedoch befürchtete, war, dass die Königin sie möglicherweise tot sehen wollte.

Seth und Gus wehrten sich, bis einer der Soldaten Gus ins Gesicht schlug. „Wir gehen friedlich", versicherte Seth, die Hände erhoben. Dann senkte er sie langsam wieder und legte eine auf die Schulter seines Freundes.

Er sah aus, wie Lincoln oft wirkte—ernst, beherrscht, straff wie ein gespannter Bogen. Selten hatte er gefährlicher ausgesehen. Oder attraktiver.

Eva leckte sich über ihre trockenen Lippen.

Der General wies die Hälfte der Armee an, die Vorhut zu bilden. Sie formierten sich in zwei Reihen und marschierten zum Dorf. Die zweite Hälfte schloss sich den Gefangenen an. Eva machte sich keine Illusionen—sie waren Gefangene in diesem seltsamen Land, egal was der General behauptete.

Alice ließ sich von Sir Markell zurückfallen, um neben Seth zu gehen. „Du hättest mir nicht folgen sollen", sagte sie. „Sie alle sind wegen dir hier."

„Ich kann nicht zulassen, dass du dich dem allein stellst." Seth schaute über die Schulter zu Gus, Eva und David. „*Sie* hätten *mir* nicht folgen sollen."

„Wo du hingehst, gehe ich auch hin", sagte Gus.

Seths Gesichtszüge wurden etwas weicher, wodurch er

mehr wie er selbst wirkte. Würde er je wieder zu dem sorglosen großen Jungen werden, den sie kannte? Eva nahm an, dass es sehr stark davon abhing, was hier in Wunderland geschah. Sie wünschte, sie wüsste, was sie tun oder sagen sollte. Sie mochte diesen alten, vertrauten Seth. Mochte ihn sogar sehr.

Seth schaute sie finster über die Schulter an. „Warum bist du mitgekommen, Eva?"

Sie fühlte sich wie ein ungezogenes Kind, das in einem Zimmer erwischt worden war, in dem es nicht sein durfte. Bisher war er ihr gegenüber nichts als charmant gewesen. Die Veränderung beunruhigte sie, brachte sie sogar mehr aus der Fassung, als in einem fremden Land zu sein. „Ich werde gebraucht."

Seine Brauen zogen sich zusammen, aber es war Alice, die antwortete. „Du hättest nicht mitkommen sollen. Keiner von euch. Das hier ist mein Schicksal, nicht eures."

„Sag mir nicht, wo mein Schicksal liegt", fuhr Eva sie an.

Alice schaute böse und Eva bereute ihren scharfen Tonfall. Alice traf keine Schuld und Eva durfte nicht vergessen, dass sie nichts von dem wusste, was Eva wusste. Soweit es Alice betraf, sollte Eva zu Hause in England sitzen und ihre Ausbildung zur Krankenschwester machen. Sie wusste nicht, dass Evas Leben auf einer Lüge basierte oder dass ihre Schicksale sich in Wunderland kreuzten.

„Sie hat Recht", sagte David. „Du hättest nicht mitkommen sollen, Eva."

Eva seufzte. Mit ihm wollte sie nicht auch noch streiten.

Das Dorf sah aus wie im Märchen. Einige Gebäude waren aus dunklem Stein und Holz erbaut und besaßen spitze Schieferdächer. Keines davon war höher als zwei Stockwerke und alle standen dicht zusammengedrängt auf Straßen, die so eng waren wie Londons Hintergassen. Die Straßen selbst waren kaum mehr als freie Flächen von verdichtetem Dreck, an deren Rändern Gräben als Abflüsse gezogen waren. Es gab kein nennenswertes Pflaster und dank eines kürzlichen Regenschauers spritzte Matsch von den Stiefeln der Soldaten hoch. Evas Röcke waren bald voller Schmutz. Zum Glück hatte sie Stiefel angezogen und trug keine weichen Hausschuhe wie Alice. Satin war für solche

Bedingungen nicht gemacht. Ihre Füße mussten völlig durchweicht sein.

Die Nachricht von ihrer Ankunft verbreitete sich wie ein Lauffeuer unter den Anwohnern. Überall entlang der Straße wurden Türen und Fenster geöffnet und neugierige Gesichter lugten hervor, um sie vorbeigehen zu sehen. Es wurde hinter vorgehaltener Hand getuschelt, doch in den Augen stand keine Feindseligkeit. Es war allerdings schwierig, die allgemeine Stimmung auszumachen. Wenn Eva glaubte, in einem Augenpaar Hoffnung zu erkennen, sah sie Traurigkeit in dem des Nachbarn oder Furcht oder sogar Misstrauen. Mehr als ein junger Mann bewunderte Alice, die schöne, strahlende frühere Prinzessin dieses Landes. Erinnerten sie sich an sie? Wollten sie sie zurück? Oder waren sie froh zu sehen, dass sie ins Gefängnis abgeführt wurde?

Evas Fragen wurden teilweise beantwortet, als ein älterer Mann sich vor Alice verbeugte. „Verliert nicht den Glauben", sagte er leise. „Nicht alles ist verloren."

Alice blieb stehen und starrte ihn mit offenem Mund an.

Ein Soldat trat aus den Rängen und hob sein Schwert, um den Mann niederzuschlagen.

„Halt!" Der General ging dazwischen. „Lass ihn."

„Aber Sir—"

„Ich sagte, lass ihn!"

Der Soldat ging wieder an seinen Platz.

„Glaubst du, du kannst sie beschützen, Loren?", fragte der ältere Mann. Die beiden mussten sich gut kennen, wenn sie per Du waren. „Glaubst du, die Königin wird sie fair behandeln?"

Ironside ignorierte ihn.

Der Marsch durch das Dorf war entsetzlich langsam. Eva fühlte sich wie eine Nebenattraktion auf einem Jahrmarkt— angeglotzt, abgeschätzt und Gegenstand von Tratsch. Eine Ironie in Anbetracht der Tatsache, dass ihre Mutter eine Wahrsagerin auf dem Jahrmarkt gewesen war. So hatte sie Lincolns Vater kennengelernt—den Prinzen von Wales, und Evas eigenen Vater. Beiden hatte sie die Zukunft vorhergesagt und ihre Rolle darin gesehen. Eva fragte sich oft, was an erster Stelle stand—waren die Ereignisse eingetreten, weil ihre Mutter sie gesehen und entsprechend gehandelt hatte oder hatte ihre Mutter sie gesehen, weil sie unausweichlich waren?

Konnte man das Schicksal tatsächlich wählen? Ihre Mutter behauptete immer, es wäre so, aber Eva war sich nicht ganz sicher. Sie wusste nur, dass sie auf diese Reise hatte gehen *müssen*. Wenn sie es nicht getan hätte … Es war undenkbar.

Die versteckten Phiolen, die sie in den Saum ihrer Röcke genäht hatte, schlugen gegen ihre Knöchel. Sie waren klein und sicher geschützt durch viele Lagen von Stoff, aber trotzdem hatte sie das Gefühl, dass sie so auffällig waren wie Alices Schönheit.

Als sie an den Hügel kamen, auf dem die Burg stand, ging es steil bergauf. Die Wachen am Eisentor salutierten, als der Zug sich hindurchbewegte. Der Weg gabelte sich und ein Großteil der Soldaten schlug den rechten Pfad ein, der am Fuße des Hügels entlangführte, während der Rest mit dem General, Sir Markell und den Gefangenen weiter bergan marschierte.

Der Trampelpfad wurde durch Kopfsteinpflaster ersetzt. Auf der steil abfallenden Seite verlief eine dicke Mauer, die Eva bis zur Brust reichte. Das Dorf unten breitete sich wie eine Decke aus, größer, als sie ursprünglich gedacht hatte. Es zog sich über das gesamte Tal, ehe es abrupt am Ufer eines breiten Flusses endete. Mehrere kleine Boote lagen dort vertäut, aber keine Schiffe, ganz anders als die chaotische, geschäftige Themse.

Sie kamen durch ein weiteres Tor, dann noch eins, beide gespickt mit Wachhäuschen und von Soldaten bemannt. Schließlich erreichten sie einen Innenhof, der auf der einen Seite von einer hohen Mauer und auf der anderen von der Burgmauer umschlossen war. Es gab zwei weitere Ausgänge und Eva konnte durch einen Torbogen vor sich noch einen Innenhof sehen. Die Leute hielten in ihrer Arbeit inne mit Ausnahme eines Stallknechts, der zwei Pferde wegführte. Er verschwand um die Ecke der Burg, die weit aufgerissenen Augen auf Alice gerichtet.

Alice bemerkte davon jedoch nichts. Sie hatte ihren Kopf in den Nacken gelegt, um zur Burg hinaufzuschauen. Die nackten Steinmauern waren hier und da mit Fenstern oder Schießscharten durchsetzt. Oben ragten steile Zinnen in den Himmel. Das hier war kein Buckingham Palace, der gebaut worden war, um den Reichtum des Monarchen zur Schau zu stellen. Es war eine Festung, um Belagerungen standzuhalten.

Ein Mann in einem schwarzen, um die Taille mit einem Gürtel gebundenen Waffenrock trat aus dem Torbogen der Burg. Er kam zielstrebig auf die Gruppe zu und verlangte, mit General Ironside zu sprechen.

„Was ist?", bellte der General.

Der Mann sprach leise und trat dann zurück. Er wartete.

Der General schaute ihn finster an. „Auch die—auch Miss Alice?"

„Ja, Sir."

Der General zögerte. Es war das erste Anzeichen von Unsicherheit, das Eva bisher an ihm gesehen hatte. „Ich würde gern mit einer Autoritätsperson sprechen. Wo ist Lord Indrid?"

„Indisponiert, Sir."

„Wie praktisch", murmelte Sir Markell.

„Meine Anweisungen kommen von der Königin persönlich", sagte der Mann. „Sie erwartet Ihren Bericht im Kriegszimmer. Die Soldaten können sich um die Gefangenen kümmern."

„Sie sind keine Gefangenen", sagte der General. „Sie sind unsere Gäste. Miss Alice sollte als Mitglied der Königsfamilie ebenfalls mit Respekt behandelt und nicht in den Kerker geworfen werden. Ich verlange Lord Indrid zu sprechen."

Kerker!

„Also werden Sie uns *doch* einsperren", sagte Seth. „Ich hätte mir denken können, dass wir Ihnen nicht trauen können, Ironside."

Der General bat mit erhobener Hand um Ruhe, doch es war sein Sohn, der sprach. „Gestatten Sie mir, mit der Königin zu reden, ehe Sie entscheiden, wohin sie gebracht werden sollen." Er machte einen Schritt, doch der Mann stellte sich ihm in den Weg.

„Es wurde bereits entschieden, Sir Markell. Bis zu Miss Alices Verhandlung kommen sie in den Kerker."

„Wir gehen nirgends hin", sagte Gus und verschränkte die Arme.

Seth stellte sich neben seinen Freund, ebenfalls mit verschränkten Armen.

Eva legte ihre Finger um Davids Hand. Er tätschelte ihre Schulter, was sie in keiner Weise beruhigte.

„Ihr müsst gehen." Der General gab seinen Soldaten ein Zeichen. „Geht friedlich oder meine Männer werden nicht gerade sanft sein."

Gus ging mit einem Messer in der Hand in die Hocke. Seth zog eine Pistole aus seinem Hosenbund.

„Nicht schießen!", rief Alice.

„Alice—"

„Nein, Seth. Das hier ist meine Welt, mein Zuhause, und ich werde nicht zulassen, dass du unschuldige Leute erschießt."

„Sie sind nicht unschuldig", sagte Seth. „Sie werden uns in den Kerker bringen."

„Sie befolgen nur Befehle. Abgesehen davon hast du nicht genug Kugeln. Du wirst überwältigt und dann werden wir hier garantiert nicht lebend rauskommen. Steckt eure Waffen weg und lasst uns friedlich mitgehen. Wir werden eine gewaltfreie Lösung finden." Sie starrte ihn nieder, bis er seine Pistole senkte.

Gus tat das Gleiche mit dem Messer. Der General wies seine Männer an, ihre Taschen zu durchsuchen. Weitere Messer und Pistolen gesellten sich zu den ersten. Die Soldaten durchsuchten David und näherten sich dann Eva.

„Ich muss doch sehr bitten!", protestierte David. „Ihr könnt so nicht mit meiner Schwester umgehen."

„Lassen Sie die Ladys in Ruhe", knurrte Seth. „Oder ich reiße Ihnen die Kehle raus, Ironside."

„Wir sind nicht bewaffnet", versicherte Alice dem General hastig. „Ich gebe Ihnen mein Wort."

Der General gab das Signal, sie abzuführen. „Geht friedlich und euch wird kein Leid geschehen. Das verspreche ich."

„Danke, General. Ich bin Ihnen sehr dankbar."

Eva atmete erleichtert aus. Ihre Phiolen waren sicher. Für den Moment.

„Wir werden dafür sorgen, dass Sie bald freigelassen werden", sagte Sir Markell. Sein unsicherer Blick zur Burg erfüllte Eva nicht gerade mit Zuversicht.

Sie folgten einer kleinen Kohorte von Soldaten den Pfad entlang, den der Stallknecht mit den Pferden genommen hatte, ehe sie die Burg durch ein gähnendes Tor betraten, das mit einem Eisengitter gesichert war. Der Wachmann öffnete sowohl die Tür als auch das Gitter mit einem schweren Schlüssel. Anders als die in Rot gekleideten Soldaten trug er Weiß.

Im Inneren trafen sie auf eine weitere Wache und noch eine verschlossene, vergitterte Tür. Die Luft fühlte sich kühler und feuchter an und es war auf jeden Fall dunkler. Auf der anderen Seite der zweiten Tür wurde es noch schwärzer. Das einzige Licht kam von brennenden Fackeln, die in Abständen entlang des Ganges positioniert waren.

„Himmel", murmelte Gus, während sie im Gänsemarsch eine schmale Treppe hinabstiegen. „Ich kann nich sehen, wo ich hingehe."

Eva erwartete, dass Seth ihn ärgern würde, aber niemand sprach. Geplänkel war in diesem Moment unangebracht.

Der Fuß der Treppe wurde durch eine weitere Tür versperrt. Sobald sie hindurch waren, wurden sie von schaler Luft und dem Gestank von Exkrementen überwältigt. Eva und Alice legten sich die Hände über Mund und Nase.

Sie folgten dem Korridor an mehreren Zellen vorbei. Eva dachte zuerst, sie wären leer, doch sobald ihre Augen sich auf das schwache Licht eingestellt hatten, konnte sie etwas durch die Gitterstäbe erkennen. Sie war schockiert.

Ein Fuchs stellte sich auf seine Hinterbeine, als sie vorbeikamen. Er packte die Gitter mit den Pfoten und steckte die Nase hindurch. „Eure Hoheit", sagte er in einer sonoren, männlichen Stimme.

Die Gruppe blieb stehen und starrte ihn an, bis die Wachen sie weiter drängten.

„Zur Hölle", murmelte David. „Was *ist* das für ein Ort?"

„Wunderland", sagte ein eingesperrter Esel.

Charlie hatte Eva von dem weißen Kaninchen erzählt, das Alice in ihren Träumen besucht hatte, aber bis jetzt hatte sie es nicht wirklich geglaubt.

David fluchte leise auf Romani. Er fluchte nie und benutzte auch nie die Sprache seiner Mutter. Vielleicht hätte Eva ihm gegenüber die Geschichten von dem weißen Kaninchen erwähnen sollen. Andererseits hätte er ihr sowieso nicht geglaubt.

Der Anführer blieb vor einer leeren Zelle stehen. „Die Frauen hier rein, die Männer da." Er zeigte auf die gegenüberliegende Zelle.

„Wir bleiben zusammen", sagte Gus.

David packte Evas Hand. „Ich werde nicht von meiner Schwester getrennt."

„Frauen hier, Männer da." Der Soldat schloss die nächste Zelle auf. „Rein da."

„Zusammen", knurrte Seth.

„Nur für den Moment", sagte Alice zu dem Soldaten. „Bitte."

Er seufzte. „Geht einfach rein."

Einer nach dem anderen betrat brav die Zelle und der Soldat verschloss das Gitter. David packte die Stangen und sah ihm nach, wie er den Korridor entlang zurückging. Eva lehnte sich an die Rückwand und versuchte, durch den Mund zu atmen. Der Gestank drang trotzdem zu ihr durch.

„Eva, Alice, setzt euch auf das Bett und ruht euch aus." Seth beäugte die nackte Holzplanke misstrauisch. „Falls das ein Bett sein soll."

„Wenigstens können sich da keine Läuse verstecken", sagte Gus.

Alice rümpfte die Nase. „Ich glaube, ich stehe lieber."

David fuhr herum und zeigte mit dem Finger auf sie. „Das ist alles deine Schuld. Keiner von uns wäre hier, wenn du dich nicht ergeben hättest."

„David", schnappte Eva. „Das ist nicht hilfreich."

„Wenn ich mich nicht ergeben hätte, wärt ihr möglicherweise alle tot", sagte Alice. „Und ich habe euch nicht darum gebeten, mir zu folgen. Ich wünschte, ihr hättet es nicht getan."

Seth packte Alices Schultern und neigte den Kopf, um ihr in die Augen zu sehen. „Ich konnte nicht zulassen, dass du allein gehst. Abgesehen davon wollte ich immer schon mal an interessante Orte reisen." Er schenkte ihr sein berühmtes Lächeln, komplett mit Grübchen. Der Anblick freute Eva, auch wenn sie wusste, dass es nicht echt war.

„Die Burg erinnert mich an ein berühmtes Theaterstück, das ich mal gesehen hab", sagte Gus. „Da gab's 'nen verrückten König, keine Königin. Ganz viel Blut und Schlachten und noch irgendwas."

„Shakespeare", sagte Seth.

„Nee, das war's nich."

„Das ist Macbeth."

Gus schnipste mit den Fingern und zeigte auf Seth. „Das schon eher."

„Macbeth, nur mit Tieren", sagte Eva. Sie war froh über jedes Gespräch, das ihren Bruder davon abhielt, zu mürrisch zu werden.

Alice spähte zwischen den Gittern hindurch. „Sind das Tiere oder Menschen?"

Seth stellte sich neben sie. „Wir hätten das weiße Kaninchen zum Reden bringen sollen, als wir die Chance dazu hatten."

„Ich hätte euch nichts verraten", sagte eine kratzige Stimme aus der gegenüberliegenden Zelle. Ein Kaninchen, das mit einer Weste bekleidet war, bewegte sich in den schwachen Lichtschein der nächsten Fackel. Einige seiner Schnurrhaare waren zerknickt und sein Fell, soweit es unter seiner Kleidung sichtbar war, war überwiegend braun vor Dreck anstatt Reinweiß. „Es war verboten."

„Du!" Gus zeigte auf das Kaninchen. „Ich hab mir die Schulter gezerrt, als ich versucht hab, dich zu schnappen, du schlüpfriger Köter."

„Kein Köter, ein Kaninchen." Es klang müde. „Schaut genau hin. Starrt, so viel ihr wollt und lacht. Mir ist inzwischen alles egal."

„Haben sie dich eingesperrt, weil du mich nicht zurückgebracht hast?", fragte Alice.

„Ich hasse euch Menschen", war seine einzige Antwort.

Alice war sichtlich empört.

„Du hasst deine Prinzessin?", fragte Seth.

„Habt ihr es nicht gehört? Sie ist keine Prinzessin mehr." Das Kaninchen plumpste auf den Boden seiner Zelle und kratzte sich zwischen den langen Ohren den Kopf. „Die Königin hat sie aus ihrer Familie verstoßen und ihr den königlichen Titel aberkannt. Jetzt ist sie nur noch schlicht Alice."

„An ihr ist nichts schlicht. Sieh sie doch an."

„Seth", sagte Alice und klang dabei so müde wie das Kaninchen. „Nicht."

„Ist doch wahr", murmelte er.

Ihre Augen blitzten plötzlich auf. „Ich bin so viel mehr. Warum kannst du das nicht sehen?"

Seth stolperte einen Schritt zurück. Er blinzelte sie an. „Aber natürlich bist du das. So habe ich das nicht gemeint."

Aber sie wussten alle, dass er genau das gemeint hatte. Wie die meisten Leute war er nicht in der Lage, an ihrem hübschen Gesicht und ihrer reizvollen Figur vorbeizuschauen. Es war der Grund, warum die meisten Frauen sie beneideten und viele Männer meinten, in sie verliebt zu sein. Eva gab es nur ungern zu, aber sie war eine dieser Frauen. Das musste sich ändern. Sie war Alice gegenüber ungerecht gewesen.

Es schien, als wäre Seth zu dem gleichen Schluss gekommen. Er zog sich ans Ende der Zelle zurück, wo er auf den Boden rutschte und die Knie anzog. Aus einem Impuls heraus setzte Eva sich zu ihm.

„Mach dir keine Vorwürfe", sagte sie.

„Ich hätte es verstehen sollen."

„Weil Leute sich in dein hübsches Gesicht verlieben?"

Einer seiner Mundwinkel zuckte. „Ich ziehe gut aussehend vor."

„Es muss ständig vorkommen."

„In letzter Zeit nicht so oft."

Vielleicht hatte er es einfach nicht bemerkt, weil Frauen ihn auf jeden Fall anstarrten, wenn er einen Raum betrat. Eva wusste es aus eigener Erfahrung.

„Mir ist es nicht in den Sinn gekommen, dass ich in Alice nicht mehr gesehen habe als ein hübsches Gesicht", fuhr er fort.

„Bist du dir da sicher? Ich meine, nur weil sie das glaubt, heißt es noch lange nicht, dass es stimmt. Und nur weil du sie für hübsch hältst, bedeutet es nicht, dass du ihre anderen Qualitäten nicht siehst."

Er starrte Alices Rücken an. Sie sprach noch immer durch die Gitterstäbe mit dem Kaninchen, von David auf der einen und

Gus auf der anderen Seite flankiert. Falls ihr bewusst war, dass sie Seths Gefühle verletzt hatte, zeigte sie es nicht.

„Wenn du sie wirklich liebst, bleib dran", sagte Eva.

Seth streckte seine langen Beine aus und kreuzte die Knöchel. „Das ist es ja. Woher weiß ich, ob ich sie liebe? Sollte es nicht irgendwelche Anzeichen geben?"

„Ich schätze, es ist eher das Gefühl, dass man nicht ohne einander leben kann oder will." Sie beobachtete ihn sorgfältig, aber er sagte nichts, sondern starrte nur weiter Alice an. „Meine Mutter sagte einmal, dass du die Liebe erkennst, wenn du bereit bist, für diese Person alles aufzugeben, selbst wenn du davor gewarnt wirst. Damit meinte sie natürlich sich selbst und meinen Vater."

„Sie hat viel aufgegeben, um mit ihm zusammen zu sein."

„Ihre Familie und Freunde, ihre Kultur. Obwohl ich mir nicht sicher bin, ob sie diese Dinge nicht ohnehin aufgeben wollte. Sie hat mir oft gesagt, dass ihr das Leben als Roma nicht zugesagt hat."

„Meine Mutter hat für ihren zweiten Ehemann auch viel aufgegeben—ihre Freunde, ihren Status, den guten Ruf. Ich war ihr gegenüber unfair und habe mich wie ein Kind benommen. Aber jetzt bin ich erwachsen und verstehe, warum sie getan hat, was sie getan hat. Das hätte ich ihr sagen sollen."

Sie stupste seine Schulter an. „Siehst du, du bist nicht nur ein hübsches Gesicht. Du kannst auch philosophieren."

„Das ist nicht alles. Ich kann reiten wie ein amerikanischer Cowboy, Gedichte auf Latein aufsagen und eine Krawatte auf nicht weniger als neun verschiedene Arten binden."

Sie lachte. „Du meine Güte, du bist ja ein wahres Genie!"

„Psst. Nicht verraten. Ich mag meinen Ruf als Trottel ganz gern."

„Seth", sagte sie recht ernst, „niemand hält dich für dumm, am allerwenigsten deine Freunde, die dich gut kennen."

„Zählst du dich dazu?"

Sie spürte, wie ihr Gesicht warm wurde und war dankbar für das schwache Licht. „Ja."

Er küsste sie auf den Scheitel. „Gut. Du hast einen ansonsten grauenvollen Tag erhellt." Er stand auf und reichte ihr die Hand.

Sie nahm sie und gemeinsam gesellten sie sich zu den anderen an die Gitterstäbe der Zelle.

„Hör dir das an", sagte Gus. „Das Kaninchen behauptet, die Königin verwandelt jeden, der nich macht, was sie sagt, in ein Tier."

„Mein Name ist Sir Uther", sagte das Kaninchen großspurig. „Ich war einer ihrer Berater, bis ..." Es breitete die Arme aus und verbeugte sich.

„Manche erhalten eine zweite Chance, um sich zu beweisen", fuhr Alice fort. „Wie Sir Uther. Aber wenn sie erneut versagen, werden sie hierhergeschickt, um den Rest ihrer Tage in eine Zelle eingesperrt zu verbringen. Sie bekommen ihre menschliche Form nie zurück. Andere werden angeklagt und sofort hingerichtet. Es ist barbarisch."

„Wie verwandelt sie dich?", fragte Eva.

„Magie", sagte das Kaninchen. „Sie hat ein Buch mit Zaubersprüchen gefunden, das man lange verloren glaubte. An mir hat sie es ausprobiert, an ihnen ... Miss Alices Eltern."

Alice schnappte nach Luft. „Sie hat sie in Tiere verwandelt?"

„Gänse. Dann ließ sie sie jagen und töten. Sie wurden vorher gerettet, Miss Alice, indem sie Sie durch das Portal geschickt haben."

Alices Knöchel wurden weiß, als sie die Gitterstäbe packte. „Kanntest du sie?"

„Nein."

„Du hast gesagt, die Königin verwandelt jeden in ein Tier, der versagt", sagte Seth. „Das bedeutet, du hast ihr gegenüber versagt, Uther."

„*Sir* Uther. Und ja, das habe ich dummerweise."

„Wie?"

„Das geht euch nichts an."

„Er hat Informationen an die Abtrünnigen weitergegeben", ertönte eine Stimme aus einer anderen Zelle.

„Halt den Mund, Esel."

Der Esel gab ein lautes Iah von sich.

„Wer oder was sind die Abtrünnigen?", fragte Alice.

„Ihre Unterstützer", sagte Sir Uther.

Alice presste sich gegen das Gitter. „Du … du wünschst, dass ich den Thron zurückerobere?", flüsterte sie.

„Ich wünschte, ich wäre nicht hier drinnen, das wünsche ich." Das Kaninchen zog sich in die Schatten am hinteren Ende seiner Zelle zurück. „Ich wünschte, ich hätte denen nicht geglaubt."

„Den Abtrünnigen?"

Das Kaninchen erwiderte nichts.

„Sir Uther!", rief Alice. „Erzähl mir von den Abtrünnigen. Sind es viele? Sind sie stark? Was wollen sie?"

Das weiße Kaninchen zischte. „Ich würde den Mund halten, wenn ich Sie wäre, Miss Alice. Diese Wände haben Ohren. Es wird Ihnen übel ergehen, wenn Sie Gerede über Hochverrat schüren."

„Würde die Königin uns auch in Tiere verwandeln?", fragte David.

„Sie vielleicht, aber Miss Alice würde sie einfach hinrichten."

Eva rutschte der Magen in die Kniekehlen.

„Sie ist zu gefährlich, um lebend in Wunderland herumzulaufen. Die Abtrünnigen haben jahrelang in der Hoffnung verbracht, dass sie noch lebt, und wenn sie sehen, dass es stimmt, werden sie ihre Kräfte bündeln und einen Plan schmieden, um die Herzkönigin zu stürzen. Eine legitime Thronerbin am Leben zu lassen ist ein enormes Risiko."

Eva berührte Alices Arm, um ihre Unterstützung zu zeigen. Ein leichtes Beben durchfuhr Alice, doch ihre Stimme war fest, als sie sprach. „Danke für deine Ehrlichkeit, Sir Uther. Ich weiß es zu schätzen und auch, was du für die Abtrünnigen getan hast. Was dir widerfahren ist, ist grässlich. Du verdienst es nicht."

„Wie gesagt, ich wünschte, ich hätte anders gehandelt", murmelte das Kaninchen.

„Rückgratlos, das bist du, Uther", sagte eine Stimme aus der Nachbarzelle. „Du warst damals nervös und ängstlich und jetzt bist du auch nervös und ängstlich. Kein Wunder, dass sie für dich die Form eines Kaninchens gewählt hat."

Das Kaninchen reagierte nicht. In seiner Zelle war es vollkommen still geworden. Eva spürte, wie die Stille sich um sie legte, dicht und erdrückend. Sie wurde von dem Klang von Stiefeln auf dem Steinboden unterbrochen. Mehrere Paare, wenn Eva sich nicht irrte. Sie verkrampfte sich.

„Die Königin verlangt eure Anwesenheit", verkündete der Anführer der Soldaten.

„Sie geht nicht allein", sagte Seth zu ihm. „Wo sie hingeht, gehe ich auch hin."

„Keine Sorge, hübscher Junge. Ihr kommt alle mit." Er schloss die Tür auf und führte sie hinaus.

Sir Uther sprang nach vorn. Seine Ohren wackelten und die Pfoten schlossen sich um die Gitter. „Viel Glück", flüsterte er. „Mögen die Götter und Göttinnen Sie beschützen."

Mehrere bewaffnete Soldaten eskortierten die Gruppe den Flur entlang dahin zurück, woher sie gekommen waren.

„Viel Glück", sagte der Esel, als sie an seiner Zelle vorbeikamen. Es war schwer zu sagen, aber Eva hätte schwören können, dass er besorgt aussah.

Alice wirkte jedoch keineswegs beunruhigt, einem ungewissen Schicksal entgegengeführt zu werden, sondern inspiriert.

KAPITEL 4

SETH

Seth hatte jemanden Größeres und Schöneres erwartet, jemanden wie Alice. Die Herzkönigin war weder groß noch schön. Sie war stämmig und auf ihrer Stirn und um ihren Mund waren so viele Falten, dass sie aussah, als hätte sie Zeit ihres Lebens täglich Zitronen ausgesaugt. So hatte Charlie Königin Victoria beschrieben. Die Ähnlichkeit hätte sie belustigt.

Die Gefangenen waren aus dem Kerker in den Audienzsaal gebracht worden, wie Seth vermutete. Dort wurden Untertanen empfangen, die sich vor der Königin verbeugen sollten. Der Saal war riesig und im Wesentlichen unmöbliert, abgesehen von dem auf einem Podest stehenden großen geschnitzten Holzthron und einem roten Teppich, der darauf zu lief. In mittelalterlichem Stil festlich gekleidete und vor Juwelen strotzende Männer und Frauen säumten den Teppich und beobachteten, wie die Soldaten Alice vorwärts schoben. Seth entdeckte General Ironside und Sir Markell ganz vorn, flankiert von sechs weiteren Soldaten. Andere bewaffnete Männer standen an der Wand aufgereiht, doch sie waren alle weiß gekleidet, wie die Kerkerwachen, nicht rot wie die Soldaten oder schwarz wie der General und Sir Markell.

Die Königin hob die Hand und die Soldaten stoppten Alice. Die Königin stand auf und kam vom Podest herunter. Jeder ihrer

Schritte schlug dumpf auf, während sie sich Alice auf dem Teppich näherte.

„Das ist sie also", sagte sie mit dröhnender Stimme, die von den Balken widerhallte.

„Ja, Eure Majestät", erwiderte Sir Markell.

„Woher wisst ihr das?"

Trotz der Herausforderung in ihrer Stimme zögerte der Berater der Königin keine Sekunde. „Ihre Geschichte passt zu dem, was wir von ihr wissen."

„Und sie sieht ihrer Mutter bemerkenswert ähnlich", fügte der General hinzu. „Selbst Ihr müsst das anerkennen."

Die Augen der Königin blitzten und Seth dachte, sie würde ihn aus dem Saal werfen oder ihn rügen, doch sie wandte sich lediglich an Alice. „Weißt du, warum du hier bist?"

Alice richtete sich auf. Trotz ihrer matschigen Schuhe wirkte sie königlich. Seth hatte schon immer gedacht, dass sie eine würdevolle Art an sich hatte, aber dieser Saal schien es zu verstärken. „Ich bin die rechtmäßige Thronerbin und Ihr habt Angst, dass ich ihn Euch wegnehme."

Zur Hölle.

„Warum hat sie das gesagt?", murmelte Gus. „Sie steckt in genug Schwierigkeiten."

Die Nasenflügel der Königin blähten sich. Seth kalkulierte blitzschnell, wie viele Wachen und Soldaten er bekämpfen musste, um zu Alice zu gelangen, ehe die Königin sie schlug. Es waren zu viele, der Abstand zu groß. Nicht einmal Lincoln würde das schaffen.

„Du irrst dich", war alles, was die Königin sagte. „Du bist *nicht* die rechtmäßige Thronerbin. Ich bin es. Mein Bruder, dein Vater, war jünger als ich. Er hätte unseren Vater nicht beerben sollen. *Ich* hätte erben sollen."

„Und warum habt Ihr es dann nicht?", fragte Alice.

„Mein Vater hielt meinen Bruder für besser geeignet und hat ihn als Erben eingesetzt." Die Königin beugte sich vor. „Aber er lag falsch. Ich bin besser, als dein Vater es jemals war. Er war schwach. Ich bin stark."

Stoff raschelte, Füße schlurften, doch so sehr Seth die kleine

Ansammlung auch studierte, er konnte nicht erkennen, wer von ihnen sich bei den Aussagen der Königin unwohl fühlte.

„Ich verstehe", sagte Alice. „Danke für die Geschichtsstunde. Also was geschieht jetzt? Soll ich als Eure Rivalin hingerichtet werden?"

„Natürlich nicht. Ich bin kein Monster. Du wirst erst vor Gericht gestellt." Die Königin wedelte mit der Hand zu einem Mann in einer schwarzen Robe, der neben dem Thron stand. „Fahren Sie fort, Lord Indrid."

„Hier?", fragte Alice. „Jetzt?"

„Warum nicht?", entgegnete die Königin. „Du bist hier, ebenso ich und mehrere Zeugen. Lord Indrid wird der Verhandlung vorstehen."

„Was ist mit einem Richter?"

„*Ich* entscheide über dein Schicksal."

„Sollte es nicht erst ein Urteil geben, ehe Sie über ihr Schicksal entscheiden?", schnappte Eva.

Die Königin ignorierte sie.

„Das ist eine Farce", sagte Seth. „Lasst uns gehen. Wir gehören hier nicht her. Alice will Ihre verdammte Krone nicht. Sie kommt mit uns nach Hause und Sie können hier weiterregieren, bis jemand kommt und Sie stürzt."

Die Königin zog eine dünne Augenbraue hoch. „Ist das dein Mann?"

„Nein", sagte Alice. „Ich bin nicht verheiratet."

„Sehr weise. Ehemänner neigen dazu zu glauben, was dir gehört, gehört auch ihnen, obwohl ich das Gesetz in dieser Hinsicht geändert habe."

„Nun?", fuhr Seth fort. „Lassen Sie sie gehen?"

Die Königin kehrte zu ihrem Thron zurück und spielte mit einem großen, herzförmigen Rubinring an ihrem Finger. „Er benimmt sich wie ein Ehemann."

„Bringen wir es hinter uns", sagte Alice mit erhobenem Kinn.

Was machte sie da? Warum wehrte sie sich nicht? „Alice, nicht." Falls Seths Warnung sie erreichte, ließ sie es sich nicht anmerken.

Der vertrocknete Lord Indrid schlurfte vorwärts. „Ihre Majestät, die Herzkönigin, Regentin von Wunderland, beschuldigt

Miss Alice von … England des Hochverrats, nachdem sie Wunderland ohne Genehmigung ihrer Königin verlassen hat."

„Sie war ein Kind!", rief Seth. Er versuchte, sich vorwärts zu bewegen, doch die Soldaten auf beiden Seiten klemmten ihn zwischen sich ein. „Sie hatte gar kein Mitspracherecht, was mit ihr passierte. Wenn Sie jemanden anklagen wollen, dann die, die sie dorthin geschickt haben."

„Das habe ich bereits", sagte die Königin. „Dann habe ich sie hingerichtet."

Seths Mund wurde trocken.

Alice wandte sich halb um und schüttelte leicht den Kopf.

„Ihre Hoheit hat das Recht auf juristischen Beistand", verkündete Sir Markell.

Die Luft schien aus dem Saal gesaugt zu werden. Dutzende Köpfe drehten sich in Sir Markells Richtung. Er schien es nicht zu bemerken.

„Markell", zischte der General. „Was tust du?"

„Die Ehrensache", sagte Sir Markell. „Sie ist immer noch Prinzessin von Wunderland und verdient es, als Hoheit ange-sprochen zu werden."

„Du wagst es, die Thronräuberin mit dem Titel anzureden, der ihr aberkannt wurde?", spuckte die Königin. „Mit dem Titel, den *ich* ihr aberkannt habe?"

„Laut der königlichen Satzung ist das unrechtmäßig. Sie ist lebenslang Prinzessin. Lediglich ihre Ländereien und ihr Besitz verfallen, wenn sie des Hochverrats schuldig gesprochen wird", fuhr er fort, als hätten nicht sämtliche Anwesenden angesichts seiner Dreistigkeit nach Luft geschnappt und als würde die Königin ihm keine tödlichen Blicke zuwerfen. „Es ist nicht ganz klar, ob sie Schuld daran trägt, dass sie Wunderland im Alter von drei Jahren verlassen hat. Sie hatte immerhin in der Angele-genheit nichts zu sagen. Es könnte argumentiert werden, dass sie gekidnappt wurde. Ein ordentliches, unvoreingenommenes Gerichtsverfahren ist nötig, um—"

„Ihr Verlassen des Landes war illegal, weil ich es sage! Sie hat Hochverrat begangen, weil ich es sage!" Das Gesicht der Königin war so rot angelaufen wie ihr Kleid. „General! Schneidet Eurem Blag die Zunge raus. Er kränkt mich."

Sir Markell schluckte. Sein Blick glitt zu seinem Vater. Der General begegnete ihm und zeigte den Hauch eines Nickens, ehe er die Schultern straffte. „Das kann ich nicht. Er hat Recht. Abgesehen davon ist ihre Hoheit, die Prinzessin Alice, die wahre Erbin—"

„Genug!" Die Königin hämmerte ihre Faust auf die Armlehne des Throns, wieder und wieder, während die Zuschauer aufgeregt tuschelten. „Wachen! Ergreift ihn!"

Die weiß gekleideten Männer verließen die Wände und gingen mit gezogenen Schwertern auf den General und seine Soldaten los, die unbewaffnet waren.

Für einen scheinbar langen Moment standen die adeligen Zuschauer nur reglos da, als würden sie ein Schauspiel auf der Bühne verfolgen. Dann kreischte eine Frau und Chaos brach aus.

Die Zuschauer rannten zu den Türen, schubsten sich gegenseitig aus dem Weg und beschimpften sich.

Ganz anders die Wachen der Königin, die in schweigender, tödlicher Einheit vorwärts marschierten.

„Männer!", befahl der General. „Formation!"

Die Soldaten bildeten mit ihrem General zusammen in der Mitte des Raumes einen Kreis und gingen mit gezückten Messern in Kampfposition. Sie waren also nicht unbewaffnet, sondern hatten Messer in ihren Stiefeln versteckt. Der General war kein Dummkopf.

Seth zog ebenfalls ein Messer aus seinem Stiefel, das er bereits in Lichfield dort verstaut hatte, und sah, dass Gus es ihm gleichtat. Die Klinge fühlte sich gut an in der Hand, gewichtsmäßig ausbalanciert, das Metall kühl und hart. Wenn er seinen ersten Streich richtig ausführte, konnte er dem Schwert der nächststehenden Wache ausweichen und tief und schnell zustechen. Aber sie waren in der Unterzahl und Seth konnte nicht einschätzen, ob die Soldaten den Wachen gewachsen waren.

„Zurück", befahl Seth Eva, Alice und David. „Stellt euch hinter mich und Gus."

Sir Markell hatte jedoch bereits Alices Hand genommen. „Kommen Sie mit mir, Eure Hoheit. Ich kenne einen Fluchtweg."

„Meine Freunde auch", sagte Alice und nahm Evas Hand. „Alle."

Sir Markell presste die Lippen aufeinander und Seth dachte schon, er würde sich weigern. „Ich werde es versuchen, aber ich kann nur Sie verteidigen."

„Wir kümmern uns um Eva und David", sagte Gus.

„Und um Alice", sagte Seth. „Ich werde sie beschützen, Ironside."

Sie wollte zu ihm gehen, doch Sir Markell legte seinen Arm um sie. „Sie bleibt bei mir. Die Wachen sind gut ausgebildet."

„Halten Sie uns für unfähig?"

Sir Markell brummte nur und zog ein Messer aus seinem Stiefel. Als er sich aufrichtete, griffen die Wachen an.

Seth rollte sich ab und stach mit seinem Messer nach oben, als das Schwert des Wachmanns neben ihm niedersauste. Der Stich war zwar nicht tief, brachte die Wache jedoch aus dem Gleichgewicht, sodass die Klinge ihr Ziel verfehlte. Seth schob sich auf die Knie und erledigte den Wachmann mit einem Stich in die Seite. Dann schnappte er sich das Schwert und kam gerade noch rechtzeitig auf die Füße, um den Hieb eines zweiten Wachmanns abzufangen.

Seth schaltete ihn aus, nur um zwei weiteren gegenüber zu stehen. Aus dem Augenwinkel sah er, wie Gus es mit noch zwei Männern aufnahm. Er hatte sich ebenfalls das Schwert eines Gefallenen genommen, besaß jedoch keine Fechtausbildung wie Seth und benutzte es eher wie einen Knüppel. Seth musste ihm helfen, konnte sich allerdings nicht von seinen eigenen Angreifern loseisen.

Ein unerwarteter Verbündeter tauchte in Form des Soldaten auf, der sie aus dem Kerker herausbegleitet hatte. Er blutete aus einer Wunde auf der Wange, war jetzt jedoch mit einem Schwert bewaffnet und benutzte es mit Finesse.

Für Bewunderung blieb allerdings keine Zeit. Es gab zwar mehr Wachen als Soldaten, aber der General hatte seine Männer gut geschult, sodass sie sich behaupten konnten. Sir Markell hatte sich zu Gus gesellt und kämpfte mit ihm zusammen. Die Frauen und David hatten sich an den Rand zurückgezogen, um nicht im Weg zu stehen. Von der Königin war weit und breit nichts zu sehen. Vielleicht war sie geflohen. Ihre Wachen konnten sie jetzt nicht mehr retten. Das Blatt hatte sich gewendet und die Anzahl von Männern auf beiden Seiten war ausgeglichen.

Doch dann flogen die Türen auf und weitere weiß gekleidete Wachen drängten herein. Sie lenkten Seth so ab, dass er die Klinge erst sah, als es zu spät war. Er konnte nur noch die Augen zukneifen.

Ein anderes Schwert wehrte sie wenige Zentimeter vor Seths Gesicht ab. Der General erledigte den Wachmann mit einem tödlichen Hieb auf den Hals. Blut spritzte Seth ins Gesicht und strömte über die weiße Uniform der Wache.

Der General schien nicht zu bemerken, dass er mit Blut bedeckt war. „Los!", brüllte er. „Verschwindet! Markell, beschütze die Prinzessin."

Sir Markell schaltete eine Wache aus und beäugte die anrückende Reserve. „Was ist mit dir, Vater?"

„Ich bleibe. Die meisten dieser Wachen habe ich ausgebildet. Vielleicht werden mir einige zuhören." Er bereitete sich auf den Angriff vor. Nur noch vier Soldaten waren übrig, inklusive des Generals, aber mehr als zwanzig Wachen. Sie hatten keine Chance. „Geht jetzt, ehe es zu spät ist."

Sir Markell wirkte gequält. „Es tut mir leid, Vater."

„Das sollte es nicht. Ich hätte schon vor Jahren etwas tun sollen, aber ..." Seine Finger spannten sich um den Schwertgriff. „Aber ich hatte Angst vor dem, was sie dir und deiner Mutter antun würden. Ich bin stolz auf dich, dass du das gewagt hast, was ich mich nicht getraut habe. Jetzt geh!"

Sir Markell drückte die Schulter seines Vaters, ehe er zu Eva, Alice und David kam. Er brachte sie in den hinteren Bereich des Saals, wo er eine Holzfliese berührte. Eine verborgene Tür öffnete sich, durch die er David schob. Der Rest folgte.

Seth erhaschte einen kurzen Blick auf einen schmalen Korridor, ehe sich die Tür hinter ihnen schloss und sie in völlige Dunkelheit tauchte. Evas Hand griff nach hinten und erwischte seine. Er drückte sie sanft zum Trost.

„Tastet euch mit der linken Hand an der Wand entlang", befahl Sir Markell. „Dieser Korridor schlängelt und gabelt sich, aber wir wollen uns immer links halten."

„Wie weit?", fragte Alice.

„Bis ans Ende."

Der Kampflärm wurde leiser. Irgendwie hatte der General es mit seinen Soldaten geschafft, die Wachen vom Geheimgang wegzuhalten, aber das würde nicht lange währen.

Seths Augen gewöhnten sich genug an die Dunkelheit, dass er Evas Gestalt ausmachen konnte, doch niemanden vor ihr. Ihre Schritte und Atmung waren die einzigen Geräusche. Niemand sprach.

Dann hörte er es. Stimmen hinter ihnen, das Trampeln von Stiefeln. Die Wachen kamen.

Seth, Gus und Sir Markell würden sie aufhalten müssen, während die anderen weitergingen. Hoffentlich warteten am Ende des Tunnels keine Wachen auf sie.

Seth machte sich da jedoch keine Illusionen. Wenn Sir Markell wusste, wohin der Tunnel führte, dann wussten es die Königin und ihre Wachen mit Sicherheit auch. Trotzdem hatten sie keine andere Wahl, als weiterzugehen.

Seth war sich nicht sicher, wann ihm auffiel, dass die Dunkelheit wich. Allmählich konnte er die Personen weiter vorn erkennen, das dunkle Grün von Evas Kleid und die wippenden Strähnen ihrer schwarzen Haare.

Dann sah er, warum es heller geworden war. Der Gang endete an einer schmalen Steintreppe, deren Stufen zu einer geöffneten Tür führten. David, der an erster Stelle ging, zögerte.

„Geh!", rief Sir Markell.

Da David sich nicht bewegte, schob Alice sich an ihm vorbei. Er folgte. Evas Finger umfassten Seths fester, was er als merkwürdig tröstend empfand. Falls das, was auch immer auf der anderen Seite war, sie umbringen würde, starben sie wenigstens nicht allein.

Das Erste, was Seth beim Verlassen des Tunnels sah, waren vier Leichen, die die weiße Uniform der königlichen Wache trugen. „Wer—"

Hände packten seine Schultern und zogen ihn vorwärts. Er stolperte gegen Eva, die ihre Arme um ihn legte, um ihn aufzufangen.

„Entschuldigung", sagte Seth abwesend.

Sechs Männer umzingelten sie. Sie trugen keine Uniformen,

sondern die gleichen hellbraunen Hemden wie die Dorfbewoh-
ner. Blut färbte ihre Schwerter rot.

Schweigend halfen sie Gus und Sir Markell aus dem Tunnel
und zeigten einen steilen Pfad entlang, der den Hügel hinunter-
führte. Einer von ihnen umfasste Sir Markells Arm zur
Begrüßung.

„Wie viele?", fragte der Mann.

„Ich weiß es nicht", sagte Sir Markell. „Aber sie sind dicht
hinter uns."

„Geht. Bringt die Prinzessin in Sicherheit." Sein Blick sprang
zu Alice, die ihn mit weit aufgerissenen Augen anstarrte. Es war
das einzige Anzeichen, dass sie Angst hatte.

Sir Markell zögerte.

„Sie können nur einer nach dem anderen herauskommen",
sagte sein Freund. „Geht."

Sir Markell klopfte ihm auf die Schulter und ging zu Alice.
„Hier entlang", sagte er. „Sobald wir den Wald erreichen, sind
wir sicher."

„Welchen Wald?", fragte Gus.

Sir Markell antwortete nicht. Er übernahm die Führung,
stellte sicher, dass alle folgten, und stieg den Hügel hinab.

Seth schaute zurück zur Außenmauer der Burg, die über
ihnen aufragte und den Blick auf den Himmel versperrte. Gus
schob ihn weiter und er reihte sich hinter Eva ein.

Der Pfad war nicht sehr ausgetreten. Büsche zerrten an
seinen Ärmeln und zerkratzten seine Handrücken, während
seine Stiefel auf losen Steinen wegrutschten. Eva verlor das
Gleichgewicht und Seth packte sie um die Taille, damit sie nicht
fiel.

„Vorsicht", sagte er.

Sie schaute zu ihm auf. Ihre dunklen Augen waren feucht.
„Danke."

Sobald sie den Fuß des Hügels erreicht hatten, wurden sie
vom Dorf verschluckt. Sie gingen durch verwinkelte Gassen,
schlängelten sich zwischen den Marktständen hindurch, mal in
die eine Richtung, dann in die andere. Trotz ihrer Vorsicht
starrten die Leute. Seth hörte sie Sir Markells Namen flüstern,
gefolgt von „Prinzessin Alice". Ob sie die verstoßene Prinzessin

nun schützen oder verraten würden, wusste Seth nicht und wollte es auch nicht herausfinden.

Jemand musste es getan haben, denn zwei Wachen holten sie am Rand des Dorfes ein. Die Dummköpfe riefen ihnen zu, sie sollten stehenbleiben, womit sie die Gruppe auf ihre Anwesenheit aufmerksam machten. Gus und Seth fielen zurück und erledigten jeder einen der Männer. Sir Markell hatte nicht gewartet. Nur Eva war langsamer geworden. Sie atmete tief durch, als Seth und Gus wieder zu ihr aufschlossen.

Wohnhäuser machten Lagerhallen, einem Wiegehaus, Verschiffungsbüros und sogar einem Tempel Platz. Die riesige weiße Marmorstatue eines halb nackten Mannes, der in einer Hand einen Oktopus und in der anderen ein Schiff hielt, ragte über dem Kai auf. Der Oktopus war doppelt so groß wie das Schiff und seine Tentakel reichten der Statue bis zu den Knien.

„Beeindruckend", murmelte Gus, der hinaufstarrte.

„Bewundere ihn später", sagte Seth. „Sieht aus, als würde unser Schiff bald auslaufen."

Gus folgte seinem Blick. „Das nennst du 'n Schiff? Sieht aus, als würd's schon bei 'ner steifen Brise umkippen."

„Zum Glück ist es heute nicht windig", sagte Eva. „Kommt. Oder wollt ihr lieber noch mehr Blut auf euch laden?"

Sie bestiegen das Boot. Zwei Hafenarbeiter stießen sie vom Kai ab. Ohne Brise hing das Segel schlaff herunter wie ein leerer Sack. Sir Markell und zwei Mitglieder der Crew nahmen die Ruder. Seth und Gus packten ebenfalls mit an, aber ein Mann fehlte. Alle sahen David an.

„Ich kann nicht rudern", sagte er.

„Ich auch nich", sagte Gus. „Aber wir brauchen noch 'nen Mann."

„Bestimmt mache ich es falsch."

Alice raffte ihre Röcke und wollte sich ans Ruder setzen.

„Nein, Eure Hoheit!" Sir Markell klang beleidigt. Er starrte David so lange finster an, bis dieser einknickte und sich auf den freien Platz gegenüber von Seth setzte.

Mit beiden Händen packte er das Ruder von unten.

„Nicht so, mach es wie ich", sagte Seth und zeigte ihm den richtigen Griff. „Beug dich gleichzeitig mit deinem Vordermann nach vorn, das Ruder aufrecht im Wasser. Dann ziehst du zurück, wenn er es tut. Genau so. Jetzt das Ruder aus dem Wasser heben und flach über die Oberfläche schieben, während du dich wieder nach vorn beugst. Und zurück, Ruder aufrecht im Wasser. Bleib im Takt."

Nach einigen weiteren Anweisungen fand David seinen Rhythmus und Seth hörte auf zu reden. Er ruderte gern und war an der Universität Mitglied des Achters gewesen, bis er aus dem Team geworfen wurde, weil er betrunken zum Training erschienen war.

Sie ruderten schweigend, bis das Dorf am Horizont verschwunden war und das Ackerland Bäumen wich. Je dichter der Wald wurde, desto mehr entspannten sich Sir Markell und die Mannschaft.

„Geht es Ihnen gut, Eure Hoheit?", fragte er.

„Ja, danke", sagte Alice. „Wir verdanken Ihnen unsere Leben, Sir Markell."

„Es war mir eine Ehre, Sie zu retten."

„Sie hatten ein wenig Hilfe", erinnerte Seth ihn.

„Und mir geht's auch gut", stimmte Gus mit ein. „Falls Sie sich das gefragt haben."

Sir Markell schaute sie über die Schulter mit gerunzelter Stirn an. „Ihre Begleiter sind äußerst respektlos."

„Ihre Begleiter sitzen genau hier", sagte Seth. Einen weiteren Kommentar verkniff er sich. Sir Markell hatte wahrscheinlich gerade seinen Vater verloren. Es war kein Wunder, dass der Charme, den er in London an den Tag gelegt hatte, verflogen war.

„Bitte sprechen Sie mich mit Alice an, Sir Markell", sagte Alice.

„Das kann ich nicht."

„Versuchen Sie es."

Er nickte.

„Ist es noch weit?", jammerte David.

„Um die Biegung dort", sagte Sir Markell.

„Werden wir uns ausruhen können?", fragte Alice und verlagerte ihr Gewicht von einem Fuß auf den anderen. Sie hatte sich nicht gesetzt, obwohl vorn im Bug noch Platz war.

Sir Markell nickte wieder. „Wir werden für die Nacht ein Lager aufschlagen."

Seth musste zugeben, dass er erleichtert war. Es war ein langer Tag gewesen. Seine Gedanken schweiften, während der gleichmäßige Rhythmus der Ruder ihn beruhigte. Um sie herum war nichts zu sehen außer Bäume, Wasser und ein wolkenverhangener Himmel. Alles wirkte genau wie die englische Landschaft. Einen Augenblick lang dachte er, dass es vielleicht alles nur ein Trick war und Sir Markell sie auslachen würde, weil sie darauf hereingefallen waren.

Doch das Blut auf Seths Haut und Kleidung und der Schmerz seiner Wunden waren sehr real.

„Charlie würden die ganzen Bäume hier gefallen", sagte Gus.

Seth lächelte. Der Obstgarten war ihr Lieblingsort auf dem Lichfield-Anwesen. Sie würde in der Tat liebend gern auf einen dieser Giganten klettern.

Das Boot umrundete die Biegung und steuerte auf eine Bucht mit einem sandigen Ufer zu. Es war nicht der erste Strand, den sie gesehen hatten, aber der breiteste. Sie ließen das Boot auf Grund laufen und wollten gerade aussteigen, als ein Dutzend Männer und Frauen wie Waldgeister unter den Bäumen hervortraten.

Seth nahm ein Schwert, doch Sir Markell hob die Hand. „Es ist in Ordnung", sagte er. „Sie gehören zu mir."

„Sie haben uns erwartet?", fragte Alice.

Sir Markell sprang aus dem Boot und hielt Alice die Hand hin, um ihr beim Aussteigen zu helfen. „Ihre Rettung wurde lange vorbereitet."

Alice ging an Land und beobachtete, wie die Neuankömmlinge mit der Crew das Segel einholten. Sir Markell sprach leise mit einem gebeugten, weißhaarigen Mann und winkte Alice und die anderen heran, mit ihm in den Wald zu gehen.

„Was ist mit dem Boot?", fragte Seth. „Wenn die Wachen begreifen, dass wir über den Fluss entkommen sind, werden sie es leicht finden."

„Deswegen nehmen meine Leute es auseinander und verstecken die Teile im Wald", sagte Sir Markell. „Wenn sie fertig sind, wird vom Fluss aus kein Hinweis zu sehen sein."

„Sie haben an alles gedacht", sagte Alice und hob ihre Röcke. „Danke. Das gilt Ihnen allen", sagte sie zu denen, die auf dem Boot arbeiteten.

Einige der Männer nickten und eine Frau machte einen unbeholfenen Knicks, ehe sie an ihre Arbeit zurückging.

„Es ist uns ein Vergnügen, Eure—Alice." Sir Markell verbeugte sich, jedoch nicht ehe Seth die Röte in seine Wangen steigen sah.

Alice musste es ebenfalls bemerkt haben, denn sie lächelte. Kein königliches oder freundliches Lächeln, sondern das kleine, heimliche Lächeln einer Frau, die es freut, einen Mann zum Erröten gebracht zu haben.

Seth wandte sich ab und wusste nicht, was er denken sollte. Er war dankbar, nicht mehr von den Wachen verfolgt zu werden und scheinbar in Sicherheit zu sein, aber seit sie in den Kerker geworfen worden waren, hatte er den Eindruck, dass alles außer Kontrolle geriet. Nein, es hatte schon früher angefangen, als sie noch in Lichfield waren und er beschlossen hatte, Alice durch das Portal zu folgen.

Unsicherheit war nichts, was er gewohnt war. Selbst in seinen dunkelsten Stunden, als er sich selbst in Privatauktionen verhökert hatte, hatte er seine Entscheidungen ausschließlich mit klarem Kopf und wachem Verstand getroffen, das Ziel, die Schulden seines Vaters zu tilgen, ständig im Blick. Die Konsequenzen seiner Entscheidungen waren ihm bewusst gewesen und er hatte sich ihnen gestellt.

Diesmal nicht. Er war aus einem Impuls heraus durch das Portal gerannt, aus dem Gefühl heraus, es tun zu müssen, ohne dass er wusste, warum. Dann die Gefangenschaft mit der Aussicht auf Alices Hinrichtung … Er hatte sich wie ein Versager gefühlt. Gott sei Dank war sie in dieser Welt nicht ohne Freunde. Ohne Sir Markells Planung und das Opfer des Generals wären sie jetzt tot. Seth konnte den Ironsides noch nicht einmal einen Vorwurf machen, dass sie sie überhaupt nach Wunderland geholt hatten. Sie befolgten nur die Befehle ihrer verrückten Königin. Wie der General seinem Sohn im Audienzsaal gesagt hatte, hatte er Angst um das Leben seiner Frau und seines Sohnes gehabt. Dafür konnte Seth ihn nicht hassen.

Im Wald gab es keinen freigeschnittenen Pfad, sodass sie niedrige Äste zur Seite schieben oder über umgestürzte Bäume steigen mussten. Die dicke Laubschicht dämpfte ihre Schritte und durch das dichte Blätterdach drang nur wenig Licht. Seth hatte noch nie so frische Luft gerochen. Er atmete tief ein, immer wieder. Vielleicht würde Londons Ruß aus seinem Körper geblasen, wenn er oft und tief genug einatmete.

Plötzlich kamen sie an eine sonnendurchflutete Lichtung, auf der ein Ring aus Zelten stand. Zwei Männer, die mit einem Topf über dem Feuer beschäftigt waren, richteten sich auf. Seth erkannte, dass es eigentlich Frauen waren, die wie die Männer Hemden und Hosen trugen. Der ältere Kerl, der die Gruppe am Flussufer begrüßt hatte, winkte sie jetzt heran, sich zu ihm auf einen Stamm zu setzen.

„Sind dies die Abtrünnigen?", fragte Alice.

„Einige von ihnen", sagte Sir Markell.

„Wie haben Sie sie dazu bekommen, Ihnen zu helfen?", fragte Seth.

„Sie waren willig. Jeder von ihnen glaubt, dass Alice die rechtmäßige Prinzessin ist, nicht die Hexe, die auf dem Thron sitzt."

„Alice?", wiederholte der Mann. „Nicht Eure Hoheit?"

Sir Markell lief wieder rot an.

Eine der Frauen trat vor. „Selbst wenn ihre Hoheit nicht die rechtmäßige Regentin wäre, würden wir die Königin trotzdem stürzen wollen."

„Sie ist eine verrückte Zicke", spuckte die andere Frau. „Ganz besonders, seit sie dieses Zauberbuch in die Finger bekommen hat."

„Es klingt wie ein Zauberbuch aus unserer Welt." Alice sah Seth und Gus an. „Erinnert ihr euch an Freak House?"

„Es muss ein anderes sein", sagte Seth. „Langley würde es nicht verlieren oder zur Aufbewahrung hierher schicken."

„Stimmt." Gus setzte sich auf einen Stamm und rieb sich die Knie. „Der is nich blöd."

„Sie müssen mir alles über dieses Zauberbuch erzählen", sagte Alice. „Wir müssen wissen, womit wir es hier zu tun haben."

„Natürlich", sagte Sir Markell. „Wollen Sie sich erst frisch machen? In dem Zelt dort gibt es passende Kleidung."

„Genug für alle?", fragte sie.

„Nur für Sie. Ich hatte nicht damit gerechnet, dass wir noch mehr Personen mitnehmen."

„Mach dir um uns keine Sorgen", versicherte Eva ihr. „Wir haben wenigstens brauchbare Stiefel. Deine Füße müssen höllisch schmerzen, Alice."

Alice hob ihre Röcke und inspizierte ihre Schuhe. Die Spitzen waren stark ramponiert und Seth vermutete, dass die Sohlen nach dem Abstieg vom Hügel in einem desolaten Zustand waren.

„Wenn es euch nichts ausmacht, werde ich mich tatsächlich umziehen", sagte sie.

Die Frauen und der ältere Mann verbeugten sich. Sie lächelte sie schüchtern an und schlüpfte dann in das Zelt.

„Kommt, setzt euch", sagte der Weißhaarige zu Seth und den anderen. „Ihr seid hier sehr willkommen. Mein Name ist Lord Blaine."

„Sie sehen nich aus wie 'n Lord", sagte Gus und nahm einen Blechbecher entgegen. Er schnupperte am Inhalt und nippte. „Schmeckt gut. Probier mal, Seth. Er is auch 'n Lord", sagte er zu Lord Blaine.

„Tatsächlich?", sagte Sir Markell. „Dann ist es kein Wunder, dass Alice Sie als ihren Beschützer in England erwählt hat."

Seth schaffte es so gerade eben, nicht die Augen zu verdrehen. „Erstens hat sie mich nicht erwählt. Sie ist zu uns gezogen, weil sie befreundet ist mit ... egal. Ist eine lange Geschichte. Zweitens bin ich nicht ihr Beschützer, sondern ihr Freund."

„Die Villa, wo wir uns begegnet sind, gehört Ihnen?", fragte Sir Markell.

„Nein."

„Ist Ihr Anwesen in der Nähe?"

„Nein." Seth warf Gus einen scharfen Blick zu, damit er den Mund hielt.

Gus war jedoch zu sehr damit beschäftigt, seinen Becher aus dem Topf über dem Feuer aufzufüllen, um es zu bemerken.

Sir Markell reichte Seth ebenfalls einen Becher. „Sie haben

sich Alice gegenüber sehr beschützend verhalten, dabei sind Sie weder Beschützer noch ihr Ehemann. Also was sind Sie dann?"

„In unserem Land beschützt ein Gentleman eine Lady, egal mit wem sie verheiratet ist oder woher sie kommt."

„Wie ritterlich."

Seth lächelte ihn über den Rand seines Bechers an. „Wir gehen auch nicht los und entführen unschuldige Ladys aus dem einzigen Zuhause, das sie kennen."

Sir Markells Nasenflügel blähten sich. Er sah aus wie ein Stier. Ein gut aussehender Stier, das musste Seth ihm lassen, aber dennoch ein Stier. „Alice gehört hierher", sagte Sir Markell. „Sie wird in wenigen Tagen unsere Königin, wenn alles nach Plan läuft."

„Wenn", knurrte Seth. „Und wie kommen Sie darauf, dass sie überhaupt Königin werden will? Nur weil sie die rechtmäßige Regentin ist, bedeutet es noch lange nicht, dass sie diese Rolle auch einnehmen will. Vielleicht möchte sie lieber mit uns zurückkehren, nachdem sie sich hier jetzt umgesehen hat."

Sir Markell versteifte sich. „Verunglimpfen Sie gerade unser Reich?"

„Hört doch auf", sagte David stöhnend. „Alice gehört hierher, wir nicht. Also wie kommen wir nach Hause?"

„Ein Objekt wird zum Portal zwischen den Welten, wenn ein bestimmter Zauber daran gebunden wird", sagte Lord Blaine. „Wir haben herausgefunden, dass eine Uhr am besten funktioniert."

David zog seine Jacke aus und löste die Uhrenkette von seiner Weste. Die Taschenuhr hielt er Lord Blaine hin. „Na los. Sprechen Sie den Zauber, damit wir nach Hause gehen können."

Lord Blaine und Sir Markell sahen sich an. „Wir können es nicht", sagte Lord Blaine. „Wir kennen den Spruch nicht. Er steht in dem Zauberbuch der Königin bei ihr in der Burg."

David sah aus, als würde er gleich in Tränen ausbrechen. Seth konnte es ihm nicht verübeln. Bei der Flucht aus dem Palast waren sie fast getötet worden und jetzt mussten sie dorthin zurück, um nach Hause zu kommen? Seth fuhr sich mit den Fingern durch die Haare.

„Verdammt", murmelte er.

„Sie könnten hierbleiben", sagte eine der Frauen und lächelte ihn an. „Es ist sehr schön und sobald Prinzessin Alice auf dem Thron sitzt, wird sich alles beruhigen. Sie werden merken, dass die Leute hier *sehr* nett sind."

Sie flirtete mit ihm. Seth kannte die eindeutigen Anzeichen, das kleine Lächeln, die leuchtenden Augen und die Röte in ihren Wangen. Normalerweise wäre er darauf eingegangen in der Hoffnung, dass sie gewillt war, später mit ihm in den Büschen zu verschwinden. Aber er stellte fest, dass ihm nicht der Sinn danach stand. Er nickte nur und murmelte etwas, von dem er hoffte, dass es freundlich, aber nicht ermutigend war.

„Danke", flüsterte Eva, die auf seiner anderen Seite saß.

Dankte sie ihm, dass er nicht geflirtet hatte?

„Dass du David im Boot geholfen hast", fügte sie hinzu, als er sie nur entgeistert ansah.

„Oh. Ja. Natürlich. Ich weiß, wie es ist, wenn man das erste Mal in ein Boot steigt und alle anderen wissen, was zu tun ist."

„Es war nett von dir, aber sein männlicher Stolz erlaubt es ihm nicht, dir zu danken, also tue ich es für ihn."

„Du bist ganz anders als dein Bruder. Eher wie eine Halbschwester."

„Bin ich das? Inwiefern?"

„Da gibt es vieles. Deine Charakterstärke erinnert mich an Lincoln und du hast seine Wangenknochen. Aber du bist viel hübscher." Er hob die Hand, um einen Zweig aus ihren Haaren zu entfernen. Er hatte sich jedoch so verfangen, dass er beide Hände brauchte. Nicht nur das, beim Herausziehen lösten sich weitere Strähnen ihrer Haare. „Entschuldige. Das habe ich nicht sehr geschickt angestellt, aber ich habe ihn." Er zeigte ihr den Zweig.

Sie lachte leise. Er lächelte zurück. Dass sie in solchen Zeiten lachen konnte, machte ihn glücklicher, als er hätte ausdrücken können. An diesem Tag hatte es wahrhaftig kaum etwas gegeben, worüber man glücklich sein konnte.

„Ich glaube, dieser Zweig hat meine Haare zusammengehalten", sagte sie, als sich eine weitere Strähne löste und ihr ins Gesicht fiel. Sie zog die Nadeln aus ihrem Haar, bis es ihr in dicken schwarzen Wellen über den Rücken hing. Trotz des schwachen Lichts glänzte es.

Warum war ihm nie aufgefallen, wie schön sie war?

„Ihr kämpft gut", sagte Sir Markell. „Alle beide."

„Wissen wir", sagte Gus. „Wurden vom Besten ausgebildet."

„Ein General?"

„Lincoln Fitzroy. Er is ein ..." Gus wandte sich an Seth. „Als was würdest du ihn bezeichnen?"

Seth fielen so viele Namen ein—ein Killer, ein Irrer, ein Schuft, der Stoff, aus dem Albträume sind, ein unwahrscheinlicher Freund, der beste Verbündete. „Ein Mann, der vor nichts haltmachen wird, um den Tod seines Bruders und seiner Schwester zu rächen, sollten sie ein vorzeitiges Ende finden", sagte er.

Sir Markell wirkte beeindruckt. David sah leicht schockiert aus. Eva schien ein Lachen zu unterdrücken.

„Gut gemacht", flüsterte sie. „Ich denke, er glaubt dir."

„Du meinst nicht, dass Lincoln wegen dir kommen würde?"

„Ich meine, er würde für dich und Gus kommen. Ihr bedeutet ihm mehr als wir."

„Ihr seid seine Familie."

„Nein, Seth, *ihr* seid seine Familie."

Er blinzelte sie an wie eine Eule. Ihm war vage bewusst, dass die Zeltklappe geöffnet wurde und Alice heraustrat. Erst Gus' „Meine Güte" und Davids Luftschnappen zwang seinen Blick von Eva weg.

Ihm klappte die Kinnlade herunter. Sir Markell hatte gesagt, dass passende Kleidung für Alice bereitlag, aber diese Kleidung war *nicht* schicklich. Sie war sogar skandalös. Seth gefiel sie.

KAPITEL 5

ALICE

Alice mochte ihre neue Ausstattung, die aus einer hellbraunen Tunika und einer schwarzen, eng anliegenden Hose bestand. Zusammen mit den robusten Stiefeln war sie perfekt für den Marsch durch den Wald. Die Kombination war auch viel leichter als ihr Kleid mit dem Unterrock und wesentlich weniger einschränkend. Sie hatte mit sich gerungen, ob sie ihr Korsett ablegen sollte, hatte sich dann aber für das weichere Mieder entschieden, dass vorn geschnürt wurde. Daran würde sie sich allerdings gewöhnen müssen. Vielleicht änderte sie ihre Meinung noch und zog das steife Korsett morgen wieder an.

An Seths Reaktion konnte sie ablesen, dass ihm die Kleidung auch gefiel, wahrscheinlich weil die Hose die Form ihrer Waden betonte und ihre Knie preisgab. Sir Markell betrachtete ihre neue Erscheinung mit knapper Präzision, ehe er schnell wegschaute. Alice glaubte, in seinem Blick eine gewisse Hitze gesehen zu haben, war sich aber nicht sicher.

Was sie von ihm halten sollte, wusste sie nicht so recht. Seit sie nach Wunderland zurückgekommen waren, hatte er sich von ihr ferngehalten. Anders als in England, wo er charmant und sogar ein wenig spitzbübisch gewesen war. Der arme Mann hatte allerdings gerade seinen Vater verloren und seine Königin hintergangen, war von einem geschätzten Ratgeber innerhalb von Minuten zum Verräter geworden. Jetzt fürchtete er um sein Leben. Dazu kam die Last, sie beschützen zu müssen. Kein Wunder, dass er nicht er selbst war.

Sie setzte sich neben ihn, die Knie geschlossen und zur Seite geneigt, wie sie auch in einem Kleid sitzen würde. Es sah etwas merkwürdig aus, also streckte die Beine nach vorn wie die Männer. Besser.

„Sir Markell, Sie wollten uns von dem Zauberbuch erzählen", sagte sie.

„Es gibt wenig zu erzählen. Niemand weiß, wer es geschrieben hat oder wann, aber es enthält seitenweise Zaubersprüche in eleganter Handschrift."

„Sind einige der Buchstaben farbig?", fragte Seth.

„Der erste Buchstabe auf jeder Seite ist in kräftigen Farben gemalt und manche sind sogar vergoldet."

„Gibt es Bilder, Symbole?"

„Manchmal. Warum?"

„Es könnte ein mittelalterliches Manuskript sein, ähnlich dem, welches in Freak House gefunden wurde", sagte er zu Alice.

„Was heißt mittelalterlich?", fragte Sir Markell.

„Schau dich um", murmelte Gus.

Alice warf ihm einen warnenden Blick zu. „Es gibt in unserer —ihrer—Welt ein ähnliches Buch mit Zaubersprüchen. Vielleicht haben die gleichen Leute es geschrieben. Sie sind vor vielen Hundert Jahren gestorben und das Buch ging verloren, mit Ausnahme einer einzigen Seite, auf der ein Zauber steht, mit dem Menschen zwischen den Welten reisen können. Sie ist bei einem Bekannten von uns in sicherer Verwahrung."

„Unser Buch ist nicht sicher verwahrt", sagte Lord Blaine. „Nicht, solange die Königin es besitzt."

„Was ich nich verstehe", sagte Gus, „is warum der Transportzauber in Freak House nur beim Portal auf deren Anwesen funktioniert und euer Transportzauber mit Uhren."

„Unser Buch enthält einen Zauber, der ein Objekt in ein Portal verwandelt, wenn man ihn darüber ausspricht. Ein zusätzlicher Spruch wird benötigt, um es zu aktivieren."

„Und noch ein anderer verwandelt Menschen in Tiere?", fragte Seth.

Sir Markell und Lord Blaine nickten. „Das ist ihre Art der Verwarnung", sagte Lord Blaine. „Wenn jemand in seinem Dienst für sie versagt, verwandelt sie ihn in ein Tier, aber nicht ganz. Man kann noch wie ein Mensch agieren und seine Pflichten ihr gegenüber erfüllen. Wenn man erneut versagt, kommt man vor Gericht."

„Ein Gericht, das sie inszeniert", sagte Sir Markell. „Wenn sie will, dass jemand schuldig gesprochen wird, dann wird er schuldig gesprochen."

„Und hingerichtet." Lord Blaine schüttelte den Kopf. „Wir haben auf diese Art gute Männer verloren."

Alice dachte an das weiße Kaninchen—Sir Uther—der sich vor dem Versagen gefürchtet hatte, und an den Esel im Kerker, der sich hinter Alice gestellt hatte. „Wir müssen so viele wie möglich retten, bevor sie vor Gericht kommen."

„Dazu müssen wir die Burg erobern und die Königin stürzen", sagte Sir Markell.

„Und das Zauberbuch?", fragte David. „Wo genau befindet es sich?"

„Das weiß nur die Königin."

„Und Lord Indrid", grummelte Lord Blaine.

„Ihr engster Vertrauter", erklärte Sir Markell.

„Und ein Verräter an seinem Königreich, ein gieriger Kriecher, ein schleimiger—" Lord Blaine räusperte sich. „Kerl."

„Es ist schon in Ordnung", sagte Alice. „Sie können ihn in meiner Gegenwart ruhig als Drecksack bezeichnen, wenn er einer ist."

„Wie schwierig wird es, die Abtrünnigen zu mobilisieren, jetzt, da ihr Alice habt?", fragte David. „Seid ihr genug? Wann könnt ihr die Königin stürzen?"

„Heute nicht", sagte Sir Markell. Humor blitzte kurz in seinen Augen auf. „Und die Revolution ist auch nicht für morgen angesetzt."

„Aber wir müssen nach Hause! Unsere Mutter ist ganz allein."

„Lincoln wird sich um sie kümmern", versicherte Eva ihm.

„Aber ich stimme zu, wir müssen nach Hause. Ich habe Studien, um die ich mich kümmern muss, und mein Bruder kann es sich nicht leisten, zu lange von der Arbeit zu fehlen."

David verbarg sein Gesicht in den Händen und stöhnte.

Die Männer und Frauen, die sich um das Boot gekümmert hatten, kehrten zurück, ihre Schritte fast geräuschlos. Sie bedienten sich an der Suppe im Topf und setzten sich auf den Baumstamm oder den Boden. Für Alice interessierten sie sich sehr und sie wünschte, sie würde noch ihr Kleid tragen. In dem Hemd und der Hose fühlte sie sich auffällig, wenn nicht sogar ungehörig ohne ihr Korsett.

„Wie viele Abtrünnige gibt es?", fragte sie.

„Schwer zu sagen", sagte Sir Markell. „Wir agieren in Zellen und tauschen sehr wenige Informationen untereinander aus. So kann eine Zelle, die entdeckt wird, nicht zu viel über die anderen preisgeben."

„Meiner Schätzung nach sind Hunderte aktiv", sagte Lord Blaine. „Tausende unterstützen uns quer durch das Reich, indem sie uns verstecken oder uns Unterkunft gewähren, wenn wir durchziehen. Die Königin wird verabscheut, aber auch gefürchtet. Die Furcht hält viele davon ab zu tun, was richtig ist."

Sir Markell schluckte. Er musste sich wegen seines Vaters grässlich fühlen.

„Jetzt, da Sie sicher zu uns zurückgekehrt sind, Hoheit, werden sich eine Menge Leute unserer Sache anschließen", fuhr Lord Blaine fort.

Alices Herz schlug vor Begeisterung schneller. Dann blieb es fast stehen. So viele Leute hatten daran gearbeitet, sie nach Wunderland zurückzubringen. Die Sache hatte so viele Leben gekostet … Wie sollte sie dem je gerecht werden? Wie konnte sie, ein einfaches Mädchen aus Dorset, ein Land regieren? Sie wusste nichts über Politik oder Ökonomie oder Gesetze. Sie wusste nichts von dieser Welt, noch nicht einmal, welche Götter hier angebetet wurden.

„Vielleicht möchte Alice nicht hierbleiben", sagte Seth.

Einige der Abtrünnigen sahen aus, als wollten sie ihm ihre Becher an den Kopf werfen oder ihre Schwerter ziehen. Aber Alice konnte ihm nichts anderes als ein gütiges Lächeln schenken. Er kannte sie gut genug, um zu wissen, dass sie mit dem Gedanken kämpfte, Königin zu werden.

„Das ist uns bewusst", schnappte Lord Blaine.

„Wir werden Alice helfen", sagte Sir Markell sanft. „Wir werden Ihnen alles über unsere Lebensweise beibringen und Sie beraten, bis Sie eigene Entscheidungen treffen können."

„Danke", sagte sie. „Ich weiß es zu schätzen, wirklich. Aber Seth hat Recht. Ich … ich brauche Zeit, um darüber nachzudenken."

„Sie wollen nicht Königin werden?", platzte Lord Blaine heraus.

„Sie hat Zeit", sagte Sir Markell zu ihm. „Ohne das Zauberbuch kann sie ohnehin nicht nach Hause."

Lord Blaine wirkte erleichtert. Zweifelsohne hatte er den Eindruck, dass all seine harte Arbeit vergeudet war und das nur, weil eine junge Prinzessin Heimweh hatte.

Während die Sonne unterging, sprachen sie noch weiter über das Land und seine Bewohner. Wolken und Bäume verdeckten den Mond und das einzige Licht kam von den Feuern. Über einem wurde gekocht. Alice war hungrig. Hungrig und müde. Es war ein langer Tag gewesen.

Trotzdem zog sie sich nicht zurück, als die anderen es taten. Sie saß neben Sir Markell und starrte in die Glut. Ihr war bewusst, dass Seth sie beobachtete. Was würde er tun, wenn sie sich entschied, in Wunderland zu bleiben? Was wünschte sie sich von ihm?

Darüber würde sie sich später Gedanken machen. Erst mussten sie die Königin stürzen, bevor Alice überhaupt über ihre Zukunft nachdenken konnte.

„Ich wollte zum Ausdruck bringen, wie leid mir der Verlust Ihres Vaters tut, Sir Markell", sagte sie. „Er schien ein feiner Mann zu sein. Ich konnte sehen, dass er Sie respektiert und sehr geliebt hat."

Er verlagerte sein Gewicht, verschränkte die Knöchel und stellte sie dann wieder nebeneinander. „Bitte nennen Sie mich Markell."

Sie sagte nichts in der Hoffnung, noch mehr aus ihm herauszulocken. Die Taktik ging auf.

„Er hat mir bis heute nie gesagt, dass er stolz auf mich ist. Er war ein abwesender Vater mit allen Bedeutungen, die das Wort innehat." Er atmete tief durch. „Ich glaube, er wusste, dass ich die Königin hintergehen würde. Ich glaube, er wusste, dass ich Sie ihr vor der Nase wegschnappen würde, und war darauf vorbereitet, mir im Audienzsaal zur Hilfe zu kommen."

„Deswegen hat er ein Messer in seinen Stiefel gesteckt." Alice berührte seinen Arm. „Er hat tapfer gekämpft."

Markells Brustkorb hob und senkte sich. Er berührte seine Nase, seine Stirn, sein Ohr, permanent unruhig. Alice kannte die Anzeichen, wenn jemand versuchte, seine Gefühle unter Kontrolle zu halten.

„Ich wollte nicht, dass er stirbt", sagte er mit ernster Stimme.

„Natürlich nicht."

„Tief in meinem Inneren wusste ich, dass er die Herzkönigin nicht mochte. Ich hatte erwartet, dass er sich uns nach dem heutigen Tag anschließen und uns helfen würde, Sie auf den Thron zu bringen."

„Ich bin mir sicher, dass er das getan hätte."

Er sah sie an. „Sie verstehen nicht. Ich hatte damit gerechnet, dass seine Männer ihm folgen."

Alice stockte der Atem. „Ein militärischer Coup."

„Wenn die Armee hinter uns stehen würde, wäre es ausreichend. Sie hat ihre persönliche Garde, die Besten der Besten, aber die Armee ist ihnen zehn zu eins überlegen. Und wie mein Vater heute schon sagte, einige dieser Leibwachen könnten sich entscheiden, lieber ihm zu folgen, als für die Königin ihr Leben aufs Spiel zu setzen. Er wird von seinen Männern sehr geliebt. *Wurde* sehr geliebt."

„Und sie wird allseits gehasst."

„Aber jetzt … Jetzt wird sie einen ihrer Lieblinge einsetzen, um die Armee anzuführen, jemanden, der für seine Loyalität reich belohnt wird."

„Und wir haben nur ein paar Hundert aktive Abtrünnige." Sie schaute die Handvoll Zelte an, die die Lichtung einrahmten. Das waren alle Mitglieder von Markells Zelle und sie hatten wenig Hoffnung, den Rest zu sammeln, um so etwas Ähnliches wie eine Armee zu bilden. „Es reicht nicht, oder?"

„Das muss es."

Sie wollte ihn fragen, was er machen würde, sollte sie sich entscheiden, nicht zu bleiben, hatte aber nicht das Herz, ihn zu enttäuschen. Für einen Tag hatte er genug ertragen.

„Sie sind erstaunlich ruhig", sagte er und schien seine Melancholie abzuschütteln. „Jedes Mal, wenn wir gekommen sind, um Sie zu holen, waren Sie gefasst. Nur als Sie sich um Ihre Freunde gesorgt haben, wirkten Sie beunruhigt."

„Äußerlich gefasst vielleicht. Ich gestehe, dass ich unendlich erleichtert war, als Sie mir zugezwinkert haben. Da wusste ich, dass Sie etwas geplant hatten und mir nicht wehtun würden."

„All das aus einem Zwinkern. Wenn ich gewusst hätte, dass es solche Macht besitzt, hätte ich öfter gezwinkert." Er zwinkerte wieder und sie lachte.

„Schon davor hatte ich den Verdacht, dass ich von Ihnen nichts zu befürchten habe", sagte sie.

„Warum?", fragte er atemlos.

Sie fühlte sich gefangen von seinen smaragdgrünen Augen, die ganz auf sie fokussiert waren. Jeglicher Humor war verflogen und er war wieder völlig ernst, bedächtig und einfühlsam. Sie hatte den Eindruck, in seinen Augen zu ertrinken. Atmen fiel ihr schwer. Ihren Blick von ihm loszureißen, rettete sie, doch es war nicht leicht. „Ich weiß es nicht", sagte sie nur.

„Erzählen Sie mir von Ihrer Familie in England. Wie war sie?"

„Das Ehepaar, das mich adoptiert hat, war nett, als ich noch ein Kind war. Aber nachdem mein Bruder gestorben war, ... veränderten sie sich. Damals begann ich auch, Albträume über die Herzkönigin zu haben, die mich holen wollte. Diese Albträume wurden lebendig und machten ihnen Angst. Sie dachten, ich wäre vom Teufel besessen. Bei unserer letzten Begegnung gingen wir getrennter Wege."

„Also werden Sie nicht wegen ihnen zurückgehen?"

Ihre Augen wurden zu Schlitzen. „Machen Sie eine Liste von Dingen, die mich hier halten, und rechnen sie gegen Dinge, für die ich zurückkehren möchte, auf?"

Markell grinste und jeglicher Atem wich aus Alices Brust. Sein Lächeln verwandelte sein Gesicht von nullachtfünfzehn gut aussehend in umwerfend. „Bisher gewinnt die Pro-Wunderland-Liste", sagte er.

„Ist das so? Was befindet sich in der Pro-Wunderland-Spalte?"

Er zwinkerte. „Das ist geheim, aber ich darf Ihnen verraten, dass er gut aussieht, schlau ist und eine aufgerissene Naht schneller flicken kann als jede Schneiderin."

„Bitte stellen Sie mir diesen außergewöhnlichen Mann vor. Ich kann es kaum erwarten, ihn kennenzulernen." Sie lachte. Gott, tat es gut zu lachen.

Markell erinnerte sie in gewisser Weise an Seth. Oder eher gesagt an die Art, wie Seth sich anderen Frauen gegenüber verhielt—charmant, selbstsicher und vor allem er selbst. In Alices Anwesenheit hatte Seth sich nie genug entspannt. Da unterschied er sich von Sir Markell.

Aus dem Augenwinkel sah sie, wie sich die Zeltklappe bewegte. Wie viel hatte Seth mitbekommen? Und was machte es mit ihm, dass Markell mit ihr flirtete?

„Aber mal im Ernst", sagte Markell leise, „ich weiß, dass Sie in England sehr gute Freunde haben. Diese kleine Frau zum Beispiel."

„Charlie ist meine beste Freundin, aber sie ist nur eine Person."

Er schaute zu Seths Zelt, sagte aber nichts.

Alice gähnte. „Markell, erzählen Sie mir von meinen Eltern."

„Ich weiß nur sehr wenig über sie, da ich noch jung war, als sie starben, und ihnen nur selten begegnet war. Man sagt, Sie sehen Ihrer Mutter sehr ähnlich, aber ich fürchte, ich kann mich an ihr Gesicht kaum erinnern. Sie wurde von denen, die sie kannten, gemocht. Ihr Vater wurde als König respektiert, aber seine Regentschaft war vom Machthunger seiner verrückten Schwester überschattet."

Es war schwierig, diese Leute als ihre Eltern zu betrachten. So lange hatte sie sich über sie Gedanken gemacht, doch jetzt fühlte es sich an, als würde sie von Fremden hören. Es war nicht richtig. Sie sollte doch etwas für sie *empfinden*.

„Es muss sie sehr verletzt haben, mich wegzuschicken", sagte sie mehr zu sich selbst.

„Nach allen Erzählungen hat es das. Auch Ihren kleinen Bruder, nachdem er geboren worden war."

„Myron", flüsterte sie. Tränen sammelten sich in ihren Augen. „Er ist so jung gestorben."

„Ich weiß." Er machte Anstalten, seine Hand über ihre zu legen, zögerte jedoch.

Also ergriff sie stattdessen seine. In einer tröstenden Geste legten sich seine Finger um ihre wie eine Verbindung zur Vergangenheit und zu den Menschen, an die sie sich nur in ihren Träumen erinnert hatte.

* * *

Sie wachten mit den Vögeln im Morgengrauen auf und packten nach einem schnellen Frühstück die Zelte ein. Lord Blaine bat Alice, nicht zu helfen, als sie sich ans Werk machte, doch sie versicherte ihm, dass sie dazu fähig war. Dass sie helfen *wollte*. Beim Warten würde sie sich nicht nur zu Tode langweilen, es wäre ihr auch ziemlich peinlich. Diese Menschen taten das alles für sie. Da sollte sie zumindest etwas beisteuern.

„Du hattest gestern Abend ein langes Gespräch mit Ironside", sagte Seth, während er ihr half, ihr Zelt einzurollen.

„Wir haben ja auch viel zu besprechen und nur an der Oberfläche von dem gekratzt, was ich wissen muss."

Er hielt inne und hockte sich hin. „Du hast dich schon entschieden zu bleiben?"

„Noch nicht. Es wäre albern, nach weniger als vierundzwanzig Stunden eine Entscheidung zu treffen. Aber ich kann es auch nicht so schnell von der Hand weisen."

„Du würdest Charlie im Stich lassen?"

„Charlie braucht mich nicht. Sie hat Lincoln. Ich würde sie jedoch vermissen."

Er widmete sich wieder dem Aufrollen. „Was ist mit dem Rest von uns. Würdest du uns auch vermissen?"

„Natürlich. Aber ich schätze, auch von euch braucht mich keiner."

„Warum sagst du das?" Er sah sie nicht an. Weil er es nicht konnte? Oder nicht wollte?

„Ich weiß es einfach."

„Du Glückliche", murmelte er.

Sie banden das fertig eingerollte Zelt mit Lederschnüren zusammen. Seth nahm das wuchtige Paket, während Alice nach dem Beutel griff, der ihr Kleid, Korsett und den Unterrock enthielt. Sie wollte den anderen helfen, die Feuer zu löschen, doch Seth hielt sie am Arm zurück.

„Vielleicht brauchen wir dich nicht", sagte er leise, „aber wir wollen dich. Äh, ich meine, wir möchten dich um uns haben, als Freundin. Oder ... oder auch etwas mehr. Falls das ... angeboten wird."

„Ist es das, was du willst, Seth? Etwas mehr als Freundschaft zwischen uns?"

„Ich ... ich schätze schon."

„Schätzen reicht nicht. Nur weil alle von uns erwarten, dass wir uns ineinander verlieben, heißt das nicht, dass wir es tun sollten."

„Also ... bist du nicht in mich verliebt?"

Sie dachte so lange darüber nach, dass Seth anfing, besorgt auszusehen. Er konnte nicht stillstehen, trat von einem Fuß auf den anderen, schaute sie an und dann weg, rückte das Gewicht des Zelts in seinen Armen zurecht. Er ähnelte Markell so sehr, wenn er nervös war, dass es schon alarmierend war. „Ich könnte den Mann lieben, den ich manchmal in dir gesehen habe."

Seine Augenbrauen stießen aneinander. „Ich verstehe nicht."

„Du hast mir diesen Mann nie gezeigt, Seth. Er war immer nur bei den anderen da—Charlie, Lincoln, Gus—aber nie in meiner Anwesenheit. Der einzige Mann, den ich je zu Gesicht bekommen habe, war ein steifer, förmlicher, staubtrockener Gentleman."

„Du findest mich langweilig", sagte er platt.

„Das habe ich nicht gesagt."

„Steif, förmlich und trocken impliziert in deinem Vokabular Begeisterung?"

„Du bist ungerecht", sagte sie hitzig.

„Und du bist was?"

Sie schnaufte. „Seth, ich möchte das jetzt nicht mit dir besprechen. Ich habe genug um die Ohren und meine Nerven liegen blank. Ich möchte nichts sagen, was ich später bereue. Sagen wir, zu diesem Zeitpunkt mag ich dich sehr, aber ich weiß nicht, ob es Liebe ist."

„Gut. Das ist genau das, was ich auch fühle."

Sie schaute ihm nach, wie er zu Gus marschierte, unsicher, ob er ehrlich war oder schlicht seine Gefühle für sie nicht zugeben wollte. Charlie würde behaupten, Seth wäre nicht so stolz wie die meisten Männer, aber Charlie kannte Seth viel besser als Alice. Auch wenn Alice wusste, dass Seth früher Faustkämpfer gewesen war, ahnte sie, dass es noch viel mehr in seiner Vergangenheit gab und dass Charlie das Privileg besaß, diese Informationen zu kennen. Alice bezweifelte, dass ihr das je vergönnt sein würde.

Und genau das war das Problem.

* * *

„WORÜBER HABT ihr beiden vorhin gesprochen?", fragte Eva Alice mit einem Nicken in Seths Richtung, der vor ihnen ging. Sie liefen nebeneinander den Waldweg entlang, immer Markell und seiner kleinen Bande von Abtrünnigen hinterher. Markell hatte ihnen gesagt, dass sie den ganzen Tag brauchen würden, um ihr nächstes Ziel zu erreichen, das Haus eines Sympathisanten, in dem sie sicher waren, während sie ihre Revolution planten.

„Liebe und Freundschaft", sagte Alice, die nicht zu viel preisgeben wollte.

Eva schien von der Antwort enttäuscht zu sein. „Ich hoffe, er schmollt nicht den ganzen Tag."

„Gus versucht, ihn aufzumuntern." Während Alice sprach, schubste Gus Seth so fest, dass er das Gleichgewicht verlor. Im letzten Moment konnte er sich abfangen.

„Oder er versucht möglicherweise, ihn umzubringen", sagte Eva.

„Oder ihm etwas Verstand einzuprügeln."

Eva schaute Alice an. „Du findest, er müsste etwas Verstand eingeprügelt bekommen?", fragte sie.

Alice hob eine Schulter und rückte ihren Beutel zurecht.

70

Obwohl er nur wenig enthielt, fühlte er sich allmählich schwer an. Nicht, dass sie das sagen würde. Lord Blaine würde darauf bestehen, dass jemand anderes ihn trug, und das konnte Alice nicht zulassen. Wenn sie über diese Leute regieren sollte, musste sie Stärke zeigen. „Er ist ein Mann. Natürlich muss er Verstand eingeprügelt bekommen."

Eva lachte. Seth schaute über die Schulter und Alice sah den Hauch eines Lächelns auf seinen Lippen. Gut. Dann fühlte er sich nicht allzu mies. Es hob ihre eigene Stimmung etwas.

„Wenn ich mich entscheide hierzubleiben", sagte Alice vorsichtig, „wirst du für Charlie eine gute Freundin sein? Sie hat Lincoln, aber sie braucht weibliche Gesellschaft. Jemand anderen als Harriet Gillingham."

„Du magst Lady Gillingham nicht?", fragte Eva.

„Sie ist gelinde gesagt eine merkwürdige Person."

Eva lachte wieder. „Also gut. Ich werde für Charlie eine gute Freundin sein. Ich mag sie sowieso schon. Sie ist sehr freundlich und nett und sie kommt extrem gut mit Lincoln zurecht. Tatsächlich halte ich sie für eine Heilige."

Alice grinste. „Stell dir vor, wie es war, als die beiden sich kennengelernt haben. Da trafen zwei Sturköpfe aufeinander."

„Sie ist wild und mutig."

Alice seufzte. „Ich wünschte, ich hätte nur halb so viel Mut."

Eva schielte zu ihr hinüber. „Hast du Angst?"

„Sehr viel."

„Darauf würde niemand kommen. Du versteckst es gut."

„Ich bin nicht die Einzige. Du scheinst auch keine Angst zu haben, obwohl du ebenfalls in einem fremden Land bist. Die Drohung von Gefangenschaft und Tod hängt auch über deinem Kopf—und über dem deines Bruders. Wenn du auch nur etwas Furcht verspürst, bist du eine bessere Schauspielerin als ich."

Eva sagte nichts und Alice dachte, sie wäre ihr zu nahe getreten, auch wenn sie nicht wusste, wie. Das Gespräch hielt sie schon für beendet, als Eva schließlich doch antwortete.

„Ich vertraue dir ein Geheimnis an", sagte sie. „Ich weiß, dass ich diesen Ort überleben werde. Ich habe meine Zukunft gesehen, und zwar nach all dem hier."

„Du meinst, du wusstest, dass du herkommst?"

„Meine Mutter wusste es. Ich habe nur gesehen, was danach kommt."

„Deswegen hat sie dir die Nachricht hinterlassen, nach Lichfield zu kommen! Sie wusste, du würdest uns durch das Portal folgen und hier landen." Alice fand es nicht sehr mütterlich, die eigenen Kinder in eine fremde Welt zu schicken, sagte es jedoch nicht. Eva schien es nichts auszumachen, im Gegenteil. Sie schien ihr Schicksal akzeptiert zu haben. „Ich dachte, die Ereignisse, die ihr in euren Visionen seht, sind nicht unausweichlich, sondern nur eine Möglichkeit, und dass wir sie abwenden können. Stimmt das nicht?"

„Es stimmt. Wie meine Mutter sagen würde, die Zukunft ist noch nicht geschrieben."

„Weißt du von einer Vision deiner Mutter, die sich nicht erfüllt hat?"

„Nein."

Eva sah Alice in die Augen. Alice spürte, wie ein Schauer sie durchlief. Kaum vorstellbar, die Zukunft zu kennen. Zu wissen, wer um einen herum lebt und wer stirbt. Sie wusste, dass Evas Visionen nicht so mächtig waren wie die ihrer Mutter, aber offenbar hatte sich ihre Mutter der Tochter anvertraut.

„Was ist mit dem Rest von uns?", fragte Alice. „Hat sie unser Schicksal auch gesehen? Oder du?"

Eva schaute nach vorn. „Nur eins."

„Dein Bruder", sagte Alice und nickte. Es ergab Sinn, dass Leisl das Schicksal ihrer beiden Kinder kennen würde. Sie musste zugeben, dass es sie erleichterte. Sie wollte nicht wissen, ob ihr Leben hier in Wunderland abgeschnitten würde.

Ein dumpfer Aufschlag war die einzige Warnung, die Alice bekam. Im nächsten Moment legte sich ein Handschuh über ihren Mund und kaltes Metall drückte gegen ihren Hals.

„Alice!", schrie Eva.

Weißgekleidete Gestalten sprangen beidseits des Pfades aus den Bäumen, die Klingen gezückt. Seth, Gus und Markell fuhren mit gezogenen Schwertern herum und griffen an. Die anderen Abtrünnigen nahmen Messer und Armbrüste, doch mindestens zwei waren nicht schnell genug. Sie gingen blutend zu Boden.

Eva und David drängten sich aneinander, von Kämpfen

umringt. David hatte kein Schwert, sah aber auch nicht so aus, als wüsste er, was er mit einem anfangen sollte. Eva war unbewaffnet, ebenso wie Alice. Das war ein Fehler, erkannte Alice, während sie mit vorgehaltener Klinge weggezerrt wurde. Ein sehr großer Fehler.

KAPITEL 6

EVA

Eva würde hier nicht sterben. Das wusste sie aus ihrer Vision. Was aber nicht bedeutete, dass sie keine Todesangst verspürte. Was das Leben ihrer Freunde betraf, war sie längst nicht so sicher wie bei ihrem eigenen. Und dann war da noch David.

Sein Rücken drückte sich gegen ihren. „Wir müssen hier weg", sagte er mit zitternder Stimme. „Lauf in die Büsche—"

„Wir können die anderen nicht im Stich lassen!"

Da David und Eva sich nicht an den Kämpfen beteiligten, griffen die Wachen sie nicht an. Bisher hielten Seth, Gus, Markell und die Abtrünnigen die Angreifer in Kämpfe verwickelt, aber Alice wurde weggeschleppt. Sie strampelte mit den Füßen, um irgendwie Halt zu finden, und zerrte am Arm der Wache um ihre Taille. Ihre großen Augen sprangen zu Seth und Markell.

Beide Männer hieben mit tödlicher Präzision auf ihre Gegner ein. Die Wachen gingen einer nach dem anderen zu Boden, aber ständig rückten neue nach. Seth und Markell würden nicht rechtzeitig zu Alice kommen.

„Sie braucht Hilfe!" Eva warf den Wachen in ihrer Nähe einen schnellen Blick zu, um sicherzugehen, dass sie sie nicht beachteten. Dann rannte sie Alice hinterher.

„Eva! Was tust du?", rief David.

Eva zwängte sich durch die Büsche und schob tief hängende Äste zur Seite. Ihr Rock schlug ihr um die Beine und verfing sich im Geäst. Verdammtes Ding. Ganz zu schweigen von dem eng geschnürten Korsett, das ihre Atmung behinderte. Alice hatte mit ihren Fersen eine deutliche Spur hinterlassen, aber keine Geräusche drangen zu Eva. Hinter ihr setzte sich der Klang von Metall auf Metall und das Ächzen der Kämpfer fort. Sie schaute über die Schulter, aber David war ihr nicht gefolgt.

Sie rannte so schnell, wie das Gelände und ihre Kleidung es ihr erlaubten. Der Kampflärm wurde leiser und sie richtete ihre seherischen Fähigkeiten nach vorn. Da. Das Rascheln von Blättern, ein gedämpfter Aufschrei, ein Gespür für Alice. Sie waren nicht weit weg.

Sie verlangsamte ihr Tempo und bemühte sich, alles zu vermeiden, was die Wache auf ihre Anwesenheit aufmerksam machen könnte. Auf Zehenspitzen schlich sie weiter, duckte sich unter Zweigen durch und schob vorsichtig Äste auseinander. Weiter vorn blitzte Metall auf und sie hörte ein harsches, kehliges Knurren.

„Halt still!", sagte der Wachmann.

Eva beobachtete durch die Blätter hindurch, wie er Alice über eine kleine Lichtung zerrte. Er hielt ihr kein Messer mehr an die Kehle, hatte aber ihre Arme umfasst, während er ihr mit der anderen Hand den Mund zuhielt. Sie zappelte und versuchte, ihm auf die Füße zu treten. Je mehr sie sich wehrte, desto langsamer wurden sie.

Eva richtete ihre seherischen Fähigkeiten zurück auf den Hauptkampf, bekam von dort jedoch keine Eindrücke. Allerdings hörte sie auch niemanden, der ihr folgte, während sie sah, wie der Entführer Alice in den Wald zog.

Eva konnte ihn nicht überwältigen und sobald sie auf sich aufmerksam machte, würde er Alice möglicherweise wehtun oder sogar töten. Die Königin würde sie sowieso hinrichten, nachdem sie die Gerichtsverhandlung abgehalten hatte, also bestand kein echter Grund, sie am Leben zu lassen.

Das gab den Ausschlag. Eva musste handeln.

Anstatt den beiden zu folgen, bog sie ab. Trotz ihrer Röcke

hielt sie ein gutes Tempo, wodurch sie Alice und den Wachmann überholte. Unterwegs hob sie einen dicken Ast auf und schnitt ihnen mit einer Kombination aus ihren seherischen Fähigkeiten und eigener Einschätzung den Weg ab.

Da der Wachmann rückwärts ging, sah er sie nicht. Sie schlug den Ast mit aller Kraft gegen seinen Hinterkopf.

Er brach geräuschlos zusammen. Blut sickerte ihm im Nacken durch die Haare.

Eva rutschte das Herz in die Kniekehlen. Eigentlich sollte sie Leben retten und den Verletzten helfen.

„Eva! Gott sei Dank." Alice drückte sie fest an sich. „Danke." Sie folgte Evas Blick. „Ist er …?"

Eva hockte sich hin und prüfte den Puls des Wachmanns an seinem Hals. Sie spürte einen kräftigen Herzschlag. Mit geschlossenen Augen schickte sie ein Stoßgebet zum Himmel. „Er sollte überleben."

„Dann lass uns hier verschwinden, ehe er aufwacht."

Eva nahm Alices Hand und ließ sich von ihr zurück durch den Wald führen. Sie folgten dem Pfad, den Alices Fersen in der Erde hinterlassen hatten. Evas Kopf fühlte sich an, als wäre er voller Wolle und zweimal stolperte sie über ihre eigenen Füße.

Was war nur los mit ihr? Sie hatte den Wachmann nicht getötet und Alice gerettet. Sie sollte froh sein. Sie *war* froh, ihre Freundin befreit zu haben.

Sie schaute lange zurück und stolperte erneut. Alice hielt an und packte Evas Schultern. „Ich weiß, dass es dir zusetzt", sagte sie. „Aber entweder er oder ich und ich bin so froh, dass du da warst, um mich zu retten. Sehr froh." Sie griff wieder nach Evas Hand. „Und jetzt komm."

Blätter raschelten und Zweige brachen. Die Leute vor ihnen scherten sich nicht darum, leise zu sein, während sie durch den Wald auf Eva und Alice zu trampelten. Angst riss Eva aus ihrer Benommenheit. Sie versteckte sich hinter einem großen Baum, Alice hinter einem anderen.

„Alice! Eva!" Die Stimme gehörte Gus.

Eva weinte fast vor Erleichterung. „Hier", sagte sie und trat gleichzeitig mit Alice hinter dem Baum hervor. Gus' vernarbtes

Gesicht zeigte ein breites Grinsen. „Hab sie gefunden!", rief er und zog Alice in seine Arme.

Seth traf aus einer Richtung auf sie, Markell aus einer anderen. Eva beobachtete Seth genau, während er Alice prüfend ansah. Sie hatte erwartet, dass er Alice ebenfalls umarmen würde, doch er packte nur sein Schwert fester und wandte sich an Eva.

„Geht es dir gut?", fragte er.

Sie nickte und fand sich dann in Gus' Armen wieder. „Verdammte Hölle, ihr habt uns 'nen Schrecken eingejagt", murmelte er in ihre Haare. „Alle beide."

„Sind Sie verletzt?", fragte Markell, während sein Blick den gleichen Weg nahm wie Seths zuvor, nur dass er bei Alice blieb und nicht zu Eva wechselte.

„Uns geht es beiden gut, danke", sagte Alice lächelnd.

„Warum bist du so davongerannt?", fragte David Eva. Er war mit den restlichen Abtrünnigen dazugekommen. Alle wirkten erleichtert, Alice unversehrt zu sehen. „Du hättest getötet werden können."

„Ich hätte auch da getötet werden können, wo ich stand", gab sie zurück. „Und Alice war in Schwierigkeiten."

„Ich wäre ihr nachgegangen, wenn ich gesehen hätte, in welche Richtung sie verschwunden ist. Aber ich stand mit dem Rücken zu ihr."

Eva seufzte. Sie machte David keine Vorwürfe, dass er stehen geblieben war. Er war nicht im Schwertkampf ausgebildet wie Seth und Gus und war auch kein Seher wie Eva. Allerdings konnte sie ihm auch nicht versichern, dass sein Schicksal nicht vorsah, ihn hier in Wunderland sterben zu lassen.

„Es ist schon in Ordnung, David", sagte sie sanft. „Ich wusste, dass mir nichts geschieht, deswegen bin ich gegangen."

Seine Brauen zogen sich finster zusammen. „Das kannst du nicht sicher wissen. Mutter sagt dir ständig, dass die Visionen nicht in Stein gemeißelt sind."

Sie legte den Kopf schräg und hob ihre Brauen an. „Nenn mir eine einzige meiner Visionen, die nicht eingetreten ist."

„Eva", warnte er. „Versprich mir, dass du in Zukunft vorsichtiger sein wirst. Ich möchte uns beide heil aus dieser Hölle herausbringen."

Eva seufzte erneut und wandte sich ab, nur um mehrere Augenpaare auf sich gerichtet zu sehen. Hatte sie Dreck an der Nase? Sie wischte darüber, nur um sicherzugehen.

Alice hakte sich bei Eva ein. „Ich habe ihnen gerade erzählt, wie toll du warst, Eva. Ich habe dein Kommen weder gesehen noch gehört."

„Ich habe meine seherischen Fähigkeiten eingesetzt, um mich zu führen", sagt Eva.

Mehrere Reaktionen waren auf der Lichtung zu hören.

„Eine Seherin?", fragte Lord Blaine. „Sie kennen die Zukunft?"

„Nicht wirklich."

„Einen Teil davon?"

„Nein", schnappte David. „Sie sieht gar nichts."

„Aber sie hat gerade behauptet—"

„Es ist egal, was sie behauptet hat. Ich sage Ihnen, dass sie nichts sehen kann."

Lord Blaine erstarrte, bis auf seinen zuckenden Schnurrbart. „Reden Sie nicht in diesem Ton mit mir."

„Warum nicht? Für diese Leute da sind Sie vielleicht ein wichtiger Mann, aber nicht für uns. Für uns sind Sie Heiden in einem gottvergessenen Land—"

„David!", rief Eva. „Hör sofort auf."

„Wir haben Götter", höhnte Lord Blaine. „Und sie haben uns nicht vergessen. Sie haben unsere rechtmäßige Königin zu uns zurückgeführt und werden uns helfen, sie auf den Thron zu bringen."

David öffnete den Mund, aber Eva knurrte „Nicht" und er schloss ihn wieder.

Sie zog ihn außer Hörweite und ging dann auf ihn los. „Beleidige diese Leute nicht."

„Warum nicht? Was spielt es für eine Rolle? Sind wir überhaupt sicher, dass es Menschen sind?"

Sie starrte ihn an. Was sollte sie denken? David war im Umgang schon immer schwierig gewesen, aber er hatte sich

Fremden gegenüber noch nie so hemmungslos rüde verhalten. „Bist du verrückt geworden? Natürlich sind sie Menschen."

„Woher willst du das wissen?" Er trat gegen einen Erdklumpen. „Sie sind der Grund, warum wir in dieser Klemme stecken. Wenn sie Alice nicht holen gekommen wären, würden wir sicher zu Hause sein. Stattdessen verstecken wir uns in einem Wald, wohnen in Zelten und fürchten um unser Leben."

„Wir stecken in der Klemme, das ist wahr, aber sich gegen die Leute zu stellen, die uns retten können, hilft nicht wirklich." Sie war so wütend, dass sie selbst das Zischen in ihrer Stimme hören und die Hitze in ihrem Blut spüren konnte.

Die anderen gingen einer nach dem anderen den Weg zurück, den sie gekommen waren. Seth war der letzte in der Reihe und nickte Eva zu, damit sie aufschloss. Sie nickte zurück und versuchte zu lächeln. Er presste die Lippen aufeinander.

„Das ist absurd", flüsterte David.

„Was davon?", fragte Seth.

„Die ganze Situation. Diese Leute sind absurd. Schau sie dir an in ihrer albernen Kleidung, wie sie vor Alice herumkriechen."

„Sie ist ihre lange verlorene Prinzessin", sagte Seth, als ob David der Absurde wäre. „Natürlich verhalten sie sich ehrerbietig."

David schnaubte. „Ich hätte gedacht, du wärst eifersüchtig auf all die Aufmerksamkeit, die sie bekommt, insbesondere von dem sogenannten Ratgeber."

„Sei doch still, David", sagte Eva seufzend. „Lass Seth in Ruhe. Er hat heute wenigstens tapfer gekämpft. Hat er dir vorgeworfen, dass du nicht geholfen hast? Nein, hat er nicht. Also schlage ich vor, dass du deine grausamen Bemerkungen für dich behältst."

„Ich war nicht grausam", murmelte David leise. „Ich habe nur bemerkt, dass Markell und Alice scheinbar sehr gut miteinander auskommen." Sein Kinn deutete auf das Paar, das vor ihnen herging. Markell hob gerade einen niedrigen Ast an und lächelte, als Alice an ihm vorbeiging.

Eva warf einen Seitenblick auf Seth. Er beobachtete die beiden unter halb geschlossenen Lidern heraus.

„Ich wäre vorsichtig mit dem, was ich sage, wenn ich du wäre", sagte Seth finster.

David zuckte zusammen und Eva musste zugeben, dass der Tonfall ihr übel aufstieß, allerdings aus anderen Gründen als ihrem Bruder. Der schien zu glauben, dass Seth ihn bedrohte. Was Eva jedoch Sorge bereitete, war die Art, wie Seth Alice und Markell ansah.

Sie kamen wieder auf den eigentlichen Pfad, auf dem sie von den Wachen überrascht worden waren. Mehrere lagen tot da. Ihr Blut sickerte durch ihre reinweißen Uniformen in das Laub am Boden. Auf den ersten Blick sah Eva, dass es keine Überlebenden gab. Sie machte einen Bogen um die Leichen und atmete tief die frische Waldluft ein, sobald sie hinter ihr lagen. Dass sie die Luft angehalten hatte, bemerkte sie erst, als sich ihr der Brustkorb zuschnürte.

Seth berührte ihren Arm. „Ist alles in Ordnung?"

Sie nickte. „Ich sehe ständig Tote, aber normalerweise starben sie nicht durch meine Hand oder die meiner Freunde."

„Mir gefällt das auch nicht." Er betrachtete sein blutiges Schwert und bückte sich dann, um es am Boden abzuwischen. „Ich bin so was nicht gewöhnt."

„Nicht? Ich dachte, bei deiner Arbeit wäre es nötig."

„Ganz und gar nicht. Lincoln ist kein Mörder, egal was die Leute denken."

„Ich ... ich weiß nicht mehr, was ich denken soll."

„Damit will ich nicht sagen, dass ich vor diesem Tag noch niemanden getötet habe, aber ich versichere dir, dass es immer nur Selbstverteidigung war." Er schaute zu David zurück, der sich ans Ende der Schlange verzogen hatte. „Geh nicht zu hart mit ihm ins Gericht. Nicht jeder Mann mag Waffen und nicht jeder Mann will kämpfen. Abgesehen davon ..." Er zwinkerte. „Er ist nicht in Ohnmacht gefallen, in Tränen ausgebrochen und in die Hose hat er sich auch nicht gemacht. Damit hat er seine erste Begegnung mit einer Kohorte gut ausgebildeter Schwertkämpfer mit Bravour gemeistert."

Sie lächelte. „Bist du bei deinem ersten Kampf in Ohnmacht gefallen oder in Tränen ausgebrochen? Oder hast dir in die Hose gemacht?"

„Alles drei. Allerdings war ich erst fünf und die Kämpfer waren Vagabunden, die ich mir zum Spaß ausgedacht hatte."

„Der arme kleine Junge. Jetzt tust du mir leid mit deiner einsamen Kindheit."

„Sei nicht zu mitleidig. Ich hatte viel mehr als die meisten Kinder, bis ... nun, bis alles weg war."

Charlie hatte ihr erzählt, wie Seths Vater das Vermögen der Familie verspielt hatte. Seth hatte alles verloren und dann war auch noch seine Mutter weggegangen, um ein weiteres Mal zu heiraten. Sie war erst aus Amerika zurückgekehrt, als ihr zweiter Mann verstorben war. Es musste schwer für ihn gewesen sein, Geld und Ansehen und den Respekt des Adels zu genießen und dann auf einen Schlag nichts mehr davon zu haben. Charlie hatte gesagt, dass er mit allen erdenklichen Mitteln die Familienschulden abgetragen hatte, aber sie hatte nicht näher ausgeführt, was für Mittel das gewesen waren. Charlie konnte Eva noch nicht einmal in die Augen sehen, wenn sie danach fragte.

„Ich kenne diesen Blick", sagte er leise. „Ich weiß, dass Charlie dir ein paar Dinge über meine Vergangenheit erzählt hat."

„Nein! Nein, hat sie nicht. Ich meine, ein bisschen, aber nicht viel. Wirklich kaum etwas."

Sein Lachen war verlegen. „Also, das war gar nicht peinlich."

Sie biss sich innen auf die Lippe. Jetzt hatte sie unglückselige Erinnerungen hervorgezerrt und wünschte inständig, sie könne das Gespräch zurücknehmen. „Charlie hat nichts Unflätiges gesagt. Sie bewundert dich und hat dich sehr gern."

„Und ich habe sie gern. Sie wird meine zweite Frau, falls ich länger lebe als Lincoln."

Sie brach in Gelächter aus, was Alices Aufmerksamkeit erregte, die die Stirn runzelte und erst wieder nach vorn sah, als Markell sie ansprach.

„Charlie weiß noch nichts davon", sagte Seth. „Erzähl es ihr nicht. Ich möchte sie überraschen."

„Ich meine ja, du solltest dir eher Sorgen darum machen, dass Lincoln es herausfindet."

„Ich sagte doch, *nachdem* er weg ist. Abgesehen davon sollte er dankbar sein, dass ich mich um sie kümmere. Obwohl der

Mann teuflisches Glück hat. Wahrscheinlich überlebt er uns alle."

„Du hast eine makabre Denkweise."

„Das kommt davon, wenn man mit einer Nekromantin befreundet ist."

Eva lachte wieder. Sie fühlte sich ziemlich übermütig und kühn. Sehr kühn. „Du sagtest *zweite* Frau", hakte sie nach. „Was ist mit der ersten?"

„Natürlich wird sie die Liebe meines Lebens sein, aber Charlie wird es verstehen, da sie eine tiefe Liebe für Lincoln empfindet."

Evas Atem entwich ihrem Körper und der Übermut verstärkte sich. Sie konnte nicht ganz klar denken.

„Eva? Du bist ganz blass geworden." Er legte seine Hand auf ihren unteren Rücken. „Ist alles in Ordnung? Bist du dir sicher, dass du dich vorhin nicht verletzt hast?"

„Mir … mir geht es gut."

„Ich hole etwas Wasser." Er hastete davon und schob sich an Alice vorbei, um zu den Frauen an der Spitze des Zuges zu gelangen. Kurz darauf kehrte er mit einer Lederflasche zurück.

Eva trank und reichte sie ihm dann, wobei ihre Finger seine berührten. Ein Kribbeln jagte ihren Arm hinauf bis zur Kopfhaut. Seth reagierte überhaupt nicht, abgesehen von einem gütigen Lächeln, das er jedem hätte schenken können.

„Besser?", fragte er.

Sie nickte.

Nachdem er etwas gewartet hatte, sagte er: „Du scheinst deine Zunge verschluckt zu haben. Da muss ich wohl das Gespräch in die Hand nehmen, um uns die Zeit zu vertreiben. Ich habe ein gutes Thema. Was hältst du von Hosen für Frauen?" Er nickte in Alices Richtung, die vor ihnen ging und noch immer ernsthaft und leise mit Markell redete. Während ihr Gesäß noch von der Tunika verdeckt wurde, war die Form ihrer Oberschenkel deutlich erkennbar. Offensichtlich war es Seth aufgefallen.

Eva schluckte und schaute weg, da sie seinem Blick unmöglich begegnen konnte. Oder sie wollte vielmehr nicht sehen, wo sein Blick hängen blieb.

„Ich finde, Hosen für Frauen sind eine gute Idee. Ich weiß, ich weiß", fuhr er fort, „der Ansatz wird sich in England niemals durchsetzen und ich würde lautstark dafür gerügt werden, ihn zu unterstützen. Warum müssen Frauen überhaupt Kleider tragen? Warum können sie keine Hosen anziehen? Es würde ein ganzes Heer neuer Möglichkeiten eröffnen. Sie könnten zum Beispiel im Herrensitz reiten. Ich kenne viele Frauen, die im Damensitz hervorragend reiten können. Aber sie sind nicht schnell genug, weil es ihnen nicht gestattet ist, eine Hose zu tragen und wie die Männer im Sattel zu sitzen. Frauen könnten viel öfter draußen arbeiten, ohne sich darum sorgen zu müssen, dass ein Windstoß zu viel von ihren Knöcheln preisgibt. Wer weiß, vielleicht könnten sie sogar auf dem Bau arbeiten oder als Gärtnerinnen."

Für einen Gentleman hatte er sehr liberale Gedanken. Evas Meinung nach waren es in der Regel die Männer der Oberschicht, die Frauen für unfähig hielten, Männerarbeit zu verrichten. Vielleicht lag es daran, dass ihre Frauen—vornehme Ladys—niemals arbeiten mussten. Seths Umstände waren jedoch anders. Er war tief gefallen, was seine egalitären Ansichten erklären könnte.

„Ich meine, man braucht sich doch nur Alice anzuschauen, um zu erkennen, wie befreiend das Tragen einer Hose für sie ist." Er starrte Alice unverhohlen an mit ihrer großen, eleganten Gestalt und den blonden Haaren, die ihr jetzt in hübschen Wellen über den Rücken fielen. In ihrer Tunika und Hose machte sie eine gute Figur, noch mehr als sonst. „Wie ich sehe, habe ich dich noch nicht genug schockiert, um dich zum Sprechen zu bewegen", redete er weiter, wobei seine Mundwinkel nach oben zuckten.

Eva beschloss, dass es an der Zeit war, mit jemand anderem zu reden. Jemandem, der nicht in Alice Everheart verliebt war.

Sie wurde langsamer, bis sie neben David und Gus ging, doch Seth tat es ihr gleich. Er sah sie mit gerunzelter Stirn an, vollkommen ernst.

„Ich habe dich verärgert", sagte er. „Und ich glaube nicht, dass es an meiner Befürwortung von Hosen für Frauen liegt."

Sie verschluckte sich fast. Wie konnte er so aufmerksam sein? „Du hast mich nicht verärgert."

„Doch, das habe ich und ich glaube, ich weiß auch, warum."

Das konnte er unmöglich wissen. *Sie* war die Seherin, nicht er. „Ist das so? Dann los, sag es mir."

„Du ärgerst dich, weil ich Alice bewundere."

Er war wesentlich aufmerksamer, als gut für ihn war—oder für sie. Ihr Gesicht wurde so heiß, dass es sich anfühlte, als würde es durch den Druck bald wegfliegen. „Sei nicht albern. Du hast mich nicht verärgert, Seth, schon gar nicht wegen Alice. Ich mag sie. Sie ist ein wundervoller Mensch und sehr schön, da ist es nur natürlich, dass ein Mann wie du sie bewundert. Ich wäre überrascht, wenn du es nicht tun würdest, schließlich bist du, äh …"

„Ich bin was?"

„Einer ihrer Verehrer", platzte sie heraus.

Er sah sie unwirsch an. „Warum sagst du das?", fragte er misstrauisch.

„Ich erkenne diese Dinge."

„Weil du eine Seherin bist?"

Weil ich eine Frau bin, die dich anhimmelt, wollte sie zugeben, tat es aber nicht, denn sie wollte sich nicht das Herz brechen lassen.

Sie war sich noch nicht einmal sicher, wann ihr Herz so zerbrechlich geworden war, was Seth anging. So lange schon kämpfte sie mit einem Haufen gemischter Gefühle für ihn, dass sie sich beinahe überzeugt hatte, ihn zu verabscheuen.

Das tat sie jedoch ganz gewiss nicht. Sie würde ihn nie verabscheuen können.

Und sie würde niemals auch nur annähernd wie die Frau sein können, die er wollte. Ihre Vision musste falsch sein.

Eva blinzelte ihre eigenen Füße an.

„Eva", sagte er versöhnlich. „Ich weiß, dass du etwas weißt, also sag es mir bitte."

Sie schüttelte den Kopf. „Lass mich."

Nach einigen Schritten fragte sie sich, wie sie sich zurückfallen lassen konnte, ohne dass er ihr erneut folgte.

„Es ist ungesund, Geheimnisse zu haben", neckte er. Wie

schön, dass ihr Unbehagen und ihre Verlegenheit solche eine Quelle des Amüsements für ihn war.

„Tatsächlich?", sagte sie mit einem gequälten Lächeln. „Dann solltest du inzwischen ein sehr kranker Mann sein."

Er blieb stehen. Sie lief weiter, obwohl ihre Beine sich plötzlich zu schwach anfühlten, um sie zu tragen. Wie konnte sie so gemein sein?

„Was bedeutet das?", fragte er, indem er sie wieder einholte.

„Ich ... ich weiß es nicht. Es tut mir leid, Seth. Vergiss, dass ich etwas gesagt habe."

„Ich glaube nicht, dass ich das kann."

Sie erwartete, dass er sich jetzt zu den anderen gesellen würde, doch er blieb bei ihr. Warum konnte er sie nicht ihrem Selbstmitleid überlassen? Warum musste er so ... nett sein?

Das Schweigen breitete sich so dünn aus, dass es unweigerlich brechen musste. Es überraschte sie nicht, dass er derjenige war, der es brach. Er konnte es nicht ertragen, wenn ihm jemand die kalte Schulter zeigte.

„Sag doch was, Eva. Ich möchte nicht, dass irgendetwas Peinliches zwischen uns steht. Es ist ja nicht so, als könnten wir uns hier aus dem Weg gehen."

„Es gibt nichts zu sagen. Ich hätte nichts Unbedachtes sagen sollen und es tut mir leid. Ende." Sie beschleunigte ihr Tempo.

Mit seinen langen Beinen fiel es ihm nicht schwer, mit ihr mitzuhalten. „Kein Ende. Wir haben beide Geheimnisse, von denen wir nicht möchten, dass sie bekannt werden."

Sie konnte ihn nicht ansehen. Wagte es nicht.

„Du sagst, du kennst meine nicht", fuhr er fort.

„Tue ich auch nicht. Charlie, Lincoln und Gus würden dein Vertrauen nicht brechen und ich kann deine Vergangenheit nicht sehen. Mir ist nur bewusst, dass du Geheimnisse wahrst."

„So wie du. Aber deins kenne ich."

Sie fuhr zu ihm herum, das Herz auf der Zunge. Er lächelte sie an. Lächelte!

„Keine Sorge, Eva. Mir ist es egal, ob du in Wirklichkeit studierst, um Ärztin zu werden und nicht Krankenschwester. Ich finde es sogar wundervoll. Ich weiß, für mich ist es leicht, das zu sagen, aber du solltest dir keine Gedanken machen, was andere

Leute denken, selbst wenn diese anderen Leute deine Mutter und dein Bruder sind."

Sie schluckte. Tausend Worte purzelten durch ihr Gehirn, aber schließlich lachte sie beinahe. Er glaubte, *das* wäre ihr tiefstes Geheimnis? Gott sei Dank hatte er das andere nicht erraten. Es wäre eine größere Demütigung, als sie zu diesem Zeitpunkt ertragen konnte. Er mochte sie vielleicht genug, um mit ihr befreundet zu sein, aber zu wissen, dass eine Ehe mit ihr eine unausweichliche Tatsache war, könnte alles zerstören.

Eva wollte die Verbundenheit zwischen ihnen ganz sicher nicht ruinieren. Nicht jetzt, wo ihre Gefühle für ihn aufblühten.

KAPITEL 7

ALICE

Alice war so erleichtert, ihre schmerzenden Füße auszuruhen, dass ihr die Unhöflichkeit ihres Gastgebers und seiner Schwester egal war. Die Gruppe der Abtrünnigen kam nach Einbruch der Dunkelheit unangekündigt bei Lord Quellery an, sodass man es ihm vermutlich verzeihen konnte. Markell hatte darum gebeten, dass für Alice ein Bad eingelassen wurde, aber der saure Zug um Lady Oxanas Mund hatte diese nette Aussicht zunichtegemacht.

„Es ist schon in Ordnung", sagte Alice zu ihrer Gastgeberin, als sie mit Lord Quellery sowie Lord Blaine, Markell, Seth, Eva, Gus und David im großen Empfangszimmer saß. „Ich benötige nur eine Schüssel und etwas Wasser. Eva sicher auch, sowie die anderen in unserer Gruppe, sollten sie es wünschen."

Selbst bei dieser Bitte verdrehte Lady Oxana die Augen. „Allesamt? Ihren Dienern macht es doch sicher nichts aus, so zu bleiben, wie sie sind. Sie werden ohnehin in den Ställen untergebracht, da brauchen sie nicht süß zu duften."

Alice war so verblüfft, dass ihr nicht schnell genug eine Erwiderung einfiel. Markell und Seth wussten jedoch ganz genau, wie sie mit der Dame umgehen mussten.

„Die Prinzessin weiß es zu schätzen, dass Sie sie so kurzfristig beherbergen", sagte Markell geschmeidig. „Wir haben

Ihnen und meinem guten Lord Quellery eine große Last auferlegt und möchten sie nicht unnötig erschweren."

Ein Geräusch, das irgendwo zwischen einem Grunzen und einem Stöhnen angesiedelt war, drang aus den Tiefen von Lord Quellerys massigem Torso. „Nett gesagt, Ironside", sagte er mit dröhnender Stimme, die seine Wangen vibrieren ließ, als hätten sie ein Eigenleben. „Sie sind ein besserer Diplomat als Ihr Vater. Sie sind wie Ihre Mutter, mögen die Göttinnen ihre Seele in Frieden bewahren."

Markell lächelte ungerührt. „Wir sind allerdings eine weite Strecke unter widrigen Umständen gereist und benötigen dringend Erfrischungen und Ruhe. Wir sind für jegliche Gastfreundschaft, die Sie uns zuteilwerden lassen, ausgesprochen dankbar. Ihre Hoheit muss jedoch mit dem ihr gebührenden Respekt behandelt werden."

„Natürlich, natürlich", grummelte Lord Quellery. Er hob einen Stummelfinger und sein Diener verbeugte sich, um dann alles Nötige zu veranlassen. Alice war sich nicht sicher, ob sie nun ein Bad bekam oder nicht.

Seth räusperte sich und wandte sich an Lady Oxana. „Gus und ich sind froh, nach Pferd und Wald zu riechen."

„Sprich für dich", verkündete Gus.

„Das Problem ist nur, dass wir möglicherweise so grandiose Persönlichkeiten wie Sie selbst mit unserem Geruch beleidigen." Er entbot Lady Oxana eine kleine Verbeugung und ein gewinnendes Lächeln.

Lady Oxana hatte keine Chance. Alice konnte den Moment sehen, in dem ihre Kühle schmolz. Ihre Gesichtszüge verloren etwas von ihrer Schärfe und die Falten um ihren Mund glätteten sich. „Und Sie sind?"

„Seth ist in unserer Welt als Lord Vickers bekannt", sagte Alice, ehe er antworten konnte.

„Unter anderem", murmelte Gus.

„Seine Familie ist sehr einflussreich", fügte Alice hinzu, wobei sie Gus zu ignorieren versuchte.

Lady Oxanas Augen weiteten sich. Sie inspizierte Seth so gründlich, dass Alices eigene Wangen warm wurden. Es war ihr ein Rätsel, wieso er nicht rot wurde. Als Lord Quellery seine

Schwester ansprach und sie sich zu ihm wandte, warf Seth Alice einen wütenden Blick zu. Sie zuckte entschuldigend mit den Schultern. Dass Lady Oxana seinem Charme so schnell erlag, hatte sie nicht erwartet.

Markell hatte Alice auf dem Weg zu Burg Quellery gewarnt, dass seine Lordschaft und seine Schwester eingebildete Schnösel waren. Beide waren in ihren Vierzigern und hatten nie geheiratet. Sie wohnten bereits ihr ganzes Leben in der uralten Burg und waren nach der Königin die wohlhabendste Familie in Wunderland. Sie besaßen sogar ihre eigene Armee.

Diese Armee war der Grund, warum Markell sie nach Burg Quellery gebracht hatte. Er wusste, dass Lord Quellery die Herzkönigin und ihre hohen Steuern nicht leiden konnte. Genug, um sie stürzen zu wollen. Markell schätzte, dass es ihnen herzlich egal war, wer sie stürzte, aber da Alices Abstammung sie zur besten Kandidatin und zum Liebling des Volkes machte, würden sie ihr die Armee geben. Die dreihundert Mann starke Truppe war nicht so gut ausgebildet wie die Wachen oder die Armee der Königin, auch nicht so zahlreich, aber mit der richtigen Strategie glaubte Markell, dass sie sich durchsetzen konnte.

Sie brauchten lediglich Quellerys Zustimmung.

Alice hasste es, bei dieser Art von Leuten betteln zu gehen, aber daran würde sie sich gewöhnen müssen, wenn sie Königin werden sollte. Auf dem Weg hatte sie sich lange und intensiv Gedanken über ihre Zukunft gemacht und sich entschieden. Dann hatte sie sich umentschieden. Und dann noch einmal.

So viele Menschen hatten bereits ihr Leben gelassen, um sie auf den Thron zu setzen, dass sie ihre Hoffnungen jetzt zerschlagen musste, wenn sie weitere Verluste verhindern wollte. Aber das würde sie trotzdem in Gefahr bringen, sie der Willkür der Königin aussetzen.

Markell war unglaublich nett gewesen und hatte Alice nicht gedrängt. Er hatte ihr versichert, dass er jede ihrer Entscheidungen unterstützen und seine Pläne entsprechend anpassen würde. Sie glaubte ihm. Der Mann konnte sehr überzeugend sein.

Lord Quellery hievte sich aus seinem Stuhl und näherte sich Alice mit einem wankenden Gang, als ob ihm die Beine schmerzten. Er unternahm den Versuch, sich zu verbeugen, brachte aber kaum mehr als ein Nicken zustande. „Sie sind hier äußerst willkommen, Eure Hoheit. Seien Sie versichert, dass es Ihnen während Ihres Aufenthaltes an nichts mangeln wird." Lady Oxanas Nasenflügel blähten sich. „Sie müssen müde sein", fuhr er fort. „Gestatten Sie meiner Schwester, Sie zu Ihrem Zimmer zu führen." Er reichte Alice seine Hand, die sie ergriff. Im Vergleich zu seinen Wurstfingern wirkten ihre sehr lang.

„Kleidung wird gebracht." Lady Oxana führte Alice und Eva weg, während die Männer einem Diener folgten. Alice konnte ihre Schritte auf dem Steinboden noch lange nachhallen hören.

Die Burg wirkte wie ein Museum mit ihren schmalen Wendeltreppen und riesigen Wandbehängen, um den Steinmauern ihre Härte zu nehmen. Trotz des warmen Tages war es kühl, da keine Feuer entzündet worden waren. Alice zitterte.

„Ihnen ist kalt", bemerkte Lady Oxana, während sie sie durch ein kleines Wohnzimmer in ein noch kleineres Zimmer führte, das mit einem einzigen unbequem aussehenden Stuhl möbliert war.

„Ein wenig", sagte Alice.

„Ich fürchte, mein Bruder gestattet nicht, dass im Sommer Feuer angezündet werden, außer zum Kochen. Wenn Sie sich aufwärmen möchten, schlage ich vor, dass Sie in die Küche gehen."

„Ist es möglich, einen Schal zu borgen?"

Lady Oxana antwortete nicht sofort. Sie schob eine dicke Tür auf und verschränkte die Arme. „Ihr Zimmer, Eure Hoheit. Sie schlafen nebenan", sagte sie zu Eva.

„Nebenan?", wiederholte Eva. „Oh. Ich dachte, wir teilen uns ein Zimmer."

„Warum würden Sie das annehmen? Sie ist eine Prinzessin. Sie sind … wie war Ihr Titel?"

„Miss Eva Cornell."

Lady Oxanas Augen wurden schmal. „Eine Magd?"

„Meine Freundin", sagte Alice und bemühte sich, die Schroffheit aus ihrer Stimme zu halten. „Das Bett hier sieht groß genug aus. Wir teilen es uns."

„Aber Sie sind eine Prinzessin."

„Trotzdem möchte ich meine Freundin in der Nähe haben."

„Das wäre mir auch lieber", sagte Eva.

„Wie Sie wünschen", sagte Lady Oxana. „Sauberes Wasser, Kleidung und das Abendessen werden Ihnen heraufgebracht. Wir haben bereits diniert, aber der Koch wird irgendetwas zubereiten."

„Es tut uns leid, dass wir Ihnen solche Umstände machen", sagte Alice. „Wäre es Sir Markell gelungen, Sie von unserer Ankunft zu unterrichten, hätte er es sicherlich getan."

Lady Oxanas Mund verzog sich zu einem dünnen Lächeln. Sie bewegte sich rückwärts aus dem Raum, blieb dann aber stehen und knabberte an ihrer Unterlippe. So wirkte sie ganz wie eine nervöse Untertanin vor ihrer Prinzessin. Alice wappnete sich für eine Bitte, die Oxana einfordern würde, nachdem Alice Königin geworden war. Auf die Frage, die kam, war sie allerdings nicht vorbereitet.

„Ist Lord Vickers Ihr Zukünftiger?"

„Nein", erwiderte Alice lachend.

„Also ist er frei?"

Alice schaute Eva an, die sich intensiv mit den Knöpfen ihrer Ärmel beschäftigte. „Soweit ich weiß", sagte Alice.

Das räuberische Lächeln, das über Lady Oxanas Gesicht schlich, ließ Alice stocken. Vielleicht hätte sie anders antworten sollen. Andererseits war Seth durchaus in der Lage, mit solchen Frauen klarzukommen. Er war schließlich mit Lady Harcourt zusammen gewesen.

„Die ist steif wie ein Brett", sagte Alice, sobald sie allein waren.

„Und so sauer wie eine Zitrone." Eva presste die Lippen aufeinander, womit sie den Gesichtsausdruck von Lady Oxana präzise nachahmte.

Alice brach lachend auf dem Bett zusammen. Eva warf sich neben sie und beide starrten den Baldachin an. Die Pfosten waren mit pummeligen Gesichtern verziert, die scharfe Zähne und gespaltene Zungen offenbarten.

„Wie sollen wir schlafen, wenn die auf uns herunterschauen?", fragte Eva.

„Gott sei Dank hast du zugestimmt, mit mir hierzubleiben.

Allein die da reichen schon, um mir Albträume zu bescheren und wir wissen alle, wie das endet."

Eva grinste und rollte auf die Seite, um Alice anzusehen. „Glaubst du, sie bringen mir auch solche Sachen, wie du anhast?"

„Du kannst fragen." Alice setzte sich auf und zog ihre Tunika aus. Zu der Hose trug sie nur ein Hemd mit dem Mieder darüber, dessen Schnüre sie jetzt öffnete. „Das ist so viel leichter und freier als ein Korsett und man kann es ohne Schwierigkeiten allein an- und ausziehen."

Eva drehte sich wieder auf den Rücken und seufzte. „Vielleicht sollte ich nicht darum bitten. Dann werde ich mich nur danach sehnen, wenn ich nach England und zu meiner normalen Kleidung zurück muss. Apropos, was wirst du tun? Hast du dich entschieden zu bleiben?"

Alice ließ sich wieder zurückfallen und schnaufte. „Ich weiß es nicht. Ich bin hin- und hergerissen. Dort gibt es nichts für mich und hier so viel, aber ... es fühlt sich nicht wie zu Hause an."

„Das kommt mit der Zeit."

„Und die Situation hier ist lebensgefährlich."

„Sobald die Königin gestürzt ist, wird sich alles beruhigen und du hast Markell als Berater. Du würdest eine wunderbare Regentin abgeben, Alice. Das meine ich ernst. Du denkst immer an andere und hast so eine königliche Haltung an dir. Die Leute schauen ganz natürlich zu dir auf."

Das überraschte Alice. „Danke. Aber ... du klingst, als wolltest du, dass ich bleibe."

„Ich möchte, dass du ganz für dich eine Entscheidung triffst."

Alice stieß Evas Ellenbogen an. „Hat es etwas damit zu tun, dass Seth frei ist?"

„Nein!" Eva spuckte das Wort mit solcher Vehemenz aus, dass Alice den Verdacht hegte, es hatte alles mit Seth zu tun.

„Ihr würdet ein exzellentes Paar abgeben", sagte Alice.

Eva rutschte vom Bett und schaute aus dem Fenster. „Ich möchte mit dir nicht über Seth reden."

„Weil du meinst, dass ich ihn noch mag?", fragte Alice sanft.

„Weil ich glaube, dass er dich noch mag." Eva verschränkte die Arme und rieb sie.

„Zwischen mir und Seth ist nichts und da wird auch nie etwas sein. Wenigstens in der Hinsicht kenne ich mein Herz."

„Ich möchte nicht seine zweite Wahl sein."

Alice stand auf und berührte Evas Schulter. „Ich glaube, du überschätzt meine Wichtigkeit für ihn."

Ein Klopfen an der Tür kündigte die Ankunft der Mägde an, die Schüsseln, Kannen mit Wasser, Handtücher, saubere Kleidung und ein Tablett mit Essen hereintrugen. Alice vergaß Seth und aß. Sie stand kurz vorm Verhungern. Eva zog es vor, sich erst frisch zu machen und ein Kleid anzuziehen, das dem von Lady Oxana ähnelte. Es reichte in einem Stück zum Boden, war waldgrün und besaß lange, glockenförmige Ärmel. Ein Gürtel aus dem gleichen Stoff mit einer großen runden Schnalle hielt es an der Taille zusammen.

„Das steht dir sehr gut", sagte Alice. „Die Farbe erinnert mich an Markells Augen." Es war ihr herausgerutscht, bevor ihr klar wurde, was sie da sagte. Hoffentlich fand Eva es nicht seltsam.

Eva fand es nicht seltsam, sondern eher äußerst amüsant nach ihrem Grinsen zu urteilen. „Dann sind seine Augen also grün, ja?"

„Natürlich und behaupte nicht, das wäre dir nicht aufgefallen." Alice widmete sich dem Umziehen, damit sie Evas wissendem Blick nicht begegnen musste.

„Es ist mir tatsächlich nicht aufgefallen." Eva setzte sich zum Essen an den kleinen Tisch am Fenster und summte vor sich hin. „Ich werde Ihnen sagen, was mir an Ihrem Berater aufgefallen ist, Eure Hoheit."

„Hör auf, mich so zu nennen. Es fühlt sich immer an, als würdest du dich über mich lustig machen."

Eva hob beschwichtigend die Hand. „Also gut, *Alice*, wechsele nicht das Thema."

Alice tat so, als würde sie sie ignorieren. Sie wollte wirklich nicht hören, was Eva zu sagen hatte und vielleicht würde es sie abhalten. Damit lag sie falsch.

„Mir ist aufgefallen, wie er dich ansieht." Eva steckte eine

Kirsche in den Mund. Ihre Augen glänzten im Kerzenlicht. „Na los, frag mich, wie er dich ansieht."

„Nein."

„Du willst es wissen." Eva spuckte den Kern aus. „Oder hast du es möglicherweise schon gesehen?"

Alice hatte es gesehen. Und es hatte ihr gefallen. Aber ... „Es ist nicht anders, als wie andere Männer mich ansehen."

Das brachte Eva zum Schweigen. Sie aß nachdenklich noch eine Kirsche.

Alice wusch sich und zog das Kleid an. Sobald der Gürtel saß, betonte er ihre Taille.

„Spielt es eine Rolle, wie er dich ansieht, wenn dahinter echte Gefühle stecken?", fragte Eva schließlich.

„Natürlich spielt es eine Rolle. Ich möchte für mehr bewundert werden als nur mein Gesicht."

„Ich glaube, das tut er. Er fand, dass du die Nerven behalten hast, als dieser Wachmann dich weggeschleppt hat."

„Er fand *dich* noch bemerkenswerter, weil du mich gerettet hast. Ich fürchte, ich bin einfach nur die Person, die ihm das verschafft, was er will. Und er will die Königin loswerden. Es ist hilfreich, dass mein Gesicht hübsch ist, um die Truppen zu mobilisieren, aber das ist auch alles."

Eva seufzte. „Du gehst viel zu hart mit ihm ins Gericht, Alice, und mit Männern im Allgemeinen. Manchmal wollen sie dich nur bewundern, aber dich nicht ... küssen. Und manche Männer sind in der Lage, jenseits des Erscheinungsbildes einer Frau zu blicken."

„Wie Markell?" Alice schüttelte den Kopf. „Er kennt mich kaum."

„Dann verwirf ihn nicht, ohne ihm eine Chance zu geben."

„Tue ich nicht."

„Bist du dir sicher? So wirkt es auf mich nicht."

Alice starrte sie an. War es das, was Eva wirklich von ihr dachte? Dass sie alle Männer verwarf, weil sie nur ihre Schönheit bewunderten, aber keine Substanz besaßen? Das klang, als ob sie Männer nicht respektieren würde und das war nun überhaupt nicht der Fall. Sie glaubte ernsthaft, dass Markell nur die Interessen seines Reiches am Herzen lagen. Ganz sicher war er ein Mann mit reichlich Substanz und Stolz und Ehre.

Ob er Alice als Person mochte, war allerdings alles andere als klar.

„Ich gehe spazieren", verkündete Alice. „Ich bin zu rastlos, um zu schlafen."

„Bist du dir sicher, dass es klug ist? Lady Oxana sah aus, als würde sie uns bei lebendigem Leibe die Haut abziehen, sollte sie uns außerhalb dieser vier Wände erwischen."

„Ich habe keine Angst vor ihr. Sie erinnert mich an Mrs Denk, die Leiterin der Schule für missratene Töchter. Damals hat sie mir eine Heidenangst eingejagt, aber ich schätze, jetzt wäre es nicht mehr so."

Charlie war es gewesen, die ihr gezeigt hatte, dass Mrs Denk es nicht wert war, vor ihr Angst zu haben. Tatsächlich konnte man Charlies Einfluss gar nicht genug betonen, der Alices Mut hervorgelockt hatte. Es war während ihres Aufenthaltes in Lichfield so allmählich geschehen, dass Alice es bis jetzt gar nicht bemerkt hatte. Sie hatte früher alles getan, was Mrs Denk verlangt hatte, aus Angst vor Strafe, und nun stand sie hier und war bereit, Lady Oxana zu trotzen. Vielleicht war ihr Mut auch durch die Erkenntnis aufgeblüht, dass sie eine Prinzessin war. Mit diesem Wissen ging Macht einher.

„Warte nicht auf mich." Alice nahm eine Kerze und das leere Tablett und ging den Weg zurück, den sie gekommen waren. Sie hoffte, unterwegs auf eine Magd zu treffen, die ihr sagen konnte, wo die Küche war. Vielleicht konnte sie sich am Feuer die Finger wärmen.

Die weichen Lederschuhe, die beim Kleid dabei gewesen waren, machten auf den Steinen fast kein Geräusch. Die Burg war jedoch nicht still. Männliche Stimmen drangen zu ihr, ohne dass sie die Worte verstanden hätte, und irgendwo nieste jemand. Eine Tür knarzte und Schritte hallten.

Das Mondlicht, das durch die Fenster fiel, unterstützte ihre Kerze, sodass sie keine Schwierigkeiten hatte, ihren Weg zu erkennen. Sie fand die Wendeltreppe und stieg ins Erdgeschoss hinunter, wo sie die Küche vermutete. Auf dem Weg in den hinteren

Bereich der Burg hörte sie jedoch Markells Stimme durch eine geschlossene Tür dringen. Neugierig steuerte sie darauf zu, hielt allerdings inne, als Lord Quellery sprach. „Sie ist schön und elegant und all das, aber sie ist auch jung. Ist sie dem gewachsen?"

Alice wäre beinahe hereingeplatzt, um ihm zu versichern, dass sie mit guten Beratern durchaus fähig war, zu regieren, doch sie hielt sich zurück, denn sie wollte wissen, was Markell dazu sagte.

„Das ist sie", sagte er, „sonst hätte ich sie nicht nach Wunderland gebracht. Sie ist klug, freundlich und lernt schnell."

Alices Herz schlug schneller.

Lord Quellery schnaubte. „Freundlichkeit ist keine Voraussetzung für eine Monarchin. Im Gegenteil, es ist eher ein Hindernis."

„Das sehe ich anders."

„Sie können so viel sehen, wie Sie wollen, Ironside. Vielleicht gefällt ihr das sogar."

„Lassen Sie das, Quellery", knurrte Markell. „Zeigen Sie ein bisschen Respekt für Ihre zukünftige Königin."

Noch ein Schnauben. „Ich sage, was mir gefällt. Wenn ich mich recht entsinne, brauchen Sie meine Hilfe."

Schweigen.

„Die nächste Frage ist", fuhr Quellery fort, „wer wird der Glückliche, der sie heiratet und König wird?"

„Das entscheidet natürlich sie."

„Seien Sie nicht albern. Sie sollte jemanden aus der Oberschicht heiraten. Wir können schließlich nicht irgendeinen alten Gauner an den Kronjuwelen herumfingern lassen."

Ein Krachen ertönte, vielleicht von einer Faust auf einem Tisch. „Genug, Quellery!"

Quellery lachte leise.

„Sie braucht erst einmal Zeit, um sich in ihre Rolle einzufinden. Um die Ehe kann sie sich später Gedanken machen", sagte Markell in ruhigerem Ton. „Aber es wird trotzdem ihre Entscheidung sein. Die königliche Satzung sieht vor, dass königliches Blut sich seinen Partner frei wählen kann."

„Ja, ja, wir wissen alle, was die Satzung behauptet, aber Sie sind nicht so dumm zu glauben, dass eine Monarchin einfach irgendwen heiraten kann. Sie muss eine kluge Wahl treffen. Der Mann muss ein guter Anführer sein, respektiert, reich und mit Land. Oh, und darüber hinaus sollte er über eine Armee verfügen, um sie überhaupt auf den Thron zu setzen."

Alice drehte sich der Magen um, sodass sie ihr Abendessen zu verlieren drohte. Fast wäre sie hineingestürmt und hätte ihm erklärt, dass sie ihn niemals heiraten könnte, doch Markell sprach wieder und sie wollte unbedingt seine Antwort hören. Sie musste sich anstrengen, um die Worte aufzuschnappen.

„Ist die Leihgabe Ihrer Truppen an eine Heirat gebunden?" Markell klang hart und gefühllos, der vollendete politische Verhandlungsführer. Falls er irgendwelche persönlichen Gefühle für sie hegte, war in seiner Stimme nichts davon zu merken.

„Ja."

Alice sackte zusammen und lehnte ihre Stirn an die kühle Steinwand.

„Soweit ich weiß, ist sie keinem Mann versprochen", sagte Markell. „Aber sie ist nicht die Art von Frau, die ohne Liebe heiraten würde. Dessen bin ich mir ziemlich sicher. Ich werde Ihr Angebot unterbreiten und—"

„Seien Sie kein Flegel. Wir wissen beide, dass Sie ihr Berater sind, Ironside, also beraten Sie sie. Tun Sie Ihre Pflicht dem Reich und seinem Volk gegenüber und sagen Sie ihr, dass sie mich heiraten *muss*. Falls nicht, bekommen Sie meine Armee nicht und die Königin wird bleiben, wo sie ist. Der hübsche Kopf der Prinzessin nützt niemandem etwas, wenn er auf einem Pfahl steckt, wo er zusammen mit den Köpfen ihrer Freunde und mit Ihrem eigenen in der Sonne verrotten wird. Habe ich mich klar ausgedrückt?"

„Glasklar."

Holz schrammte über Steine, als ein Stuhl bewegt wurde. Alice löschte das Licht der Kerze und verzog sich in den Schatten. Markell trat heraus und schloss die Tür. Er marschierte davon. Als klar wurde, dass Lord Quellery ihm nicht folgte, lief Alice ihm nach.

„Markell", flüsterte sie. „Warten Sie."

Er blieb stehen. Um seine Augen zu sehen, war es zu dunkel, aber sie spürte seine Wut so deutlich wie den kühlen Luftzug auf ihrer Haut. „Alice", war alles, was er sagte. Er wirkte benommen, unkonzentriert, als wären seine Gedanken woanders. Vielleicht waren sie noch in diesem Zimmer.

Sie kannte etwas, was seine Aufmerksamkeit erregen würde, und holte tief Luft. „Ich habe Ihr Gespräch mit Quellery belauscht."

Sein Blick sprang zu ihr. „Wie viel haben Sie gehört?"

„Die letzten paar Minuten."

„Ich verstehe. Kommen Sie. Wir müssen reden."

Sie folgte ihm die Treppe hinauf, aber anstatt in ein Schlafzimmer zu gehen, klopfte er an eine Tür. Lord Blaine bat sie herein.

„Nicht hier", sagte Markell. „Wir müssen irgendwo reden, wo wir nicht belauscht werden können."

Lord Blaine nahm einen Mantel und reichte ihn Alice ohne ein Wort. Sie stellte das Tablett und die Kerze auf einen Tisch im Flur und ging dann mit Markell und Lord Blaine die Treppe hinunter und nach draußen. Sie wurden von mehr als einem Diener gesehen, doch Markell meinte, es wäre egal.

„Quellery weiß, dass wir das diskutieren werden", sagte er. „Er wird enttäuscht sein, dass er nicht erfährt, was gesprochen wird, aber ihm ist bewusst, dass er nichts daran ändern kann."

„Was diskutieren?", fragte Lord Blaine.

Markell antwortete erst, als sie das Haus weit hinter sich gelassen hatten und in einem Teil des Gartens waren, der weder Mauern noch Hecken noch Büsche enthielt, hinter denen sich jemand verstecken konnte. Als sie stehen blieben, erklärte er jedoch nichts, sondern sagte nur: „Es muss einen anderen Weg geben."

„Fällt Ihnen einer ein?", fragte Alice.

Markell lief eilig den Kiesweg zwischen den Rosen auf und ab, die Hände auf die Hüften gestemmt. „Noch nicht."

„Was? Was ist passiert?", verlangte Lord Blaine zu wissen.

Als Markell weiter auf und ab lief, ohne zu antworten, klärte Alice ihn auf. „Lord Quellery will uns seine private Armee nur zur Verfügung stellen, wenn ich zustimme, ihn zu heiraten."

Lord Blaine fluchte leise. „Er hat mir die Armee *zugesagt*."

„Und er gibt sie Ihnen auch", sagte Alice. „Unter einer Bedingung."

„Es muss einen anderen Weg geben", wiederholte Markell.

„Wir könnten ihm die Armee abkaufen", sagte Lord Blaine. „Sie sind Söldner. Die gehen dahin, wo das Geld ist."

„Wie bezahlen wir sie?"

„Ich habe Land. Ich kann etwas verkaufen." Er räusperte sich. „Du hast jetzt auch eigenes Land, da dein Vater von uns gegangen ist."

„Meine Ländereien werden inzwischen konfisziert worden sein, ebenso wie deine. Die Königin wird erraten haben, dass du dich uns angeschlossen hast." Markell fuhr sich mit den Fingern durch die Haare, die dadurch hochstanden. „Verdammt."

So verzweifelt hatte Alice ihn noch nie gesehen. Bisher war er so selbstsicher und kompetent gewesen, hatte alles im Griff gehabt. Es gefiel ihr nicht, ihn jetzt so erniedrigt zu sehen.

Er fing wieder an, auf und ab zu gehen, doch diesmal hielt sie ihn am Arm fest und zwang ihn, sie anzusehen. „Alles wird gut, Markell. Wir müssen nur überlegen." Sie wusste nicht genau, warum sie es sagte; sie wusste nur, dass sie ihn ermutigen musste, dass sie diese Selbstsicherheit wiederhaben wollte.

Er schaffte ein Lächeln. „Ich bin derjenige, der Sie ermutigen sollte."

Sie erwiderte das Lächeln und ließ ihn zögerlich los, aber nicht, ehe ihre Finger sich berührten und etwas sie durchfloss. Etwas, das Alices Puls zum Rasen brachte. Der Mond tauchte hinter einer Wolke auf und Alice sah das Funkeln in Markells Augen ebenso wie die Verwunderung. Es war aufregend und auch beängstigend.

„Ich hätte wissen sollen, dass ihm nicht zu trauen ist", sagte Lord Blaine, der von den Gefühlen, die Alice durchströmten, nichts mitbekam.

Es fiel ihr schwer zu glauben, dass er es nicht bemerkte, denn sie fühlte sich bloßgestellt, als würde sie im Unterkleid die Oxford Street entlanglaufen. Ob Markell ebenso empfand, konnte sie nicht sagen. Der Mond war wieder hinter den Wolken verschwunden und die Schatten hüllten sein gut aussehendes Gesicht in Dunkelheit.

„Markell? Hörst du zu?", fragte Lord Blaine.

Markell räusperte sich. „Ja."

„Hast du Quellerys Gesicht gesehen, als du ihn über den Tod deines Vaters informiert hast?"

„Er hat nichts preisgegeben."

„Genau. Keinerlei Überraschung. Er wusste es. Jedenfalls glaube ich das."

„Es muss sich schon bis hierher herumgesprochen haben", sagte Markell.

„Warum hat er uns dann nicht gesagt, dass er es bereits wusste?" Lord Blaine hatte da ein gutes Argument.

„Du glaubst, er spielt ein Doppelspiel?", fragte Markell. „Wartet darauf, wer sich durchsetzt, um es zu seinem Vorteil zu nutzen?"

„Es würde mich nicht überraschen." Jetzt war Lord Blaine an der Reihe, auf dem Weg auf und ab zu gehen. „Quellery ist gierig und die Steuern der Königin sind hoch. Mach dir keine Illusionen, das ist der einzige Grund, warum er sie loswerden will. Solange die Steuern bleiben, unterstützt er sie nicht."

„Jetzt wird sie die Steuern gewiss nicht senken", sagte Markell. „Sie braucht Geld. Sie hat die Schatzkammer leer geräumt, um für ihren Luxus zu zahlen, ganz abgesehen von den Rekruten. Sie stockt die Armee auf", sagte er an Alice gewandt.

Alice beobachtete Lord Blaine, während sich in ihr ein Abgrund auftat. „Wir brauchen seine Armee."

„Ja", sagte Lord Blaine, als Markell nicht antwortete. Er blieb stehen und wandte sich ihr zu. „Könnten Sie ihn heiraten, Eure Hoheit?"

„Nein!", schnappte Markell.

Lord Blaine und Alice starrten ihn an. „Ich verstehe", sagte Lord Blaine vorsichtig.

Markell rieb sich mit der Hand über die Augen. „Ich überlege mir etwas anderes."

Doch Alice wusste, dass sie die Königin ohne Armee nicht besiegen konnten, und ohne Geld war es nicht möglich, eine eigene Armee aufzustellen. Lord Quellery hatte die Macht, sie zu retten oder sie dem Tod auszuliefern.

„Ich werde euch beide alleinlassen", sagte Lord Blaine.

Alice sah ihm nach, froh, dass er ihr diesen Moment allein mit Markell gegeben hatte. Allerdings fürchtete sie sich auch davor.

„Ziehen Sie es nicht einmal in Erwägung." Markells Stimme war honigsüß und würzig, seidenweich und nuanciert. „Ich schicke Sie eher nach England zurück, als dass ich Sie Quellery heiraten lasse."

Sie sah ihm in die Augen und wartete. Er näherte sich nicht, küsste sie nicht, wie sie vermutet—wie sie gehofft hatte. Er schaute weg und schluckte.

„Das ist alles schön und gut", brachte sie heraus, „aber ich kann nicht ohne den Zauberspruch zurück, der das Portal aktiviert, und die Königin hat das Zauberbuch. Selbst wenn wir sie nicht bekämpfen wollen, müssen wir in ihre Burg, um es zu holen."

Die Aufgabe war ohne Armee unmöglich.

KAPITEL 8

SETH

Seth starrte auf Alice, Markell und Blaine hinab, die durch den Garten schritten. „Ich frage mich, was die vorhaben."

Gus kam zu ihm ans Fenster. „Wunderland Zeug."

„Sie sollten uns in ihre Gespräche mit einbeziehen."

„Warum?" Gus ließ sich auf das Bett fallen, das er beim Betreten der Schlafkammer mit Beschlag belegt hatte, die sich hoch oben im zweiten Stock der Burg befand. Seth machte sich nicht die Mühe, eine Münze darum zu werfen. Zum einen hatten sie keine Münze, zum anderen war es ihm egal, wo er schlief. Das Schrankbett würde ihm genügen.

Er wandte sich vom Fenster ab. „Weil … weil … Blaine und Markell haben nur die Interessen Wunderlands auf dem Herzen, nicht Alices."

„Blaine vielleicht, aber Markell nich. Haste nich gesehen, wie er sie anguckt? Ich schätze, der würde ihr nach England folgen, wenn sie nach Hause will."

Dem musste Seth zustimmen. Markell würde Alice nicht zwingen zu regieren, wenn sie es nicht wollte. Dessen war er sich beinahe sicher.

Gus verschränkte die Hände hinter dem Kopf. „Stört dich das?"

„Nicht so sehr wie früher." Seth nahm den Krug, den die

Magd vorhin gebracht hatte, nur um festzustellen, dass er leer war. Was vermutlich sowieso besser war. Das Gebräu war stark und er zog es vor, seine Sinne beieinander zu halten, wenn sein Leben auf dem Spiel stand. Dieser Tage war Betrunkenheit für besondere Anlässe reserviert, wie Charlies Hochzeit, und um sein Elend zu ersäufen, nachdem er gesehen hatte, wie seine Mutter dem Koch zugezwinkert hatte.

„Also bist du nich mehr in Alice verliebt?", fragte Gus.

„Ich bezweifle, dass ich das je war. Liebe kommt und geht nicht einfach so, Gus. Liebe hält für immer."

Gus schnaubte. „Du klingst wie 'n Poet."

Seth setzte sich und streckte die Beine aus. „Vielleicht sollte ich einen Gedichtband verfassen. Ich kenne einen Verleger, der ihn drucken würde. Allein schon mit meinem Ruf könnte ich damit ein Vermögen machen."

Gus richtete sich auf. „Du könntest durchsickern lassen, dass du über deine verflossenen Liebschaften schreibst. Die kaufen's alle, um zu sehen, ob sie sich wiedererkennen. Du würdest verdammt reich werden, Seth."

Seth lachte. Die Idee war in gleichem Maße erschreckend und reizvoll.

„Du müsstest Lady Harcourt rauslassen." Gus verzog das Gesicht. „Das wäre eh kein Liebesgedicht, eher Tragik."

Seth stöhnte. „Musstest du sie erwähnen?" Von allen Frauen, mit denen er zusammen gewesen war, bereute er diese Affäre am meisten. Sie war eine selbstsüchtige Kreatur gewesen, die auf jeder Party die exquisiteste Frau hatte sein wollen. Als sie das nicht mehr gewesen war, war sie biestig geworden.

„‚Das, was wir eine Wespe nennen, würde bei jedem anderen Namen ... genauso stechen?'", schlug Gus vor.

„Deine Poesie ist so schön wie dein Gesicht." Seth grinste, als Gus ein Kissen nach ihm warf. Er fing es auf und warf es zurück, froh, seinen Freund ebenfalls grinsen zu sehen.

„Glaubst du, sie hat Buchanan geliebt?", fragte Gus.

Seth schüttelte den Kopf. „Sie war nicht fähig zu lieben. Er stand allerdings völlig unter ihrem Bann. Ich frage mich, wie es sich entwickelt hätte, wenn sie nicht gestorben wären."

„Die Welt ist ohne die besser dran. Du kriegst auch eine Stelle im Ministerium und so."

„Nicht, dass ich viel ausrichten könnte, wenn ich hier feststecke." Seth stand wieder auf, um aus dem Fenster zu schauen, und sah nur noch zwei Personen im Schatten bei den Rosen. Nach ihrer Größe zu urteilen, mussten es Alice und Markell sein. Blaine war nirgends zu entdecken.

Zum Glück behielt Markell seine Hände bei sich. Seth war sich nicht sicher, wie er reagieren würde, sollte Markell versuchen, Alice zu belästigen. Einerseits sollte er ihre Ehre und Würde verteidigen. Andererseits wäre ihr ein Kuss des Beraters wahrscheinlich willkommen.

„Was glaubst du machen die zu Hause jetzt?", überlegte Gus.

Seth glaubte, dass sie sich vermutlich um ihre Freunde in Wunderland sorgten, doch das sagte er nicht. „Ich weiß, was Charlie und Lincoln machen. Was den Rest angeht, meine Mutter und der Koch flirten wahrscheinlich." Seth zog die Nase kraus und zwang die Vorstellung aus seinem Kopf. „Und Leisl starrt in ihre Kristallkugel."

„Meinst du, die vermissen uns?"

„Natürlich. Wer würde uns nicht vermissen? Wir sind das Herzstück jeder Party."

Gus schmunzelte. „Ich wünschte, wir könnten denen 'ne Nachricht schicken, dass wir am Leben sind."

„Leisl kann vielleicht was sehen. Immerhin sind ihre Kinder hier."

Gus rollte sich auf die Seite und stützte seinen Kopf auf den Ellenbogen. „Was hältst du von Eva?"

Seth lehnte sich an den Fensterrahmen und verschränkte die Arme. „Warum?"

„Deswegen brauchste mich jetzt nicht so böse anzugucken." Gus drehte sich wieder auf den Rücken.

„Ich habe nicht böse geguckt."

„Doch."

„Warum sollte ich?"

„Weil sie 'ne Frau ist und du sie noch nich flachgelegt hast."

War es das, was Gus von ihm dachte? Dass er ein Schuft war,

der jede Frau haben musste, die ihm über den Weg lief? Dachten alle das von ihm?

Gus seufzte. „Tut mir leid. So hab ich das nich gemeint. Du hast dich verändert, Seth. Du bist nich mehr so. Ich schieb 's auf Lady H. Die hat 's dir abgewöhnt, so viele Frauen ins Bett zu zerren, wie du kannst."

Seth suchte nach einer schlauen Erwiderung, doch ihm fiel keine ein.

„Charlie hat dich auch verändert", fügte Gus hinzu.

„Mit Charlie war ich nicht im Bett und das Gerücht bringst du in Lichfield nicht in Umlauf, es sei denn, du möchtest mein Gesicht durch einen eifersüchtigen Ehemann ruiniert sehen."

„Das hab ich doch gar nich gemeint. Ich meine, sie schaut zu dir auf und deswegen biste anständig geworden. Du wolltest sie nich enttäuschen."

Seth verdrehte die Augen. „Also bist du jetzt Philosoph."

„War ich schon immer, du hast nur nie zugehört. Ich sag dir noch was, worüber ich philosopht hab."

„Philosophiert."

„Du brauchst mal wieder 'ne Frau. Ist schon 'ne Weile her."

Ein leises Klopfen unterbrach Seths Gelächter. „Behalte den Gedanken im Kopf", sagte er, während er zur Tür ging. „Ich möchte, dass du ‚brauchen' definierst."

Lady Oxana stand draußen. Eine Hand ruhte auf dem Türrahmen. Ihr Kleid war so weit aufgeschnürt, dass es einen tiefen Einblick in ihr Dekolleteé gewährte, und ihre Haare waren offen. Verlangen sprühte aus ihren Augen, während ihr Blick langsam über Seth wanderte. Er wünschte, er hätte sein Hemd anbehalten.

„Lady Oxana", sagte er. „Können wir etwas für Sie tun?" Er zuckte zusammen. Das klang wie eine Einladung."

„Ganz sicher." Ihre Finger strichen über die Wölbung ihrer Brüste.

Er verfolgte ihren Weg mit seinem Blick, ziemlich schockiert von ihrer Schamlosigkeit.

„Gefällt dir, was du siehst?", murmelte sie.

Sie war keine üppige Frau, besaß aber eine durchaus sinnliche Figur. Vorhin hatte er Gus gegenüber noch angemerkt, dass

Lord Quellery und seine Schwester sich überhaupt nicht ähnlich sahen. Sie war schlank, er fett, ihre Haut war straff, seine lose. Aber das war noch nie etwas gewesen, was Seth interessiert hatte. Wie die Frauen aussahen, mit denen er schlief, war ihm egal gewesen. Es waren alle Formen und Größen dabei gewesen, er hatte keine bevorzugt. Nur eine wichtige Regel gab es—er musste sie mögen. Deswegen hatte er auch aufgehört, auf ein Wiederaufleben der Affäre mit Julia zu warten. Ihre Fassade war verrutscht und er hatte die verdorbenen Grundzüge dahinter erkannt.

Diese Regel bestand natürlich nur, wenn er sich seine Partnerin aussuchen konnte. In dieser seltsamen Zeit in seinem Leben, als er sich selbst in sehr privaten Klubs und Salons versteigert hatte, hatte er die Regel mehrfach gebrochen. Nicht, dass jede Gewinnerin widerwärtig gewesen wäre, aber er hatte gelegentlich Dinge getan, die ihm nicht gefallen hatten. Das war mitunter der Grund gewesen, warum die Gebote so in die Höhe geschnellt waren.

Diese Tage waren jedoch vorbei. Und diese Frau gab kein Gebot ab.

Sie legte ihm beide Hände auf die Brust und krümmte die Finger. Ihre Nägel kratzten über seine Haut. Dann schob sie ihn ins Zimmer. „Möchtest du mich anfassen?"

Gus räusperte sich. „Soll ich gehen, Seth?"

„Ja", sagte Lady Oxana.

„Bleib", befahl Seth.

„Du willst, dass er zusieht?" Oxanas Mundwinkel schoben sich nach oben. Ihr Lächeln war so scharf wie ihre Fingernägel. „Macht man das so in eurer Welt? Also gut, soll er bleiben. Mich stört es nicht, solange er mir nicht zu nahekommt." Sie legte Seth eine Hand zwischen die Beine.

Er wich zurück. Ihm waren früher schon schamlose Frauen begegnet, aber die hatten die Ware alle gekauft, bevor sie sie anfassten.

„Komm schon", säuselte sie, „du wirkst nicht, als wärst du von der schüchternen Sorte. Komm her, lass uns spielen. Wir haben nicht viel Zeit."

„Ich glaube nicht", sagte er. „Gehen Sie bitte."

„Nein."

Er war so überrascht, dass er nicht wusste, was er sagen sollte.

„Du bist schön." Sie strich mit dem Fingernagel über seine Wange. Seth lehnte sich von ihr weg, doch sie machte einfach einen Schritt nach vorn und umarmte ihn. „So stark." Sie drückte ihn.

Er wich wieder zurück und schaute flehend zu Gus. Der zuckte jedoch nur mit den Schultern.

Lady Oxana folgte ihm, bis er gegen die Wand stieß. Sie presste sich an ihn. Das Licht der Kerzen flackerte in ihren Augen, sodass sie aussah, als würde in ihr ein Feuer lodern.

„Ich will dich." Ihre Zunge glitt über ihre Unterlippe, während ihre Atmung stoßartig rau klang. „Und ich *werde* dich bekommen."

Er schubste sie weg. „Ich will nicht unhöflich sein, Lady Oxana, also bitte fahren Sie nicht fort."

Ihr Kleid rutschte von einer Schulter und gab mehr von ihrer Brust frei, doch sie zog es nicht wieder hoch. Stattdessen schob sie ihren Brustkorb ein klein wenig mehr nach vorn. Er konzentrierte sich auf ihren Mund.

Sie lächelte. „Ich *werde* dich bekommen."

„Ich fürchte nicht."

„Überleg noch mal. Denn siehst du ..." Sie strich ihm vom Schlüsselbein bis zum Hosenbund über die Brust. Er blieb standhaft, zeigte keine Schwäche. Irgendwie gelang es ihm, das Schaudern zu unterdrücken, das ihn zu verraten drohte. „Ich will dich, Seth, und du *brauchst* mich."

Brauchen. Seth ging es allmählich auf die Nerven, dass jeder meinte, er *brauche* ständig eine Frau, die auf ihn wartete. Er kam sehr gut ohne klar, insbesondere ohne diese hier. Im Vergleich mit ihr wirkte Julia wie eine Maus. „Sie irren sich", sagte er.

„Ich glaube nicht." Ihr Lächeln war schmierig. „Deine Freundin, die Prinzessin, braucht die Armee meines Bruders, und mein Bruder betet mich an. Er gibt mir alles, was ich will. Wenn du mich heute Nacht ablehnst, werde ich ihm sagen, dass du mich beleidigt hast. Er wird wütend werden und die Armee so lange zurückhalten, bis du zustimmst, die Nacht mit mir zu verbringen." Ihre Finger wanderten über seinen Brustkorb hinauf zu seinem Kinn. Sie klopfte dagegen. „Also wirst du tun, was auch immer ich von dir verlange."

Seth hatte das Gefühl, als würde ihm der Boden unter den Füßen weggezogen. Er griff hinter sich, um sich am Fensterrahmen festzuhalten. Es passierte wieder. Er dachte, er wäre diesem Leben für immer entkommen, als Lincoln ihn eingestellt hatte. Aber Lincoln konnte ihm jetzt nicht helfen.

„Sie sind verrückt", sagte er. „Sie würden die Revolutionspläne gefährden, nur um mit einem Mann zu schlafen, der Sie nicht will?"

„Du wirst mich wollen. Warte es nur ab."

Er schluckte. „Ich glaube nicht, dass Ihr Bruder alles ruinieren würde. Nicht für so etwas."

„Sollen wir es jetzt austesten?" Sie packte seine Hand.

Er zog sie weg.

Ihre Lippen wurden fest und das Lächeln verwelkte. „Je länger du dich sträubst, desto schlimmer wird es für dich. Dafür werde ich sorgen. Noch heute Nacht werde ich mit meinem Bruder sprechen. Ganz sicher will er hören, wie der Freund der Prinzessin mich aus der Fassung gebracht hat." Sie wandte sich zum Gehen. „Ich werde dich bekommen, Seth."

„Können Sie nich", platzte Gus heraus. Seth war nicht sicher, wann sein Freund vom Bett aufgestanden war. Jetzt stand er neben der Tür. Er blockierte sie zwar nicht, wirkte aber ganz wie ein Hund, der sein Revier bewacht.

„Warum nicht?", fragte Lady Oxana gelangweilt.

„Weil er verheiratet is."

Seths Augenbrauen schossen in die Höhe. Lady Oxanas Puls pochte an ihrem Hals, als sie sich zu Seth umdrehte. Er zuckte mit einer Schulter. Ob Gus' Trick sie aufhalten würde, wusste er nicht, aber Seth war mehr als gewillt, es auszuprobieren. Er musste aus dieser verdammten Ecke heraus, in die sie ihn gedrängt hatte.

„In unserer Welt schneidet das Gesetz einem Kerl die Eier ab, wenn er verheiratet ist und zu einer anderen Frau geht." Gus deutete auf seinen Unterkörper.

„Na und?" Lady Oxana schniefte. „Wer wird es seiner Frau sagen? Gewiss nicht sein Freund."

„Sie wird es einfach wissen", sagte Gus mit einem Blick zur Tür.

Lady Oxana folgte seinem Blick. „Es ist dieses dunkelhaarige Mädchen, nicht wahr? Eva. Warum hast du nichts gesagt?", fragte sie Seth. „Und warum seid ihr beide nicht in einem Zimmer?"

„Wir hielten es für besser, wenn sie bei Alice bleibt", sagte Seth, ohne darüber nachzudenken. „Zum Schutz."

„Du glaubst, jemand würde der Prinzessin etwas antun? Hier?"

„Man kann nie vorsichtig genug sein. Jedenfalls ist Eva eine sehr gute Wächterin. Sie kann hervorragend mit Messern umgehen. Wenn das Gesetz daheim mir nicht die Zwetschgen abschneidet, weil ich mit einer anderen Frau geschlafen habe, dann sie ganz gewiss. Da ich meine Körperteile gern behalten würde und meine Frau anbete, muss ich Ihr Angebot leider ablehnen." Er ging an ihr vorbei, öffnete die Tür und trat in den Flur, um sie hinaus zu komplimentieren. „Gute Nacht, Lady Oxana."

Sie folgte ihm tatsächlich in den Flur, ging aber nicht. Stattdessen stellte sie sich direkt vor ihn, Zehen an Zehen, sodass ihr betäubendes Blumenparfüm ihm den Hals verklebte und die Atmung erschwerte. „Du solltest besser nicht lügen, Seth. Denn wenn ich das herausfinde, wird nicht nur mein Bruder wütend sein, sondern du und die hübsche kleine Eva werden sehen, wie ich mit denen verfahre, die mich anlügen."

Sie marschierte davon, wobei ihr Kleid bei jedem Schritt um ihre Fersen schlug. Seth atmete tief aus und wollte schon ins Zimmer zurückgehen, als er in der entgegengesetzten Richtung von Lady Oxana eine Bewegung wahrnahm. Eva stand dort, die Augen weit aufgerissen. Sie trug ein grünes Kleid, das von der Schulter bis zur Hüfte eng anlag und dann locker bis zum Boden reichte. Er mochte die Art, wie es ihre weibliche Figur offenbarte. Ihre übliche Kleidung verdeckte ihre Kurven, dieses Kleid betonte sie. Es stand ihr sehr gut.

„Eva", sagte er, als sie sich abwandte. „Warte."

Sie richtete ihren Blick auf seine Wange, hart und reglos, als müsste sie sich intensiv bemühen, nirgends anders hinzusehen. Wie beispielsweise auf seine nackte Brust? Er lächelte und verschränkte die Arme in einer Pose, von der er wusste, dass sie seine Muskeln zur Schau stellte. Ihre Wangen wurden rot. Er sollte seine Arme senken, entschied sich aber für den Moment dagegen. Ihm gefiel es doch ziemlich, sie so aufgewühlt zu sehen.

„Ja?", sagte sie atemlos.

„Ich ..." Was hatte er sagen wollen? „Ich mag dieses Kleid."

„Oh. Danke. Was wollte Lady Oxana?"

Also hatte sie es gesehen. Die Frage war, wie viel? Er öffnete den Mund, um zu lügen und ihr zu sagen, dass sie nichts von ihm wollte, dass sie nur nachgeschaut hätte, ob alles zu seiner Zufriedenheit war. Aber er stellte fest, dass er das nicht wollte. Was war so schlimm daran, wenn Eva die Wahrheit erfuhr?

„Sie wollte sich mit mir einlassen. Ich habe Nein gesagt."

Ihre Lippen öffneten sich in einem stummen Aufschrei. War sie überrascht von Lady Oxanas Dreistigkeit oder dass Seth es offenbart hatte? „Warum hast du abgelehnt?"

Mit der Frage hatte er nicht gerechnet. „Sie interessiert mich nicht." Er suchte in ihrem Gesicht nach Resten von dem Ärger über ihr Gespräch auf dem Weg nach Burg Quellery. Ihm war noch immer nicht klar, worum es dabei gegangen war oder was sie so gegen ihn aufgebracht hatte. Er wusste nur, dass es ihm nicht gefallen hatte. Den Rest des Weges hatte er damit zugebracht, sich zu überlegen, wie er sie wieder zum Lachen bringen konnte, hatte dann aber aufgegeben. Sie hatte ihn noch nicht einmal ansehen wollen.

Jetzt war sie hier, vor seinem Zimmer. War sie nach ihm suchen gegangen?

„Wolltest du mit mir über irgendetwas sprechen?", fragte er.

Ihr Blick rutschte nach unten, schnappte dann aber schnell wieder zurück zu seinem Gesicht. Er biss sich innen auf die Wange, um nicht zu grinsen. „Alice ist rausgegangen und noch nicht zurückgekommen", sagte sie.

„Sie ist mit Markell draußen."

„Allein?"

Er nickte. „Meinst du, wir sollten uns Sorgen machen, weil sie zusammen allein sind?"

„Du nicht?"

Er schüttelte den Kopf. „Ich vertraue Markell." Das tat er tatsächlich, stellte er fest. Der Mann wirkte sehr ehrenhaft und Seth hielt sich für einen exzellenten Menschenkenner.

„Oh", war alles, was Eva sagte.

„Gut, du hast sie gefunden", flüsterte Gus hinter ihm. Seth hatte seinen Freund nicht kommen hören. „Kommt mit, Eva. Wir müssen reden."

Gus führte Eva zurück zum Zimmer. Seth folgte und bewunderte die Art, wie der Stoff des Kleides mit ihren Hüften hin und her schwang. Gus schloss die Tür und bot Eva einen Stuhl an.

Sie runzelte die Stirn. „Ihr schaut beide merkwürdig drein. Was ist los?"

„Lady Oxana war gerade hier", sagte Gus. „Sie wollte Seth ..." Er pfiff. „Du weißt schon."

„Seth hat es mir gerade erzählt. Ich habe sie weggehen sehen, also scheint sie aufgegeben zu haben."

„Das war nich einfach", fuhr Gus fort. „Die war versessen auf ihn."

„Wie habt ihr sie überzeugt?"

„Wir haben gelogen", sagte Seth. „Und es tut mir leid zuzugeben, dass wir dich mit in die Lüge hineingezogen haben." Er hob ergeben die Hände. „Ich bin nicht stolz darauf, aber etwas Besseres ist uns in dem Moment nicht eingefallen." Sie sah ihn mit einem seltsamen Gesichtsausdruck an, den er nicht deuten konnte. „Ich hätte ihrem Plan zustimmen können, aber das wollte ich nicht", sagte er für den Fall, dass es das war, was sie dachte. Er nahm an, dass die meisten Frauen so denken würden. „Ich mag es nicht, von Leuten wie ihr manipuliert zu werden. In der Vergangenheit habe ich es zugelassen, aber ... jetzt nicht mehr."

„Zugelassen?", wiederholte sie. Sie hatte unglaublich große Augen.

Er konnte es ihr genauso gut erzählen, wenigstens zum Teil, denn er vertraute ihr, dass sie es nicht weitertratschte oder geringer von ihm dachte. So eine Art Mensch war sie nicht.

„Bevor ich Lincoln kennenlernte, habe ich mich versteigert, um an Geld zu kommen."

Ihr Mund formte ein O. „Und Frauen wie Lady Oxana haben Gebote für dich abgegeben, damit sie … dich für sich haben können?"

Er zupfte seine Hosenbeine hoch und setzte sich auf den anderen Stuhl. „Lady Oxana und ihresgleichen meinen, sie könnten mit den Fingern schnipsen und alles würde ihnen in den Schoß fallen. Damals brauchte ich verzweifelt Geld und habe mitgespielt. Aber jetzt nicht mehr." Er sah sie genau an. Sie wurde noch immer nicht rot oder schaute weg. Es war ihr nicht peinlich.

„Das tut mir leid", sagte sie schlicht.

„Das muss es nicht. Es war kein schreckliches Erlebnis. Manchmal hat es sogar Spaß gemacht." Er ließ sein Lächeln aufblitzen und ein kleines Lachen entschlüpfte ihren Lippen. „Die meisten Gewinnerinnen wussten gar nicht recht, was sie mit mir anfangen sollten. Wenige waren wie die Lady Oxanas dieser Welt. Ich habe recht schnell gelernt, mit ihnen umzugehen, aber ich habe auch gelernt mitzuspielen. Und das war alles, was es war: nur ein Spiel."

„Warum erzählst du mir das?"

Weil er wollte, dass sie seine Geheimnisse kannte, auch wenn er sich nicht erklären konnte, warum. Etwas hielt er jedoch zurück. Es gab gewisse Dinge, bei denen er erst ganz sicher sein musste, dass sie sie hören konnte, ohne vor Schreck zurückzuweichen. Er wollte nicht, dass sie schlecht von ihm dachte, und doch bereute er es nicht, ihr so viel verraten zu haben.

„Wir erzählen 's dir, weil du wissen musst, warum wir Lady Oxana angelogen haben", antwortete Gus für ihn. „Warum Seth nich mit ihr zusammen sein wollte, sonst willst du vielleicht kein Teil der Lüge sein."

„Ich verstehe", sagte sie und sah Seth an. „Danke, dass du mir das erzählt hast. Also." Sie wandte sich an Gus. „Was ist meine Rolle in dieser Lüge?"

„Du bist meine Frau." Seth griff nach ihrer Hand und küsste den Handrücken. „Wir sind wild ineinander verliebt und du kratzt jeder Frau die Augen aus, die mich auch nur ansieht. Und? Was denkst du?"

„Ich … ich bin mir nicht sicher."

„Bitte sag, dass du meine Frau werden willst", sagte er und lachte darüber, wie es klang. Sie würden jede Menge Spaß haben, ihre jeweiligen Rollen zu spielen.

Er musste Eva nur noch überzeugen. Sie wirkte allerdings ziemlich schockiert von dem Vorschlag. Bevor er ihr versichern konnte, dass er sie nicht küssen oder berühren würde, es sei denn, sie küsste oder berührte ihn zuerst, antwortete sie.

„Ja", flüsterte sie. „Ja, ich will deine Frau werden."

KAPITEL 9

EVA

*E*va hielt sich selbst für eine aufgeschlossene Person. Ihre sowohl britische als auch Roma-Erziehung hatte sie in alle möglichen seltsamen Situationen gebracht und als Medizinstudentin hatte sie weitaus mehr gesehen und gehört als die meisten jungen Damen. Aber Seths Heiratsantrag, selbst im Scherz, verwandelte ihr Innerstes in Pudding. Zu erfahren, dass er sich an Frauen wie Lady Oxana versteigert hatte, schockierte sie viel weniger als ihre eigene Reaktion auf seinen gespielten Antrag. Vielleicht lag es an seinem Gelächter, als wäre eine Ehe mit ihr so unwahrscheinlich, dass es ans Absurde grenzte.

Hätte er Alice gerade einen Antrag gemacht, würde er nicht lachen. Er würde mit angehaltenem Atem darauf warten, dass sie Ja sagte, egal unter welchen Umständen.

„Super", sagte Gus und klatschte in die Hände. „Ihr zwei müsst euch von jetzt an in der Öffentlichkeit wie Turteltäubchen benehmen. Muss ja nich zu viel sein, nur ein Lächeln hier und ein süßer Blick da. Hauptsache, Lord Quellery glaubt, dass ihr verliebt seid. Dann hetzt er dir seine Schwester nich auf 'n Hals, Seth, es sei denn, er is 'n größerer Saftsack als wir dachten."

„Eva?", fragte Seth. „Was ist los?"

„Nichts", sagte sie etwas zu fröhlich.

„Du musst dem nicht zustimmen, wenn du nicht möchtest.

Ich kann Lady Oxana sagen, dass ich es mir nur ausgedacht habe."

„Tu das nicht. Wenn du ihre Annäherungsversuche wirklich nicht willst—"

„Will ich nicht."

„Dann ziehen wir es durch."

„Für dich würde ich das Gleiche tun, wenn die Rollen vertauscht wären. Falls es entweder hier oder zu Hause einen Mann gibt, der dich nicht in Ruhe lassen will, sag es mir und ich werde der liebevollste Ehemann sein, denn du dir vorstellen kannst." Er tätschelte ihre Hand. „Solange du nicht von mir verlangst, dass ich den Alkohol aufgebe. Aber *so* eine Ehefrau bist du doch nicht, die von ihrem Mann totale Abstinenz verlangt, oder?"

Trotz allem musste sie lachen. „Solange du versprichst, nicht betrunken nach Hause zu kommen, keinen Matsch durch das ganze Haus schleppst oder deine rüpeligen Freunde mitbringst, werden wir gut miteinander auskommen."

„Gus, du bist nicht mehr mein Freund."

Gus verdrehte die Augen. „Ich werde bestimmt nicht rüpeliger als du nach ein paar Drinks. Du solltest ihm sagen, dass er keine Schlägereien in Kneipen anfangen soll, Eva. Das ist 'ne Angewohnheit von ihm."

„Gus!", rief Seth.

„Was? Is ja nich so, als würdest du sie in echt heiraten. Ist doch nur zum Spaß."

Evas gute Laune verblasste. „Ich denke, ich sollte in mein Zimmer zurückgehen. Alice wird bald zurück sein."

Seth schaute aus dem Fenster. „Im Garten sind sie nicht mehr."

Gus stand auf, um auf ein Klopfen hin die Tür zu öffnen. „Ihr beide schaut verliebt, falls es Lady Oxana is", sagte er.

Seth legte eine Hand auf Evas Schulter, musste dann gedacht haben, dass die Geste nicht intim genug war und strich ihr stattdessen über die Haare. „Hat dir schon mal jemand gesagt, dass du wunderschönes Haar hast?", sagte er leise. „Es scheint das Licht zu verschlucken."

Evas Herz stolperte.

Alice und Markell marschierten ins Zimmer und bemerkten Seths Nähe zu Eva. Alices Augenbrauen hoben sich, während ein flüchtiges Lächeln Markells Lippen berührte.

„Entschuldigt", sagte Alice. „Stören wir?"

Seth nahm seine Hand weg. „Wir sind froh, dass ihr hier seid. Wir müssen euch etwas erzählen."

„Und wir müssen *euch* etwas erzählen. Ihr zuerst."

„Lady Oxana war hier", sagte Gus und stellte sich zu Seth ans Fenster. „Sie wollte Seth." Seine Worte waren sachlich, als würde er solche Dinge ständig erleben. Wie oft hatte Seth zweideutige Angebote von reichen Frauen bekommen?

„Aber ich wollte sie nicht", fügte Seth hinzu. „Du bist schockiert, Alice."

Alice berührte ihren Hals, ihr Kinn, dann wieder ihren Hals, ehe sie ihre Hand verlegen wegnahm. „Bist du dir sicher, dass es das war, was sie wollte? Vielleicht hast du es falsch interpretiert."

„Ihr Ansinnen war unmissverständlich", sagte Seth und senkte sowohl den Blick als auch die Stimme. „Sie war sehr eindeutig."

„Verdammt eindeutig", bestätigte Gus.

Alices Blick sprang durch den Raum, als wüsste sie nicht, wohin sie schauen sollte. Seth sah noch verlegener aus. Eva konnte es kaum ertragen.

„Das Problem ist", sagte sie, „dass Lady Oxana gedroht hat, es ihrem Bruder zu sagen. Sie behauptete, er würde die Truppen zurückhalten, bis seine Schwester bekommt, was sie will."

„Sie ist verrückt", höhnte Markell. „Ihr habt ihr geglaubt?"

„Sie war überzeugend", sagte Gus. „Und woher sollen wir wissen, dass er's nich macht?"

„Also ist ihnen eine Lösung eingefallen", sagte Eva. „Seth und ich werden so tun, als wären wir verheiratet."

Alices Blick sprang endlich zu Seth. „Du glaubst, das hält sie ab?"

„Das hoffen wir", sagte Eva.

„Hast du einen besseren Plan?", fragte Gus.

Alice schüttelte den Kopf. „Ich halte es für eine exzellente

Idee. Ihr müsst überzeugend sein, damit es funktioniert. Bekommst du das hin, Eva?"

„Ich bin eine ziemlich gute Schauspielerin, wenn ich will", sagte Eva.

„Was ist mit Ihnen, Vickers?", fragte Markell.

Seth brummte ein Lachen heraus. „Ich komme klar."

„Seth gehört auf die Bühne", sagte Gus. „Macht euch um den keine Sorgen."

„Und was sind eure Neuigkeiten?", fragte Seth Markell. „Was habt ihr draußen im Garten besprochen?"

Markells Gesicht wurde finster. Er und Alice warfen sich sorgenvolle Blicke zu. „Quellery will uns die Armee nur unter einer Bedingung zur Verfügung stellen." Wieder schaute er besorgt zu Alice. „Dass er Alice heiratet."

Seth drückte sich von der Wand weg. „Nein! Das ist keine Option. Dem darfst du nicht zustimmen, Alice."

„Das habe ich nicht", sagte sie und klang beleidigt, dass er so etwas annahm. Oder vielleicht mochte sie es nicht, wenn er ihr vorschrieb, was sie zu tun hatte.

„Ziehst du es in Erwägung?", fragte Gus.

„Das wird sie nicht", sagte Markell. „Wie Sie sagen, Vickers, es ist keine Option. Es muss einen anderen Weg geben."

Aber niemand kam auf einen. Je länger sich das Schweigen ausbreitete, desto unruhiger wurde Alice. Sie konnte nicht still sitzen und runzelte immer mehr die Stirn.

„Es ist hoffnungslos", platzte sie schließlich heraus. „Ich muss es tun."

„Nein!", riefen alle.

Eva nahm Alices Hand. „Du wirst diesen abstoßenden Mann nicht heiraten, egal was auf dem Spiel steht."

Alice blinzelte Tränen weg. „Dann sag mir, wie ich ablehnen soll, ohne alles zu gefährden."

Darauf hatte Eva keine Antwort, ebenso wie alle anderen.

„Wir überlegen uns etwas", versicherte Seth ihr. „Aber Eva hat recht. Du wirst ihn nicht heiraten."

„Wir könnten ihm sagen, dass du schon verheiratet bist", schlug Gus vor. „Wie Seth, der Lady Oxana gesagt hat, er wäre mit Eva verheiratet."

„Das wäre eine hervorragende Lösung", sagte Markell düster, „wenn ich zur richtigen Zeit darauf gekommen wäre. Doch das bin ich nicht und wenn ich jetzt eine solche Behauptung aufstelle, wird er wissen, dass es eine Lüge ist." Er fluchte leise. „Es tut mir leid, Alice. Ich habe versagt."

„Das haben Sie ganz sicher nicht." Sie nahm seine Hand. „Ich würde nicht von Ihnen erwarten, dass Sie sich so etwas ausdenken. Sie sind nicht so verrucht wie Seth oder Gus. Es sind Ihre unerschöpfliche Ehrlichkeit und Güte, die ich so mag, Markell", fuhr Alice fort. „Wünschen Sie sich nichts anderes."

Seth lehnte sich langsam zurück und beobachtete den Austausch. Hörte auch er Alices unausgesprochenen Worte? Von seinem Gesicht konnte man es nicht ablesen.

Gus wirkte nicht im Geringsten beunruhigt, dass Alice ihm Unehrlichkeit unterstellte. „Wenn Quellery seine Armee sowieso zurückbehält, wenn du ihn nich heiratest, Alice, dann brauchen Eva und Seth auch nich so zu tun, als wär'n sie verheiratet. Lady Oxana hat nix in der Hand."

„Lasst uns trotzdem auf Nummer Sicher gehen", sagte Alice.

„Das sehe ich auch so", stimmte Markell zu. „Sie sollten den Schein wahren, für alle Fälle."

„Eva?", fragte Seth. „Bist du immer noch glücklich, meine Frau zu sein?" Er schenkte ihr ein gewinnendes Lächeln, das sie nicht nur völlig überraschte, sondern ihr auch den Atem raubte.

Sie nickte.

„Ich habe Quellery noch nicht ganz aufgegeben", sagte Markell. „Noch besteht die Chance, dass sein Verlangen, die Herzkönigin loszuwerden, stärker ist als sein Verlangen, Alice zu heiraten."

Eva bezweifelte es. Selbst wenn Quellery die Revolution fortsetzen wollte, hatte er eine stärkere Stellung als Alice. Sie brauchten ihn und seine Armee. Er wäre dumm, würde er sie nicht zu seinem Vorteil nutzen. Eine Hochzeit mit der zukünftigen Königin war ein wertvoller Gewinn.

„Ich werde jetzt mit Blaine sprechen", sagte Markell. „Alice, Sie sollten etwas schlafen." Er verneigte sich. „Gute Nacht."

Nachdem er weg war, gingen auch Eva und Alice zu ihrem

Zimmer zurück. „Du solltest Seth nicht so unfair behandeln", sagte Eva, sobald sie dort waren.

Alice zog sich ihr Kleid über den Kopf aus. „Wieso behandele ich ihn unfair?"

„Er himmelt dich an", sagte Eva und schlüpfte aus ihren Schuhen.

„Nein, das tut er nicht. Er hält viel von mir. Das ist nicht das Gleiche."

„Und du hast ihm gerade gesagt, dass du ihn für unehrlich hältst."

Alice blinzelte sie an. „Habe ich? Wann?"

„Als du Markell gesagt hast, wie sehr du seine Ehrlichkeit schätzt im Vergleich zu Gus' und Seths Verruchtheit. Es war nur eine Andeutung."

„Oh. Du hast Recht. Wie grässlich von mir." Alice warf das Kleid über eine Stuhllehne und kletterte auf das Bett. Sie zog unter der Bettdecke die Knie an und legte ihre Arme darum. „Ich werde mich morgen bei Seth und Gus entschuldigen. Seth hat allerdings seine Geheimnisse."

„Das ist sein gutes Recht."

„Ja, aber … durch seine Geheimniskrämerei macht er sich bei mir nicht beliebter."

„Vielleicht würde er dir seine Geheimnisse erzählen, wenn er wüsste, dass sie dich nicht peinlich berühren."

Alice stützte ihr Kinn auf ihre Knie und seufzte. „Das kann ich nicht versprechen, nicht wahr?"

Und das, erkannte Eva, war das gesamte Problem mit Seth und Alice als Paar. Die Geheimnisse, die Seth Eva heute Abend anvertraut hatte, würden die aufrichtige Alice schockieren. Würde sie davon wissen, könnte sie ihn vermutlich nie wieder ansehen, ohne rot zu werden. Ein Paar, das nicht alle seine Geheimnisse miteinander teilen konnte, war Evas Meinung nach verloren, ebenso wie ein Paar, das sich nicht mehr gegenseitig in die Augen sehen konnte.

Eva lehnte sich an die Kissen und überlegte, ob sowohl Alice als auch Seth zu dem gleichen Schluss gekommen waren. Sie betrachtete Alices Hinterkopf und suchte nach einer Möglichkeit, wie sie unauffällig danach fragen konnte.

„Wie soll ich eine gute Königin werden, wenn ich noch nicht einmal merke, dass ich einen Freund beleidigt habe?", murmelte Alice. „Was ist, wenn ich etwas zu einem wichtigen Lord oder einer Lady sage und man es falsch interpretieren kann?" Sie stöhnte. „Ich bin als Regentin ein hoffnungsloser Fall. Diese ganze Idee von mir als Königin ist hoffnungslos. Warum bin ich überhaupt hergekommen?"

„Weil der General Lichfield zerstört hätte, wenn du es nicht getan hättest." Eva rutschte nach vorn und legte ihre Arme um Alice. „Du wirst eine großartige Königin. Mit der Zeit wirst du lernen, Dinge so zu formulieren, dass niemand Anstoß nimmt. Markell wird ganz sicher froh sein, dir alle königlichen Charaktereigenschaften beizubringen, die du brauchst. Natürlich privat."

Alice grinste. „Er ist wirklich ein hervorragender Lehrer. Kein Wunder, dass er in so jungen Jahren Berater der Königin wurde. Ich kann mir ehrlich gesagt keinen anderen vorstellen, den ich in dieser Situation lieber an meiner Seite hätte."

Gute Ratschläge erteilen, war eine Sache. Sie aus dieser Zwickmühle zu bringen, eine ganz andere. „Würdest du es in Erwägung ziehen, nicht Königin zu werden und einfach nach Hause zu gehen?", fragte Eva.

Alice ließ sich mit der Antwort viel Zeit. „Egal, ob ich Königin werde oder nicht, wir brauchen das Zauberbuch. Sobald wir das in den Händen halten, werde ich meine Entscheidung treffen."

Falls sie es jemals in die Finger bekamen.

* * *

Eva zog sich ihr altes Kleid und ihre Stiefel an. Sie befühlte den Stoff am Saum und war erleichtert, die kleinen Beulen zu spüren. Die Phiolen waren noch sicher verwahrt. Sie hoffte, sie würden sie nicht brauchen, aber es war beruhigend zu wissen, dass sie da waren.

Eine Magd brachte ihnen ein Frühstück bestehend aus hartem Brot und schwarzer Wurst mit einer Kanne starken Biers. „Ich glaube, sie versuchen, uns auszuhungern, damit wir Quellerys Vorschlag zustimmen", sagte Alice, die den Teller wegschob. Sie zog ihre Tunika und Hose wieder an, die sie offenbar dem neuen Kleid ebenfalls vorzog.

„Ich werde mit David reden", sagte Eva. „Er muss informiert bleiben."

„Bleib nicht zu lange weg. Ich glaube, es ist klug, wenn wir alle heute so viel wie möglich beisammenbleiben."

Der ominöse Unterton in ihrer Stimme ließ Eva stocken. Alice hatte Angst. Sie beide hatten Angst. Am Vorabend hatten sie lange darüber gesprochen, wie man Lord Quellerys Heiratsantrag diplomatisch ablehnen konnte. Alice musste es auf eine Weise tun, die ihm suggerierte, er würde dabei aus einem unvorteilhaften Arrangement herauskommen. Eva war sich nicht sicher, ob es klappen würde. Er wirkte nicht wie ein Mann, der sich um Diplomatie scherte.

Sie bat eine Magd um Wegweisung zu Davids Zimmer und fand heraus, dass es zwischen dem von Gus und Seth und dem von Markell lag. „Gut geschlafen?", fragte er gähnend.

„Nicht sonderlich." Sie schob sich an ihm vorbei in seine Schlafkammer. Es war ein gemütlicher Raum, gerade groß genug für ein schmales Bett und einen Waschtisch. „Es gibt etwas, was du wissen musst." Er starrte sie an. Die Tür stand noch offen. Sie schloss sie für ihn. „Komm und setz dich."

Sie war unsicher, welche Neuigkeit ihn mehr aufregen würde, also beschloss sie, mit der lebensbedrohlichen anzufangen. „Alice wird heute mit Lord Quellery sprechen und versuchen, ihn davon zu überzeugen, dass sie als Ehefrau eine schlechte Wahl ist", sagte sie.

Er bellte ein Lachen heraus. „Sei nicht albern. Wie soll die zukünftige Königin eine schlechte Wahl für ein machthungriges Schwein sein?"

„Pssst." Obwohl die Tür geschlossen war, traute sie den Bewohnern des Schlosses nicht. Es würde sie nicht wundern, wenn Lord Quellery und Lady Oxana an Türen lauschten. „Das ist noch nicht alles. Seth und ich müssen so tun, als wären wir verheiratet."

„Verheiratet! Warum?"

„Lady Oxana macht sich an ihn heran, also hat er ihr erzählt, er wäre bereits vergeben."

David schoss auf die Füße. „Du wirst *nicht* in seinem Bett schlafen. Das erlaube ich nicht."

„Wir werden uns kein Zimmer teilen. Nicht, dass du etwas zu sagen hättest", erwiderte sie hitzig. „Ich sage es dir nur aus Höflichkeit."

Das stopfte ihm für gerade einmal fünf Sekunden den Mund. Sie hätte wissen sollen, dass dies für ihn schwerer zu schlucken war als die Aussicht auf eine gescheiterte Revolution.

„Ich bin dein Bruder, Eva, und der Familienvorstand."

„Blödsinn. Mutter steht der Familie vor. Du tust, was sie sagt, und das weißt du."

„Stimmt nicht", brummelte er.

Sie wollte gehen, aber er packte ihren Arm.

„Wenn er dich küsst, muss ich ihn herausfordern", sagte er.

„Duellpistolen bei Tagesanbruch? Sei doch nicht albern, David."

„Sei nicht so stur, Eva. Das war schon immer dein Problem." Er stach mit dem Finger in die Luft, genau vor ihrer Nase. „Du glaubst immer, du könntest machen, was du willst." Stich. „Aber das kannst du nicht." Stich. „Gewisse Dinge sind unehrenhaft für eine junge, unverheiratete Frau."

„Wie gut aussehende Männer zu küssen?"

„Und Ärztin zu werden."

Sie taumelte getroffen zurück. „Du weißt es?", flüsterte sie.

„Natürlich weiß ich es, ebenso wie Mutter. Wir sind nicht dumm, Eva. Wir hatten gehofft, du würdest von allein zur Besinnung kommen, aber es scheint, als wärst du sturer, als wir beide dachten."

Dies war der Grund, warum sie es vor ihnen geheim gehalten hatte. *Deswegen* hatte sie sich geweigert, ihnen ihre Träume mitzuteilen. Sie schubste ihn mit beiden Händen gegen die Brust. „Du bist nicht mein Herr und Meister!"

„Du hast gerade gesagt, dass Mutter es ist." Er lachte höhnisch. „Und sie stimmt mir zu. Arzt zu sein ist ein Beruf für Männer."

„Nicht mehr. Die Londoner Medizinschule für Frauen bildet schon seit einiger Zeit Ärztinnen aus. Wenn es gut genug ist—"

„Es ist mir egal", knurrte er durch zusammengepresste Zähne. „Hörst du mich, Eva? Es ist unehrenhaft. Du weißt, dass Leute wie wir noch vorsichtiger sein müssen als die meisten."

„Weil wir Roma sind?"

„Halb Roma. Überlass die Männerberufe den Männern, Eva. Lass die Mädchen, die sich nicht mit anderen Vorurteilen herumschlagen müssen, für Frauenrechte kämpfen. Du musst unauffälliger sein und nicht so viel Wirbel machen. Werde Krankenschwester, keine Ärztin."

Er ging zum Fenster, wo er die Arme verschränkte. Eva starrte seinen steifen Rücken an. Wer war dieser Kerl? Ihr Bruder hatte noch nie so grausam mit ihr gesprochen. Sie zankten, aber nie zuvor hatte er sie so unter seiner Ferse zermalmt wie jetzt. Oder solche Bitterkeit gezeigt.

„Ich weiß, dass es dich unter Druck setzt, hier zu sein, David", sagte sie mit einer düsteren Ruhe, die sie irgendwo tief aus ihrem Innersten gezerrt hatte. „Das geht uns allen so. Aber es ist keine Ausrede. Wenn du noch einmal so mit mir redest, werde ich es dir nie verzeihen."

Er drehte den Kopf halb zu ihr, sodass sie sein Gesicht im Profil sah. Jeder Muskel war angespannt. „Du wirst dich hier benehmen, Eva. Mich interessiert es nicht, ob es eine andere Welt ist. Die Regeln des Anstands gelten noch immer."

„Seth ist ein Gentleman", sagte sie ruhig. „Er würde mich niemals ausnutzen."

Er stolzierte zu ihr zurück, ein regelrechter Turm aus schwelendem Ärger, harten Kanten und rauen Schatten. „Und du, Eva? Bist du eine anständige englische Dame? Oder bist du genau wie unsere Mutter?"

Sie gab ihm eine Ohrfeige. „Ich wünschte, du wärst mir nicht hierher gefolgt!"

„Ich habe es getan, um dich zu beschützen."

Sie marschierte aus dem Zimmer, zitternd und mit rasendem Puls. Alles drehte sich um sie, verschwamm vor ihren Augen. Sie blieb stehen, um Luft zu schnappen und ihr Gleichgewicht wiederzufinden.

Weiter vorn öffnete sich eine Tür und Lord Blaine trat heraus. Markell tauchte auf und sprach leise mit ihm. Lord Blaine nickte und klopfte auf die Tasche seiner Tunika. Markells Lächeln war grimmig, als er den Arm des älteren Mannes packte. Es sah aus wie ein Abschied.

Sie blieb in den Schatten der Treppe, damit Lord Blaine sie erst bemerkte, als er schon fast bei ihr war. Sie grüßte ihn leise und er lächelte. Das Lächeln verblasste jedoch schnell.

„Geht es Ihnen nicht gut, Miss Eva? Sie wirken fiebrig."

Sie berührte ihre Wange mit dem Handrücken. „Ein Spaziergang an der frischen Luft wird mir guttun. Danke für Ihre Fürsorge." Kurz zog sie in Erwägung, ihn zu fragen, ob alles in Ordnung war, entschied sich aber dagegen. Nichts war in Ordnung. Sie standen kurz davor, ihre ganze harte Arbeit dank Quellerys Gier den Bach runter gehen zu sehen.

Nachdem sie Lord Blaine beobachtet hatte, wie er die Treppen hinunter verschwand, schaute sie wieder zu Davids Tür. Sie würde nicht zurückgehen und versuchen, ihn zu beruhigen. Erst würde er sich entschuldigen müssen.

Eva wollte gerade in ihr eigenes Zimmer zurückgehen, als Lady Oxana die Treppe heraufkam. Der Amethyst-Anhänger, der im V ihres Busens ruhte, glänzte im Sonnenlicht, das durch das Fenster fiel, und die goldenen Ringe an ihren Fingern blitzten.

„Du da", sagte sie zu Eva. „Wie heißt du?"

Sie wusste es genau, aber Eva sagte es ihr trotzdem.

„Was machst du hier? Dein Zimmer liegt nicht auf dieser Etage."

„Ich habe meinen Mann besucht", sagte Eva aalglatt. „Ist das nicht gestattet?"

Lady Oxana kniff ihre Lippen so fest zusammen, dass sie völlig verschwanden. „Trotz ist in deiner Welt vielleicht zugelassen, aber in Wunderland bringt man uns bei, höhergestellten Personen etwas Respekt zu zeigen."

„Wie bei uns." Eva machte auf dem Absatz kehrt und überließ es Oxana, über dieses kleine Juwel nachzudenken. Sie ging zu Seths Tür und klopfte.

Er öffnete. Ohne Hemd. Mit einem Arm lehnte er sich gegen

den Türrahmen. Seine Lippen verzogen sich zu einem legeren Lächeln. „Guten Morgen, Eva, was verschafft mir—"

Sie legte ihre flache Hand auf seine Brust. Eigentlich wollte sie ihm nur ein Zeichen geben, dass er auf seine Wortwahl aufpassen sollte, da Lady Oxana in der Nähe war, aber irgendwie berührte sie ihn dann doch. Er war warm, als ob er gerade aus den Federn gekrochen wäre. Seine Muskeln spannten sich unter ihrer Hand an und zuckten leicht. Machte ihre Berührung ihm etwas aus?

Er legte seine Hand auf ihre und hielt sie fest. Sein Lächeln wurde frech. „Hast du gut geschlafen, meine Liebe?" Seine Stimme war so glatt wie seine Haut.

Eva spürte Lady Oxanas Anwesenheit hinter sich. „Ganz gut, Ehemann. Und du?"

Seth gähnte demonstrativ. „Gus schnarcht."

„Tu ich gar nich", rief Gus aus dem Zimmer.

„Und ich habe dich vermisst." Seth führte Evas Hand an seine Lippen und starrte ihr in die Augen.

Sie starrte zurück, noch immer gefangen. „Ich habe dich auch vermisst", murmelte sie.

Er berührte ihre Wange, strich mit den Knöcheln bis zu ihrem Kinn, und sein Lächeln wurde traurig und sehnsüchtig.

Evas Herz machte einen Salto. Oh, er war gut. Er war sehr, sehr gut.

Sie zog ihre Hand aus seinem Griff. Es war viel zu riskant, ihm so nahe zu sein. Möglicherweise las er zu viel in ihren Augen. Stattdessen starrte sie auf sein Ohr.

Lady Oxana räusperte sich. „Sind Sie fertig, Lady Vickers?" Sie glaubte ihnen. Eva hätte vor Erleichterung fast aufgelacht.

„Das ist sie", antwortete Seth, als Eva nicht reagierte.

„Warum haben Sie mir das nicht gesagt, als Sie angekommen sind?"

„Wir wollten Sie nicht überwältigen. Unsere Ankunft war unerwartet und es muss schwierig gewesen sein, die Zimmer so kurzfristig vorzubereiten. Da Eva Alice begleiten wollte, dachten wir, es wäre unwichtig, ob Sie es wissen oder nicht. Es tut uns leid, falls es Sie verärgert hat. Wir hätten es erwähnen sollen."

Lady Oxana schniefte. „Hübsche Worte, Sir. Ich hoffe nur, dass sie auch Substanz haben."

Davids Tür ging auf und er runzelte die Stirn, als er Eva so nahe bei Seth sah. „Eva, was tust du da?", schnappte er.

Seth schien sich nicht bewegt zu haben, doch er war trotzdem plötzlich einige Zentimeter weiter von Eva entfernt.

Lady Oxana bemerkte es. Sie verschränkte die Arme und legte den Kopf schräg, herausfordernd. „Gibt es ein Problem?", fragte sie David.

„Meine Schwester ist—"

„Deine Schwester hat vergangene Nacht ihren Mann vermisst", sagte Eva und hob das Kinn. Seth sah sie leicht amüsiert an. Sie legte ihm die Arme um den Hals und verwuschelte seine Haare am Hinterkopf. Dann stellte sie sich auf die Zehenspitzen und küsste ihn.

Der Kuss war sanft und zärtlich und alles, was sie von einem ersten Kuss zwischen einem unechten Ehepaar vor Zeugen erwartet hatte. Er gefiel ihr, war aber gewiss nicht genug. Vielleicht sollte sie ihn vertiefen.

„Ich hoffe, ihr habt die Wahrheit gesagt", ertönte Lady Oxanas Stimme, die so spröde war wie trockenes Laub. „Ich mag deinen Kopf eigentlich ganz gern, Seth, und deinen Körper. Es wäre zu schade, die beiden getrennt zu sehen."

Seth zog sich zurück und Eva brauchte einen Moment, um zu begreifen, dass Gus hinter ihm stand und sich räusperte.

„Was?", knurrte Seth.

Gus ruckte mit dem Kopf, um Seth zu zeigen, dass er zu ihm ins Zimmer kommen sollte. Seth ließ Evas Hände los und zwinkerte ihr lächelnd zu, ehe er Gus folgte.

„Das war unangebracht." Davids Stimme klang harsch in Evas Ohren.

Lady Oxana war weg. Lediglich der Duft ihres Blumenparfüms und ihre Drohung deuteten darauf hin, dass sie da gewesen war.

„Es war notwendig", sagte Eva. „Wir mussten sie überzeugen."

„Das ist der einzige Grund, warum ich nichts gesagt habe. Ich will nicht, dass sie zu Quellery geht. Schlimm genug, dass

Alice seinen Antrag ablehnen will, da müssen wir nicht für noch mehr Spannungen sorgen."

Eva blendete ihn aus. Sie beobachtete Seth und Gus, die beide aus dem Fenster starrten. Ihre seherischen Sinne nahmen ihre Aufregung wahr.

„Was ist los?", fragte sie und stellte sich zu ihnen.

„Sieh es dir an", sagte Seth düster. „Sie umzingeln die Burg."

Draußen verteilten sich Hunderte von dunkelgrün gekleideten Männern auf dem Ufer des Burggrabens. Die Zugbrücke war herabgelassen, aber sie gingen nicht hinüber, sondern standen lediglich da, die Waffen nicht gezogen. Sie warteten auf Befehle, erkannte Eva.

„Wer sind die?", fragte David.

Gus zeigte auf einen Soldaten in vorderster Reihe, der ein grünes Banner mit einem schwarzen Krähenflügel hielt. „Das ist Quellerys Wappen. Es ist seine Armee."

Seth fluchte. „Wir müssen Alice und Markell finden. *Sofort.*"

KAPITEL 10

ALICE

lice dachte, das Klopfen an der Tür wäre Eva, die sie warnen wollte, ehe sie eintrat, falls Alice sich gerade der Körperpflege widmete. Aber es war Markell. Wenigstens musste sie ihn nicht suchen gehen.

„Ich bin froh, dass Sie da sind", sagte sie. „Ich muss Sie etwas fragen."

„Ich möchte Sie ebenfalls etwas fragen. Aber Sie zuerst."

Sie trat zur Seite und er schob sich an ihr vorbei. Er trug seine volle Montur und war sogar mit dem Schwert gegürtet. Das verhieß nichts Gutes. Sie schloss die Tür und lehnte sich dagegen. Das hier würde nicht leicht werden, aber sie musste Bescheid wissen. Seine Antwort würde ihr helfen, sich zu entscheiden, und ihre nächsten Schritte beeinflussen.

„Ziehen Sie es nicht in Erwägung", sagte er finster, ehe sie sprach. „Ich kann sehen, dass Sie es tun, Alice, und ich möchte, dass Sie diesen Gedanken aus Ihrem Kopf verbannen. Sie werden Quellery *nicht* heiraten."

Wie hatte er das erraten? „Wunderland wird weiter unter der Herzkönigin leiden, wenn wir die Hilfe von Quellerys Armee nicht in Anspruch nehmen. Und das können wir nur, wenn ich ihn heirate."

Er fuhr mit der Hand durch die Luft. „Nein! Ich lasse es nicht zu." Er packte die Lehne eines Stuhls und senkte den Kopf. „Ich kann es nicht zulassen."

Der Schmerz in seiner Stimme gab ihr Hoffnung. Sie wagte es, seine Schulter zu berühren. Die Muskeln spannten sich an, lösten sich aber wieder. Er richtete sich auf und sah sie mit seinem direkten, ehrlichen Blick an. Sie wollte ewig in diese Augen schauen, sich in ihnen verlieren. Der Gedanke, mit ihm zusammen zu sein, traf sie wie ein Schlag, der sie bis in ihre Grundfesten erschütterte. So schnell sollte man sich nicht verlieben.

„Als Sie gestern Abend mit Lord Quellery über mich gesprochen haben", sagte sie, „habe ich gehört, wie Sie mich mit allen möglichen Eigenschaften beschrieben haben."

Seine Brauen hoben sich und einen Moment lang sah er aus wie der junge Mann, den sie in London kennengelernt hatte, ohne die schwere Last des Anführers und des Todes seines Vaters auf den Schultern. „Ich meine, ich hätte ihm gesagt, Sie wären klug und freundlich. Warum?"

„Haben Sie das ernst gemeint?"

Er runzelte die Stirn. „Natürlich."

Sie atmete tief durch. „Wenn Leute mich normalerweise beschreiben, sind das nicht die ersten Worte, die ihnen einfallen."

„England ist vielleicht eine andere Welt als Wunderland, aber ich kann mir nicht vorstellen, dass irgendjemand in irgendeiner Welt Sie als dumm oder grausam beschreiben würde."

Sie lächelte. „Das meinte ich nicht. Normalerweise bemerken die Leute als erstes mein Aussehen."

„Ich verstehe."

Tat er das? „Warum haben Sie es nicht getan?"

Er zuckte mit den Schultern. „Ich bin mir nicht sicher. Ist das ein Problem?"

„Ganz und gar nicht. Ich mag es, dass Ihnen Freundlichkeit und Klugheit wichtiger sind als Schönheit, und dass Sie der Auffassung sind, dass ich beides besitze."

„Schönheit?" Er tippte mit dem Finger gegen seine Unterlippe und wanderte um sie herum, wobei er vorgab, sie genau zu inspizieren. „Hmmm. Ich schätze, Sie sind einigermaßen hübsch."

„Einigermaßen?", wiederholte sie spielerisch. „Sie sind zu freundlich, Sir."

„Aber ich muss Sie leider enttäuschen, da Sie eine Prinzessin sind. Dies hier ist Wunderland. Für Engländerinnen haben wir andere Standards, was Schönheit angeht." Er verbeugte sich äußerst ergeben. „Bitte verzeihen Sie mir meine Frechheit und hacken Sie mir den Kopf nicht ab, wenn Sie Königin werden. Das würde die Damen nur enttäuschen."

Sie lachte. „Ist das so?"

„Genug von mir, reden wir über Sie. Sie sind ein wenig zu klein, um als schön zu gelten."

„Klein? Ich bin die größte Frau, die ich kenne."

„Und Sie haben große Füße."

Sie schaute auf ihre Füße. „Habe ich nicht!" Als sie wieder aufsah, bemühte er sich intensiv, nicht zu lachen.

Sie schlug ihm auf den Arm. Er fing ihre Hand ab und ließ sie nicht mehr los.

„Worum geht es hier, Alice?", fragte er sanft, wieder vollkommen ernst.

„Ich … ich wollte wissen, ob Sie Klugheit und Freundlichkeit wirklich wichtiger finden als Schönheit."

„Das tue ich." Er rückte näher, ihre Hand noch immer in seiner gefangen. „Und Sie besitzen beides haufenweise."

Sie schluckte.

„Deswegen …" Er schüttelte den Kopf und schaute weg.

Sie legte eine Hand an sein Kinn und zwang ihn sacht, sie wieder anzusehen. „Deswegen was?"

Er sah ihr tief in die Augen. „Deswegen bewundere ich Sie so sehr."

Sie musste es wissen. Musste es ihn sagen hören. „Bewundern Sie mich als zukünftige Königin? Oder als Frau?"

„Beides", murmelte er.

Sie strich mit dem Daumen über seine Wange. „Was wäre mit jemand … Vertrauterem?"

Sie spürte mehr, als dass sie sah, wie er sich anspannte. „Alice … Ich möchte Ihre Entscheidung, ob Sie gehen oder bleiben, nicht beeinflussen, und ich möchte auch nichts anfangen, was wir nicht stoppen können."

Das wollte sie auch nicht. Sie schätzte ihn für seine klaren Gedanken, seine Umsichtigkeit und Rücksichtnahme. Aber für ihre Nerven und ihr Herz war es die Hölle. Es schmerzte sie, die Traurigkeit in seinem Blick zu sehen, wenn sie nichts lieber getan hätte, als ihn zu umarmen. Sie schloss die Augen.

„Verdammt", murmelte er. „Vergiss, was ich gerade gesagt habe."

Er küsste sie, ehe sie die Chance hatte, die Augen zu öffnen. Ganz eng zog er sie an sich. Der Kuss war hungrig und leidenschaftlich, Blitz und Donner. Er war bis zum Rand gefüllt mit wilden, entfesselten Emotionen, die Alice nicht in Schach halten konnte. Sie flossen aus ihr heraus in diesen Kuss und Markell fing sie mit Leichtigkeit auf und gab sie zehnfach zurück. Dieser Mann war vielleicht ein vorsichtiger Taktierer, aber an diesem Kuss war nichts vorsichtig, nichts geplant, nur Herz und Seele und Leidenschaft.

Markell zog sich viel zu früh zurück. Er machte einen Schritt rückwärts und fuhr sich mit beiden Händen durch die Haare, während er mühsam nach Luft rang. Alice hielt sich an der Stuhllehne fest, denn sie fühlte sich, als würde der Boden unter ihr wegkippen. „Wir müssen damit aufhören", sagte er. „Wenn wir weitermachen ..." Sein Blick wanderte zum Bett. Er wischte sich mit dem Handrücken über den Mund.

Sie nickte, traute ihrer Stimme jedoch noch nicht. Aber sie verstand. Ihr erstes Mal sollte nicht in einer kalten Kammer in Burg Quellery sein.

„Deine Frage", sagte er. „Habe ich sie beantwortet?"

Sie lächelte. „Ja."

Er lächelte ebenfalls. „Gut."

„Jetzt bist du dran", sagte sie.

„Meine Frage ist, hast du dich schon entschieden, was du willst?"

„Abgesehen von dir?"

Er grinste, was sein Aussehen von gut in grandios verwandelte. „Was noch?"

„Nun, ich will Quellery nicht heiraten."

Er brummte. „Das war nie eine Option."

„Was den Rest angeht … Ich will da sein, wo du bist, Markell. Und du willst hier sein."

Er nahm ihre beiden Hände. „Was ich will, ist, dass du in Sicherheit bist."

Das bedeutete, nach England zurückzugehen, aber sie glaubte nicht, dass er dort wirklich leben wollte. Er brannte dafür, die Herzkönigin zu stürzen und Alice wollte an seiner Seite sein und ihm helfen. Wenn sein Zuhause in Wunderland lag, dann war dort auch ihres. Doch wie sollten sie die Königin ohne Armee absetzen?

„Noch ist nicht aller Tage Abend", sagte sie. „Es muss etwas geben, was wir tun können. Was ist mit den anderen Abtrünnigen?"

„Deswegen bin ich hier. Ich habe Lord Blaine mit einer Nachricht für die anderen Zellen losgeschickt. Er und ich kennen die Namen von vier weiteren Anführern und die werden wiederum weitere kennen. Er wird diese Anführer aufsuchen und einschätzen, ob ihre Zellen in der Lage sind, sich uns anzuschließen und zu kämpfen."

„Werden es genug sein?"

„Vielleicht."

„Wie lange wird das dauern?"

„Monate."

Sie stöhnte. *Sie* konnte monatelang so leben, aber ihren Freunden gegenüber war es unfair. Dies hier war nicht ihr Kampf.

Eine Faust hämmerte gegen die Tür. Alice öffnete und fand Lord Quellery vor, der etwas schwer atmete von der Anstrengung. „Guten Morgen, Eure Hoheit", sagte er. „Haben Sie wohl geruht?"

„Den schwierigen Umständen entsprechend gut genug", sagte sie steif.

Quellerys Blick ging an ihr vorbei und sein Gesicht wurde finster. „Ironside", knurrte er. „Ich hätte wissen sollen, dass Sie hier sind."

„Die Prinzessin weiß von Ihrem Antrag", sagte Markell.

Quellerys Doppelkinn wackelte, während er erfolglos

versuchte, seine Abneigung gegen Markell zu unterdrücken. „Und wie hat sie sich entschieden?"

„Bitte stellen Sie mir Ihre Frage, nicht meinem Berater", sagte Alice.

Quellery erstarrte. „Entschuldigung."

Alice zwang sich, milde zu lächeln. Sie brauchten diesen Mann auf ihrer Seite. „Ich möchte mich für Ihren Heiratsantrag bedanken, Sir. Ich bin überwältigt und geehrt, dass Sie mich in Erwägung ziehen würden, um Ihr Junggesellendasein zu beenden. Ich bezweifle nicht, dass Sie einen feinen Gatten abgeben würden mit Ihrer Erfahrung und Ressourcen, jedoch muss ich leider ablehnen."

Er zeigte keinerlei Überraschung. Sein kühler Blick glitt lediglich zu Markell zurück.

„Wissen Sie", bemühte sich Alice, „wo ich herkomme, heiratet man nicht wegen des Geldes oder des Ansehens. Man heiratet aufgrund von Partnerschaft und Liebe." Königin Victoria und ihresgleichen würden vor Lachen zusammenbrechen, würden sie sie hören. Nicht einmal Alices bürgerliche Eltern wollten, dass sie selbst ihren Ehemann aussuchte. Deswegen war sie so entschlossen, es jetzt zu tun, da sie frei ihrem Herzen folgen konnte.

„Sie sind die rechtmäßige Königin von Wunderland", sagte Lord Quellery. „Sie brauchen einen starken, angesehenen und erfahrenen Ehemann an Ihrer Seite, der Ihnen hilft, die heimtückischen Gewässer zu navigieren, in die Sie geraten, wenn Sie den Thron besteigen."

„Dem stimme ich vollkommen zu. Und ich habe das große Glück, dass mein Herz einen Mann erwählt hat, der all das und noch viel mehr ist."

Quellerys Wangen bebten heftig. „Darf ich allein mit Ihnen sprechen, Hoheit? Ich würde Ihnen gern meine zahlreichen positiven Attribute zur Erwägung darlegen."

„Ich fürchte, Sie können mich nicht umstimmen, Mylord. Das Herz will, was es will. Es tut mir leid, aber daran lässt sich nichts ändern. Ich hoffe, Sie verstehen es und werden es mir nicht übel nehmen."

„*Ihnen* könnte ich niemals etwas übel nehmen." Es war ein

Seitenhieb, der direkt auf Markell abzielte. Der zwinkerte nicht einmal.

Alice konnte nur hoffen, dass Quellerys Eifersucht auf Markell seinen gesunden Menschenverstand nicht aushebelte. „Ich bin so froh, das zu hören", sagte sie. „Jetzt lassen Sie uns unsere nächsten Schritte besprechen. Ich höre, dass Ihre Armee sehr gut ausgebildet ist. Sie wird für uns von unschätzbarem Wert sein. Werden Sie hereinkommen, um die Strategie zu diskutieren?"

„Natürlich, natürlich. Gestatten Sie mir, meinen General und eine Karte zu holen."

Alice spürte, wie ihr ein Stein vom Herzen fiel. Krise abgewehrt. „Danke, Mylord. Ihre Loyalität wird belohnt werden, wenn ich Königin bin."

Er lächelte und verbeugte sich im Hinausgehen.

Sie schloss die Tür und wandte sich an Markell. „Er hat es recht gnädig aufgenommen."

Markells Augen blitzten hellgrün. „Ich glaube nicht, dass ich dir irgendetwas über Diplomatie beibringen kann. Du bist bereits Expertin. Sagen Sie mir, Eure Hoheit, dieser Mann, den Ihr Herz auserkoren hat … Kenne ich ihn?"

Sie schlang die Arme um seine Taille und er legte seine Hände auf ihre Hüften. Es fühlte sich wundervoll an, so bei ihm zu sein, ganz natürlich und ungezwungen. Noch nie hatte sie sich bei einem Mann so wohlgefühlt. Er schien sich bei ihr ebenfalls wohlzufühlen, nicht so befangen wie Seth. „Vielleicht", neckte sie. „Er ist alles, was ich Quellery gesagt habe, und doch auch so viel mehr."

„Möglicherweise solltest du seine Qualitäten für mich aufzählen, damit ich beurteilen kann, ob er deiner würdig ist."

„Du meinst einer zukünftigen Königin würdig?"

„Nein." Er neigte den Kopf und strich mit seinen Lippen über die pulsierende Ader an ihrem Hals, was ihr köstliche Qualen bereitete. „Ich meine würdig für Alice, die Frau, in die ich mich verliebt habe."

Ihr stockte der Atem. Das Blut pochte so laut in ihren Ohren, dass sie das Klopfen an der Tür erst hörte, als Markell sich mit einem bedauernden Seufzen von ihr löste.

Er öffnete einem dunkelgrün gekleideten Mann die Tür. Der schwarze Krähenflügel auf seinem Ärmel zeichnete ihn als einen von Quellerys Männern aus. Dies musste der General sein, der zur Lagebesprechung gekommen war. Er hielt eine große Holzkiste im Arm.

Diese reichte er Markell. „Lord Quellery möchten Ihnen ein Geschenk überreichen."

„Danke", sagte Alice. Sie hob den Deckel an und schrie.

Aus der Kiste starrten ihr die leblosen Augen von Lord Blaine entgegen. Blut seines abgetrennten Kopfes sammelte sich in den Ecken. Alice wandte sich ab und bedeckte Mund und Nase, um den Gestank des Todes abzuhalten.

Sie hörte das Klirren von Schwertern, die gezogen wurden. Markell schob sie von der Tür weg und rief etwas, was sie kaum wahrnahm. Die Kiste war beiseite geworfen worden und der Kopf … Oh Gott, der Kopf war herausgerollt.

Alice übergab sich in den Nachttopf.

Das Rasseln und Klirren von Metall auf Metall zwang sie dazu, sich zu fokussieren. Markell! Er wurde von zwei Männern in dunkelgrüner Uniform in den Raum zurückgedrängt, die er so gerade eben noch in Schach hielt.

Vier weitere bewaffnete Soldaten stürmten ins Zimmer. Alice wühlte durch ihr Gepäck auf der Suche nach dem Messer, das sie gestern dort verstaut hatte. „Seth!", schrie sie. „Gus!" Hoffentlich konnten die beiden sie hören. Hoffentlich wurden sie nicht ebenfalls von Quellerys Männern angegriffen.

„Alice, das Fenster!", brüllte Markell. „Spring in den Burggraben!"

Der Burggraben! Er lag so tief unten und sie konnte nicht schwimmen. Markell alleinlassen konnte sie auch nicht.

Zwei der neuen Soldaten mischten sich in den Kampf gegen Markell ein, während die anderen beiden vorsichtig auf sie zukamen, als wäre sie ein verängstigter Vogel, der jeden Moment durch das Fenster davonfliegen könne.

Markell wich zurück. Blut tropfte aus einer Schnittwunde auf seiner Schwerthand und Schweiß stand ihm auf der Stirn. Er konnte diese Soldaten nicht alle allein bekämpfen.

Alice schaute aus dem Fenster. Ihr drehte sich der Magen um, jedoch nicht wegen des Burggrabens. Es war die Armee an dessen Ufer, die sie krank machte. Quellerys Armee, die in das gleiche Dunkelgrün gekleidet war wie ihre Angreifer.

Sie saßen in der Falle.

Seth und Gus stürmten mit gezogenen Schwertern ins Zimmer. Blitzschnell erledigten sie jeder einen Mann und griffen diejenigen an, die mit Markell kämpften, sodass er Alices Hand nehmen konnte. Er erspähte die Armee am Ufer und fluchte.

„Ich kann nicht schwimmen", sagte sie.

„Dorthin können wir sowieso nicht", sagte er.

„Eva!", brüllte Seth, während er sein Schwert aus dem Bauch seines Gegners zog. „David! *Jetzt!*"

Eva tauchte im Türrahmen auf und winkte Alice zu sich. Markell brachte sie sicher an den Kämpfern vorbei in Evas Arme und gesellte sich dann wieder zu Seth und Gus. Einer der Abtrünnigen half ihm, während drei weitere bei Eva und David standen. Alice nahm Evas Hand und sie folgten David den Flur entlang. Die Kampfgeräusche wurden leiser, trotzdem drehte sich ihr erneut der Magen um. Sie hatte aber nichts mehr, was sie noch hervorwürgen konnte.

Kurz darauf kamen Seth, Gus, Markell und die vier Abtrünnigen zu ihnen.

„Wo gehen wir hin?", verlangte Markell zu wissen.

„Es gibt hier einen Geheimgang", sagte Eva. „Als wir Alice schreien hörten, sind euch Gus und Seth zu Hilfe gekommen, während David und ich nach einem Ausgang gesucht haben. Ich habe eine Magd gefunden, die uns von der Geheimtreppe erzählt hat."

David zog an einer nicht angezündeten Fackel. Ein leises Klacken ertönte, aber nichts geschah. Seth und Markell drängten sich an ihm vorbei und rammten ihre Schultern gegen die Wand. Die Steine schoben sich auseinander und offenbarten einen Gang. David zögerte, also packte Gus die Fackel und ging zuerst hinein. Er zündete sie mithilfe einer Streichholzschachtel an, die er aus seiner Innentasche zog, und führte die Gruppe in den dunklen Gang.

Es erinnerte Alice an ihre Flucht aus der Burg der Königin.

Die war erfolgreich gewesen. Sie konnte nur hoffen, dass es hier ebenfalls so war. „Wo führt er hin?", fragte sie.

„Die Magd behauptete, er führt in den Wald", sagte Eva.

„Was ist, wenn die Armee im Wald ist?"

Niemand antwortete ihr. Im Halbdunkel nahm Markell ihre Hand und drückte sie. Gott sei Dank lebte er. Sie beide lebten. Sie *würden* das hier überstehen.

Hastig folgten sie dem Tunnel. Wie bei ihrer Flucht aus dem Palast der Königin fiel Licht durch die Fugen der Ausgangstür. Gus und Seth drückten sie gerade weit genug auf, um sich einen Überblick zu verschaffen.

Die Tür wurde aufgerissen. Niemand hätte dort auf sie warten sollen.

„Zurück!", brüllte Gus noch, während er durch den Ausgang gezerrt wurde.

„Gus!" Seth versuchte, ihn zu packen, doch auch er wurde nach draußen geholt. Ihm gelang noch ein tödlicher Hieb gegen seinen Angreifer, ehe eine Klinge ihm den Schwertarm aufschlitzte.

Eva schrie auf, als auch sie gefasst wurde. Markell zog Alice in den Tunnel zurück, doch der war ebenfalls durch anrückende Soldaten versperrt.

Es gab keinen Ausweg. Die Magd war Quellery gegenüber loyal, dem Mann, der sie bezahlte, nicht einem elenden Haufen von Rebellen. Alices Herz rutschte ihr wie ein Stein in die Hose.

„Kommen Sie heraus, Miss Alice, sonst werden ihre Freunde hingerichtet." Lord Quellerys höhnische Stimme brachte sie erneut zum Würgen.

Markell packte sein Schwert fester und taxierte die Lage. Aber Alice wusste, dass es hoffnungslos war. Zu viele Soldaten blockierten den Weg, den sie gekommen waren, und einer nach dem anderen drängte durch die Tür vor ihnen.

„Komm, Markell", sagte Alice leise. „Wir müssen uns ergeben."

„Das können wir nicht", sagte er. Seine Stimme klang wie zerbrochenes Glas. „Sie werden dich zur Königin bringen und die wird dich hinrichten."

„Wenigstens habe ich eine Chance, mich zu verteidigen, und

hoffentlich haben einige Zellen der Abtrünnigen sich auf den Weg zur Burg gemacht, als sie von meiner Rückkehr gehört haben. Wenn wir hier sterben ..." Es war sinnlos, den Satz zu beenden.

Markell berührte ihren Nacken und legte seine Stirn gegen ihre. „Ich liebe dich, Alice. Vergiss das nie."

Tränen schnürten ihr die Kehle zu und sie konnte kaum atmen, geschweige denn sprechen, doch sie musste es ihm sagen. „Ich liebe dich auch."

Soldaten zerrten sie auseinander und schubsten sie ins Tageslicht. Quellery stand vor ihnen, von mehreren Männern flankiert. Gus, Seth, Eva, David und die anderen Abtrünnigen knieten auf dem grasbewachsenen Ufer des Burggrabens, die Hände hinter dem Rücken gefesselt. Wenigstens waren sie am Leben. Das war schon mal etwas.

„Tut ihnen nicht weh", flehte sie. „Lasst sie nach Hause gehen. Sie können euch von dort nichts anhaben."

Quellery hielt es nicht für nötig, ihr zu antworten. Seine schmalen Augen verschwanden fast zwischen Fettwülsten, während er Markell ansah.

„Verräter!", rief Markell.

„Ich glaube, *Sie* sind der Verräter, Ironside, nicht ich."

„Sie haben uns angelogen! Sie haben uns und die rechtmäßige Königin von Wunderland verraten."

„Sie sind ein naiver Dummkopf, wenn Sie glauben, es würde eine Rolle spielen, wer auf dem Thron sitzt. Es geht nur darum, diese Macht zu bündeln. Wenn Sie doch nur meinem Antrag zugestimmt hätten, Alice, dann hätte ich Wunderland zum wichtigsten Königreich in allen Welten gemacht. Aber Sie sind so dumm wie er. Sie glauben, Liebe wäre wichtiger als Macht und Wohlstand. Liebe verblasst, Mädchen. Sie verwelkt und stirbt genau wie jede andere hübsche Blume."

„Ich habe meine Meinung geändert", platzte Alice heraus. „Ich werde Sie heiraten, Mylord. Bitte, lassen Sie alle anderen gehen und ich werde tun, was Sie sagen."

Quellery schnaubte. „Es ist zu spät. Ich habe der Königin bereits eine Nachricht geschickt."

„Sie besitzen kein Rückgrat, Quellery", knurrte Seth. „Es ist falsch und Sie wissen es!"

Quellery wedelte mit der Hand in Seths Richtung, als würde er eine Fliege verscheuchen. „Bringt sie weg."

„Wo bringen Sie uns hin?", rief Alice.

„Die Königin möchte Sie noch immer vor Gericht stellen. Das Volk lässt nichts anderes zu."

Das Volk konnte sich noch immer erheben und eine Revolution in Gang bringen.

Doch es war nahezu unmöglich, nicht nur Wunderlands Armee, sondern auch Quellerys Privatarmee zu besiegen. Ganz abgesehen von dem Blut, das vergossen werden würde.

Alice sah Markell flehend an, doch er stand nur mit gesenktem Kopf da, ein gebrochener Mann. Es zerriss ihr das Herz, jeder einzelne von ihnen. Doch solange sie lebten, gab es Hoffnung. Es gab immer Hoffnung.

Markell musste ihren Blick gespürt haben. Er schaute hoch und fing an, sich gegen die Soldaten zu wehren, die ihn festhielten. Mit gefesselten Händen konnte er jedoch nichts ausrichten. „Sie haben Blaine ermordet", fuhr er Quellery an.

„Scheinheiliger Dummkopf", höhnte Quellery.

Markell stieß ein mächtiges Brüllen aus, riss sich von den beiden Soldaten los und stürzte sich auf Quellery. Wut und Hass verzerrten sein Gesicht bis zur Unkenntlichkeit.

Eine Gruppe Soldaten stellte sich vor ihren Herrn und fing Markell ab. Einer zog sein Messer.

„Nein!", schrie Alice und riss sich ebenfalls los. Sie rannte auf Markell und die Soldaten zu.

Ein Mann versuchte sie zu packen, doch sie wich ihm aus, rutschte auf dem feuchten Gras weg und stürzte in den Burggraben. Wasser umschloss sie, füllte ihre Ohren, ihre Nase, ihren Mund. Sie spuckte es aus und trat nach unten auf der Suche nach dem Grund. Doch der Graben war zu tief. Mit den Armen rudernd versuchte sie, die Oberfläche zu erreichen, aber … wo war die? Oben oder unten? Sie konnte durch das Wasser den Himmel nicht erkennen, nur Dunkelheit und ein schweres Gewicht, das von allen Seiten auf sie einwirkte und sie erdrückte.

Keine Hände griffen nach ihr. Niemand tauchte in den Graben, um sie zu retten.

Das Gewicht wurde schwerer. Es zerquetschte ihre Brust und ihren Hals, bis sie dachte, ihre Rippen würden bersten. Jeder Teil von ihr sehnte sich nach Luft, doch Alice hielt ihre Lippen geschlossen.

Mit jedem schwerfälligen Schlag ihres Herzens wurde es dunkler, ihre Glieder schwerer.

Dann wurde alles schwarz.

KAPITEL 11

SETH

Seth rang nach Atem. Hochkonzentriert sah er zu, wie Alices lebloser Körper aus dem Burggraben gezogen wurde. Zwei Soldaten waren schließlich ins Wasser gesprungen und hatten sie herausgefischt, obwohl sie keinen Befehl dazu erhalten hatten.

Quellery sah vom Ufer aus zu, seine Nasenflügel gebläht, seine Hände auf dem Rücken. Er rügte die beiden Soldaten nicht, aber Seth wollte später nicht mit ihnen tauschen. Quellery wollte nicht, dass Alice lebte. Es machte Seth krank.

Alice lag auf dem Boden, ein nasses Bündel von verdrehten Gliedmaßen und einer Masse von Haaren. Ihr Brustkorb bewegte sich nicht.

„Sie atmet nicht!", rief Markell. „Sie sind ein Mörder, Quellery!"

„Sie ist reingefallen", sagte Quellery mit einem Schulterzucken. „Damit hatte ich nichts zu tun. Sie alle haben es gesehen."

Eva rannte zu Alice, wobei sie in ihrer Hast beinahe selbst in den Burggraben gestürzt wäre. Soldaten folgten ihr, doch niemand hielt sie auf. Sie wurde nicht als Bedrohung betrachtet.

Sie hockte sich neben Alice, drehte ihren Kopf zur Seite und wischte ihr die feuchten Haare aus dem Gesicht. Wasser rann aus Alices Mund. Eva richtete den Kopf wieder mittig aus und überstreckte ihn nach hinten. Dann kniff sie Alices Nase zu und blies Luft in ihren Mund.

„Was tut sie da?", fragte Lady Oxana. Seth hatte ihre Ankunft gar nicht bemerkt.

Niemand antwortete, aber Seth wusste es. Lincoln hatte ihm die Mund-zu-Mund-Beatmung als Teil des Trainings beigebracht. Obwohl Seth sie noch nie angewendet hatte und sogar bezweifelte, dass sie funktionierte, hatte er Vertrauen in Evas Können. Sie war dem, was einem Arzt gleichkam, am nächsten, und wenn sie glaubte, dass es wirkte, war es einen Versuch wert. Seth hoffte nur, dass Quellery die Soldaten nicht dazu zwang, sie daran zu hindern.

„Sie atmet nicht", sagte Markell wieder, während er sich gegen die Männer stemmte, die ihn festhielten. Er sah aus wie jemand, dessen Welt in sich zusammengestürzt war.

Eva legte beide Hände auf Alices Brust und drückte mehrmals kräftig nach unten. Das war nicht Teil von Seths Training zur Wiederbelebung Ertrunkener gewesen. Was tat sie da?

„Das ist absurd", spuckte Quellery. „Sie ist tot. Bringt die Gefangenen weg."

Eva, die wieder Luft in Alices Mund blies, hob die Hand, um die Soldaten fernzuhalten. Sie blieben fasziniert, aber auch verunsichert in der Nähe stehen.

„Lasst sie in Ruhe", knurrte Markell sie an. „Sonst wird die Königin erfahren, wie ihre Gefangene hätte gerettet werden können, es aber nicht geschah. Es würde ihr nicht gefallen, wenn ihre Rache hier enden würde und nicht im Gerichtssaal, wie sie es geplant hat."

Quellerys Nacken bebte vor Empörung. Allerdings gab er keine Befehle mehr, sondern hielt sich ebenfalls zurück und beobachtete Eva.

Plötzlich holte Alice Luft und hustete Wasser heraus.

„Alice!" Markell zog in ihre Richtung, doch die Soldaten hielten ihn fest. „Alice, geht es dir gut?"

Alice setzte sich nicht auf. Sie lag auf dem Rücken und starrte den Himmel an, doch ihr Brustkorb hob und senkte sich mit ihren Atemzügen. Sie lebte. Seth hatte noch nie so etwas gesehen. Ihr Atem hatte mehr als eine Minute ausgesetzt. Sie sollte tot sein. Eva hatte das getan. Sie hatte ein Wunder bewirkt.

Seth konnte seine Tränen nicht zurückhalten.

Eva sprach leise mit Alice, während einige Soldaten sich näher herandrängten. Sogar Quellery und Lady Oxana traten hinzu.

Sie klopfte sich auf die Brust. „Was für eine Erleichterung. Stell dir vor, die Königin hätte herausgefunden, dass du keinen Befehl gegeben hast, sie zu—"

„Sei still, Oxana", knurrte Quellery. „Geh rein. Du da, hilf der Prinzessin."

„Vorsichtig", sagte Eva. „Ihr Herz hat ein Trauma erlitten und ist angeschlagen."

Einer der Soldaten, der ein bronzenes Abzeichen auf der Brust trug, befahl seinen Männern, Alice zum Vorratskarren zu bringen.

„Alice?", fragte Markell, als zwei Männer langsam mit ihr davongingen.

Sie lächelte ihn schwach an. „Mir geht es gut. Nur müde."

„Das wird ein oder zwei Tage anhalten", sagte Eva. „Du musst dich jetzt ausruhen."

„Sie kann sich unterwegs ausruhen", sagte Quellery.

Markell schloss die Augen und schluckte. Seth wollte ihm auf den Rücken klopfen und ihm einen starken Brandy geben. Diese Reaktion überraschte ihn. Immerhin hatte er geglaubt, Alice verloren zu haben. Er lachte auf, denn obwohl es ihm zugesetzt hatte, war er nicht so verzweifelt, wie Markell aussah. Seth hatte sie also nie wirklich geliebt, auch wenn er nicht wusste, wieso. Sie war ein wundervolles Mädchen.

Die Soldaten bildeten hinter dem Karren zwei Reihen und nahmen die Gefangenen in die Mitte. Der Zug war identisch mit dem, der sie zur königlichen Burg gebracht hatte, nur dass jetzt auch Markell ein Gefangener war und ihre Bewacher grüne Uniformen trugen, keine roten.

Sie marschierten bis zum späten Abend und schlugen ihr Lager dann am Fluss auf. Schweigend und systematisch bauten die Soldaten Zelte auf und zündeten Feuer an. Die Gefangenen wurden in den Wald geführt, damit sie sich erleichtern konnten.

Danach band man sie jeweils zu zweit Rücken an Rücken, um eine Flucht zu verhindern. Es war verdammt unbequem. Das einzig Angenehme war, dass Seth an Eva gefesselt wurde. Ob sie es ebenso angenehm fand, wusste er jedoch nicht. Sie redete nicht mit ihm. Vermutlich war sie noch aufgebracht, weil Alice beinahe ertrunken war.

„Du warst fabelhaft", sagte er zu ihr. „Du hast Alice das Leben gerettet, obwohl du dich damit selbst in Gefahr gebracht hast."

„Sie ist meine Freundin", sagte sie schlicht.

„Du warst extrem mutig. Ich kenne Mund-zu-Mund-Beatmung, aber warum hast du ihr so auf die Brust gedrückt?"

„Man nennt es Herzdruckmassage. Es ist eine neue Technik, die von einem deutschen Arzt entwickelt wurde. Er hat neulich in einer Vorlesung davon gesprochen, an der ich teilgenommen habe. Es ging darum, das Herz bei einem Stillstand durch Druck auf den Brustkorb wieder zum Schlagen zu bringen. Es war allerdings nur eine Theorie. Er hatte es noch nie im echten Leben angewendet."

„Sieht aus, als würde es wunderbar funktionieren."

Eva stieß einen zittrigen Seufzer aus. Sie musste die Wirkung auch bezweifelt haben und der Schock dessen, was sie getan hatte—was sie verhindert hatte—dämmerte ihr allmählich. Seth wünschte, er könne sie umarmen, doch die verdammten Fesseln hielten sie zwar eng beieinander, jedoch gleichzeitig voneinander getrennt. Er würde sich etwas anderes überlegen müssen, um sie aufzumuntern. Er wünschte nur, ihm würde etwas einfallen, da er selbst ziemlich erschüttert war.

„Du wirst einen Artikel für eine dieser Medizinzeitschriften schreiben müssen, wenn du zurückkommst", sagte Seth. „Du wirst in Ärztekreisen gefeiert werden. Wenn sie davon hören, gibt es keinen Grund mehr zu behaupten, du würdest nur Krankenschwester werden."

„Ich bin Studentin, Seth. Mir wird niemand glauben. Und was sollte ich ihnen erzählen? Dass ich die Technik an einer Prinzessin im Exil angewendet habe, die aber nicht befragt werden kann, weil sie in einer anderen Welt lebt?"

„Stimmt. Dann musst du dich darauf beschränken, es

Lincoln, Charlie und den anderen zu erzählen, wenn du zurück bist." Er bewegte sich und zuckte zusammen, als der Stoff seines Ärmels an der Wunde auf seinem Arm rieb. Sie war nicht tief und bis jetzt hatte er sie vergessen.

„Du bist verletzt", sagte Eva, die versuchte, sich umzudrehen, um die Verletzung zu inspizieren, was jedoch nicht gelang. „Die Wunde sollte gereinigt und verbunden werden." Sie rief einen der Soldaten herbei.

„Machst du dir Sorgen um deinen Ehemann?", neckte Seth.

„Du kannst die Täuschung lassen. Sie ist nicht hier." Weder Lady Oxana noch Lord Quellery waren bei ihnen und Seth hoffte, dass sie diesem Paar nie wieder begegnen würden.

„Schade", sagte er mit einem theatralischen Seufzen. „Ich habe es sehr genossen, dich zu küssen."

Sie wurde ganz still und er wünschte, er könne ihr Gesicht sehen. Sie war immer so hübsch, wenn sie rot wurde, und er wollte es ihr sagen, aber der Soldat stand mit finsterer Miene vor ihnen. Es gab keinen größeren Dämpfer für romantische Gefühle, als gefesselt einem bewaffneten Mann ausgeliefert zu sein.

„Mein Freund ist verletzt", sagte Eva zu dem Soldaten. „Ich möchte mir seine Wunde ansehen."

„Ich kann euch nicht freilassen", sagte er.

„Bitte. Sie könnte sich entzünden und—"

„Nein."

„Verflucht!"

Der Soldat kam einen Schritt näher und bleckte die Zähne.

„Fass sie nicht an!", schnappte Seth. „Es ist egal, Eva. Die Wunde ist nicht tief."

„Sie sollte trotzdem behandelt werden", murmelte Eva, während der Soldat wegging.

„Warum ich?", fragte Seth.

„Was meinst du?"

„Warum willst du nach meiner Verletzung sehen?"

„Berufliche Sorge."

„Andere sind auch verletzt. Markell hat einen Schnitt an der Hand und Gus' Gesicht sieht noch übler aus als sonst."

„Für Prellungen habe ich nichts dabei", sagte sie. „Nur für

Schnitte. Und ich wusste nicht, dass Markell verletzt ist. Er hat sich nicht beklagt."

„Ich auch nicht."

Sie schnaubte leise.

„Habe ich nicht."

„Du hast gerade scharf eingeatmet, als du deinen Arm bewegt hast."

„Das war kein schmerzvolles Luftschnappen, sondern lediglich ein Genießen der frischen Waldluft. Ich mag den Geruch von Bäumen. Du nicht?"

„Ich mag einen Gentleman, der zu heftig protestiert, meine ich."

Er grinste trotz allem. „Ich liebe eine Frau, die mir gegenüber Shakespeare falsch zitieren kann."

Schweigen so dicht wie der Londoner Nebel hüllte sie ein.

„Können wir über diesen Kuss vorhin reden?", fragte er.

„Nein."

„Es war ein schöner Kuss", fuhr er fort, denn er wollte das Schweigen verscheuchen. „Aber gewiss nicht mein bester. Um dir zu beweisen, dass ich ein großartiger Küsser bin, würde ich es gern noch einmal versuchen."

Hinter seinem Rücken rührte sich nichts mehr. Vielleicht sollte er sie nicht necken. Er konnte jedoch nicht anders. Er mochte die Art, wie sie ihn ansah. Mochte es, dass sie sich um seine Verletzungen sorgte. Mochte es, dass der Kuss sie genug berührt hatte, sodass sie zu nervös war, um darüber zu sprechen.

Er mochte vieles an ihr.

„Lady Oxana ist nicht hier", sagte sie erneut. „Es besteht kein Bedarf an weiteren Küssen zwischen uns."

„Dem möchte ich widersprechen. Was ist, wenn sie plötzlich auftaucht und versucht, mich wieder zu bezirzen? Meine Tugend steht auf dem Spiel, Eva. Möchtest du das auf dem Gewissen haben, wenn du mich mit einem winzigen Kuss hättest retten können?"

„Du bist unverbesserlich", sagte sie mit einem Hauch Humor in der Stimme.

Er lächelte und lehnte den Kopf nach hinten, bis er an ihrem ruhte. Sie bewegte sich nicht weg. Das mochte er ebenfalls an ihr. Er schloss die Augen und streckte die Beine aus.

Wenn sie nach Hause kamen, würde er diesen frisch geschlüpften Gefühlen für Eva nachgehen und schauen, wohin sie führten. *Falls* sie nach Hause kamen. Im Moment sah er nicht einmal einen Ausweg aus seinen Fesseln, geschweige denn einen Weg, wie sie Quellerys Armee entkommen konnten, bevor sie die Burg der Königin erreichten. Seine gute Laune verpuffte.

„Ist dir aufgefallen, wie sehr sie deiner Mutter ähnelt?", fragte Eva.

Er öffnete die Augen. „Wer?"

„Alice."

Er schaute Alice an, die an Markell gefesselt war. Sie nutzten die Gelegenheit, einander nahe zu sein, und redeten leise miteinander. Alice hatte ihren Kopf an Markells Rücken gelehnt und lächelte traurig über irgendetwas, was er gesagt hatte. Die kleinen Finger ihrer Hände waren ineinander verhakt und bekundeten der Welt ihre Gefühle füreinander.

„Ihre Haltung ist sehr erhaben", fuhr Eva fort. „Wie die deiner Mutter. Das habe ich immer von beiden gedacht, obwohl ich nicht wusste, dass Alice eine Prinzessin war, als ich ihr das erste Mal begegnet bin."

„Und meine Mutter wünscht sich nur, sie wäre eine Prinzessin", fügte Seth hinzu.

Eva lachte leise. Seth war erfreut, dass ihre melancholische Stimmung verflogen war. Er würde alles tun, damit sie nicht wieder traurig oder besorgt wurde.

„Ich schätze, beide sind recht gut darin, Aufmerksamkeit zu verlangen", sagte er. „Und anderen zu sagen, was sie tun sollen."

Das erklärte sicherlich einiges. Vielleicht hatte ein Teil von Seth erkannt, dass Alice seiner Mutter ähnlich war, und deswegen dagegen rebelliert, sich auf eine romantische Beziehung mit ihr einzulassen.

„Kein Wunder, dass ich mich nie in sie verliebt habe", sagte er.

Hinter ihm rückte Eva sich zurecht, als wollte sie ihn besser ansehen können. „Hast du nicht?"

„Nein?"

„Bist du dir sicher?"

„Sehr. Ich kann sie jetzt mit Markell sehen und verspüre keine Spur von Eifersucht. Als ich sah, dass sie Gefühle für ihn entwickelt, hat mir das nichts ausgemacht. Ich habe mich sogar für sie gefreut. Sie ist ein großartiges Mädchen und verdient einen großartigen Mann an ihrer Seite."

„Du bist ein großartiger Mann."

Er lächelte. „Danke. Aber ich bin nicht Markell. Ich berate keine Königinnen und Prinzessinnen und würde es auch gar nicht wollen. Ich ziehe es vor, übernatürliche Bösewichte und verrückte Wissenschaftler zu erschlagen. Die sind unkomplizierter."

„Oh", sagte sie gedankenverloren.

„Sie geben ein feines Paar ab." Er unterdrückte ein Gähnen. „Findest du nicht?"

„Ja", flüsterte sie. „Das denke ich schon eine Weile."

„Nun, jetzt weißt du, dass ich auch so denke."

Sie lehnte ihren Kopf gegen sein Schulterblatt. Er spürte, wie ihr Körper sich mit einem Seufzen entspannte. Er schloss die Augen und seufzte ebenfalls.

* * *

IRGENDWIE GELANG ES DEN GEFANGENEN, etwas Schlaf zu bekommen. Seth wachte mit steifem Nacken und Schultern auf. Die verdammten Fesseln an den Händen hatten für eine unbequeme Nacht gesorgt.

Bei Tagesanbruch machten sie sich wieder auf den Weg und folgten einem Pfad an dem langsam fließenden Fluss entlang. Laut den Wachsoldaten wollten sie die Burg am Nachmittag erreichen. Wenigstens waren sie unterwegs nicht mehr aneinandergefesselt.

„Es ist schön, dir wieder ins Gesicht sehen zu können, wenn ich mit dir rede", sagte Seth zu Eva.

„Das geht mir genauso", sagte sie.

„Warum? Findest du mich attraktiv?"

Sie zögerte. „Jeder findet dich attraktiv."

„Ich habe gefragt, ob *du* es tust." Er neckte sie, stellte aber fest, dass er die Antwort wirklich wissen wollte.

„Du hast ein feines Gesicht und ..." Sie wedelte mit der Hand. „Es ist gut proportioniert."

„Es geht doch nichts über ein gut proportioniertes Gesicht, um Herzen höherschlagen zu lassen."

Sie presste die Lippen aufeinander, versagte aber komplett dabei, ihr Lächeln zu unterdrücken.

„Du wirst rot, Eva."

„Es ist heiß, das ist alles."

Warum wollte sie nicht zugeben, dass sie gern mit ihm flirtete? Das Erröten deutete darauf hin, dass sie ihn sehr mochte. Hatte sie vor irgendetwas Angst? Er war ihr gegenüber offen gewesen, was seine Vergangenheit anging, mit einer Ausnahme, aber sie war weder verlegen noch schockiert gewesen, also konnte es daran nicht liegen. Warum ermutigte sie ihn dann nicht?

Ein Soldat schubste Seth gegen den Rücken, um ihn anzutreiben. Jetzt war nicht der richtige Zeitpunkt, um Eva intime Fragen zu stellen. Er konnte nur hoffen, dass er eines Tages die Gelegenheit dazu bekam. Je näher sie der Burg der Königin kamen, desto schwerer lag die Last auf ihm. Er konzentrierte sich ganz auf eventuelle Fluchtmöglichkeiten und ließ die Gedanken an Eva so gut er konnte hinter sich. Ablenkungen konnte er sich derzeit nicht leisten.

Lady Oxana und Lord Quellery gesellten sich zu dem Zug, nachdem sie auf einer Barke den Fluss entlanggefahren waren. Sie forderten von den Führungsoffizieren des Generals die Pferde ein und setzten sich an die Spitze der Reihe von Soldaten. Lady Oxana ließ sich zurückfallen, um mit Seth zu reden.

„Ich hätte dich vor all dem bewahren können", sagte sie selbstgefällig. „Wenn du nur zugestimmt hättest, dein Ehegelübde für eine Nacht zu brechen. Schade. Was für eine Verschwendung, deinen hübschen Kopf auf einen Spieß zu stecken."

Also glaubte sie noch, dass er mit Eva verheiratet war. Er sah keinen Grund, ihr die Wahrheit zu sagen, und Eva, die neben ihm ging, korrigierte sie ebenfalls nicht. Sie schaute stur geradeaus und schien nicht zuzuhören, aber Seth bemerkte, wie starr ihre Schultern waren und wie der Puls an ihrem Hals hämmerte.

„Ich nehme mein Ehegelübde sehr ernst", sagte er.

„Es ist noch nicht zu spät. Ich könnte ein Wörtchen mit der Königin reden, wenn wir die Burg erreichen. Wir sind befreundet. Sie wird dich am Leben lassen, wenn ich ihr verspreche, dich unter Hausarrest zu stellen." Sie beugte sich nach unten und strich mit den Fingern über seinen Nacken.

Alles in Seth sträubte sich. Der Gedanke, mit dieser Frau zu schlafen, verursachte Übelkeit. Früher hatte er für Geld mit Frauen geschlafen, die er nicht mochte, aber es hatte ihm nicht so den Magen umgedreht wie jetzt. Einige dieser Frauen waren nicht sonderlich nett gewesen, aber sie hatten nie echte Macht über ihn gehabt. Wenn er es gewollt hätte, hätte er ohne Bezahlung gehen können. Von Oxana konnte er nicht einfach so weggehen—sie konnte ihn befreien und wenn er frei war, konnte er die anderen befreien. Es war dieser Machtmissbrauch, der seinen Hass gegen sie schürte.

Er zwang sich, seinen Ekel wegzuschieben. Heute verkaufte er sich nicht, um ein Dach über dem Kopf zu haben oder die Schulden seines Vaters zu begleichen. Heute war der Preis viel höher. „Ich tue es unter einer Bedingung—"

Eva ging auf ihn los. „Das wirst du *nicht* tun, Seth. Denk nicht einmal darüber nach." Sie sah aus wie eine Kriegerin, gefährlich wie ein wildes Tier, das seine Herde schützte. Mit eiskalten Augen wandte sie sich an Lady Oxana. „Mein Mann steht nicht zum Verkauf."

„Nicht einmal, wenn ich sein Leben retten kann?"

„Wir finden einen anderen Weg."

„Das bezweifle ich." Lady Oxana lenkte ihr Pferd weg. „Du da", sagte sie zu einem Offizier. „Peitsche diese Frau aus."

„Wenn du sie anrührst, breche ich dir jeden Knochen in deinem Körper", knurrte Seth. Seine Drohung richtete er sowohl an den Soldaten als auch an die Schlange von einer Frau. Die Muskeln in Lady Oxanas Kiefer spannten sich an, doch sie sagte nichts und ritt davon. Der Soldat tat so, als hätte er nichts gehört und reihte sich wieder zwischen seinen Kameraden ein.

Den Rest des Weges sprachen Eva und Seth nicht miteinander, was Seth aber nichts ausmachte. Er genoss es, einfach nur in ihrer Nähe zu sein. Sie hatte so etwas Fesselndes an sich. Etwas Stilles und dennoch Tiefgründiges. Diese Gefühle für sie hatten sich so allmählich bei ihm eingeschlichen, dass er noch nicht einmal sagen konnte, wann sie ihm bewusst geworden waren. Erst jetzt erkannte er sie ganz klar, doch sie waren immer schon da gewesen, als hätten sie auf der Lauer gelegen.

Sie musste es ebenfalls spüren, denn sie hatte ihn nicht nur gegen Lady Oxana verteidigt, sie hatte *Anspruch* auf ihn erhoben.

Seth musste sie nur noch davon überzeugen, ihm eine Chance zu geben. Dann mussten sie aus dieser Zwickmühle herauskommen, damit sie zusammen sein konnten. Er wollte gern glauben, dass ersteres einfacher war als letzteres, doch angesichts ihres stoischen Schweigens war er sich da nicht sicher.

KAPITEL 12

EVA

*D*er Kerker war noch voller als das letzte Mal. Eva erkannte den Esel wieder, der ihnen Glück gewünscht hatte. Er stand stumm und mit hängenden Schultern am Gitter seiner Zelle, während er die Wachen beobachtete, die Alice und die anderen vorbeiführten. Sie waren seine letzte Hoffnung gewesen.

„Was ist passiert?", fragte Sir Uther, das Kaninchen.

„Wir wurden geschnappt", fuhr Gus ihn an. „Is alles deine Schuld. Wir wär'n nich hier, wenn du nich gewesen wärst."

„Das stimmt nicht, Gus", rügte Alice ihn.

Die Nase des Kaninchens zuckte. „Es tut mir sehr leid, Prinzessin. Sehr, sehr leid."

Sie wurden in eine Zelle am hinteren Ende geschoben. Die Wachen schlossen die Tür hinter ihnen ab und verschwanden in der tintenschwarzen Dunkelheit.

„Hat mein Vater überlebt?", fragte Markell Sir Uther in der gegenüberliegenden Zelle.

Das Kaninchen schüttelte den Kopf und ließ die Ohren hängen. „Es tut mir leid."

Markell drehte sich zu Alice um. Sie nahm ihn in die Arme.

Gus und Seth suchten nach einem Ausweg. Sie rüttelten an jedem Gitterstab und prüften die Halterungen. Sie kratzten an den schmierigen Steinen und traten mit den Stiefeln auf den

Boden, um nach Hohlräumen zu suchen. Eva setzte sich in eine Ecke. Es war ihr egal, dass der Boden hart und glitschig war und nach Urin stank. Sie wollte einfach nur ihre schmerzenden Füße ausruhen.

„Wie kommen wir hier raus?", fragte David, der sich zu ihr setzte.

Sie zuckte mit den Schultern.

„Sag es mir. Ich muss es wissen."

„Ich habe keine Antwort für dich, David. Ich weiß noch nicht einmal, ob wir alle am Ende hier rauskommen."

Er zog die Knie an die Brust und rieb sie wieder und wieder. „Wenn du rauskommst, muss ich es auch tun." Er sagte es so entschieden, dass sie überlegte, ob er vielleicht doch ein wenig in die Zukunft sehen konnte, bis er fragte: „Meinst du nicht?"

„Ich bin mir sicher, dass wir beide überleben." Sie schaute zu Seth und Gus, die leise beim Gitter miteinander sprachen. „Wir werden alle überleben." Vielleicht wurde es wahr, wenn sie es überzeugt genug sagte.

David folgte ihrem Blick. „Du hast ihn heftig gegen Lady Oxana verteidigt. Das war sehr mutig von dir."

„Es war nichts." Das meinte sie ernst. Seth zu verteidigen war ganz natürlich gewesen. Sie hatte den Ekel in seinen Augen gesehen, als er Lady Oxana angeschaut hatte, und sie würde ihm niemals erlauben, sich an sie zu verkaufen. Nicht einmal im Austausch für ihr aller Leben. Eva konnte ihn das einfach nicht tun lassen.

Sie wusste, warum, wollte es aber ihrem Bruder gegenüber nicht zugeben. Er würde es nicht gutheißen und das letzte, was sie gerade gebrauchen konnte, war ein Streit.

„Ich sehe, wie du ihn anschaust, Eva", sagte er und versuchte damit, das Thema anzuschneiden.

„Es geht dich nichts an, David."

Er seufzte. „Mir scheint, dir ist es inzwischen egal, was ich denke. Hasst du mich so sehr?"

Sie runzelte die Stirn. „Ich hasse dich nicht. Mir ist es nur nicht recht, wenn du mir sagst, was ich tun soll. Ich bin eine erwachsene Frau. Ich kann meine eigenen Entscheidungen fällen. Einige davon könnten sogar gut sein."

„Ich bin ziemlich sicher, dass alle davon gut sein werden. Apropos, das mit Alice hast du wirklich gut gemacht. Sie verdankt dir ihr Leben."

War das sarkastisch gemeint? „Es war Instinkt und Ausbildung", murmelte sie.

„Du wirst eine hervorragende Ärztin abgeben. Das tust du bereits, aber ich weiß, dass du den Schein brauchst, um deine unglaublichen Instinkte zu untermauern."

Sie blinzelte ihn an. So nett war er nicht mehr zu ihr gewesen, seit sie Kinder waren und er mit ihr das Zimmer hatte tauschen wollen, weil sie das größere hatte. Entweder hatte er einen Sinneswandel gehabt oder er wollte etwas von ihr. Vielleicht glaubte er immer noch, sie könne ihm sagen, ob er überleben würde.

Er lehnte den Kopf an die Wand und starrte zur Decke hinauf. „Wirst du dir einen Ratschlag von deinem älteren Bruder anhören?"

„Das kommt drauf an."

Sein Lächeln war traurig. „Sag niemandem bei deiner Arbeit, dass deine Mutter Roma ist und Visionen hat."

„Ich schäme mich nicht. Nicht für sie und auch nicht für unser Roma-Erbe."

„Ich auch nicht."

Das ergab keinen Sinn. „David, gibt es etwas, was du mir sagen willst?"

Ein Dutzend weiß gekleideter Wachen näherte sich ihrer Zelle. Einer schloss die Tür auf, der andere winkte Alice und Markell heran.

„Sie wurden von Ihrer Majestät, der Herzkönigin, einbestellt, um wegen Hochverrats angeklagt zu werden", verkündete er.

„Nein!", riefen Seth und Gus gleichzeitig.

„Wir bleiben zusammen", sagte Seth. „Entweder gehen wir alle oder alle bleiben hier."

Die beiden Wachen zogen ihre Schwerter. „Kommen Sie mit uns, Miss Alice, Sir Markell. Das ist keine Bitte."

Gus stürmte mit erhobenen Fäusten vorwärts, doch Seth hielt ihn im gleichen Moment zurück, wie Markell ihm in den Weg trat.

„Das ist nicht dein Kampf", sagte Markell.

„Was wird mit unseren Freunden geschehen?", fragte Alice. „Werdet ihr sie nach Hause schicken?"

„Das entscheidet die Königin", sagte der Wachmann. Er befahl seinen Männern, sie hinauszubringen. Einer packte Alice am Handgelenk und ließ erst wieder los, als Markell ihn mit gebleckten Zähnen anknurrte.

Alice trat freiwillig aus der Zelle und Markell folgte. Der Wachmann wollte bereits die Tür schließen, zögerte jedoch. Er betrachtete Seth und Gus und bedeutete dann Gus, die Zelle ebenfalls zu verlassen.

„Ich trenne euch", sagte er, schlug die Tür zu und schloss ab.

„Warum?", fragte Seth.

„Ihr habt beide verschlagene Augen und eine Kämpferstatur. Ich traue euch nicht. Ihr müsst getrennt werden."

„Das könnt ihr nicht tun!", sagte David und stellte sich neben Seth. „Das ist unerhört! Wir haben hier nichts Falsches getan! Ich verlange eine bessere Behandlung."

Der Wachmann schloss die Tür noch einmal auf, zog David ebenfalls heraus und verriegelte sie wieder. Er schubste beide Gefangenen in die gegenüberliegende Zelle zu Sir Uther. Gus funkelte das Kaninchen wütend an, das sich daraufhin in die hinterste Ecke verdrückte.

Eva lief zu den Gitterstäben. „Alice!" Sie wusste nicht, was sie noch sagen sollte. ‚Viel Glück' schien zu wenig zu sein und verabschieden wollte sie sich nicht. Sie konnte den Gedanken nicht ertragen, dass dies möglicherweise ihre letzte Begegnung war.

Alice warf ihr über die Schulter ein grimmiges Lächeln zu. Ihr Blick traf jeden von ihnen und blieb am längsten an Seth hängen. Sie öffnete den Mund, um etwas zu sagen, schloss ihn dann jedoch wieder und wandte sich nach vorn. Vermutlich gab es einfach keine passenden Worte.

Eva setzte sich wieder hin und legte die Stirn auf ihre angezogenen Knie. Sie wünschte sich nichts sehnlicher als eine Vision, um zu erfahren, was mit ihnen geschah, aber keine kam. Ihre Gabe war vollkommen nutzlos, wenn sie sie nicht steuern konnte. Sie wünschte, sie hätte die Kräfte ihrer Mutter. Andererseits, vielleicht doch lieber nicht. Charlies wären in einer Situation wie dieser nützlicher.

Seth setzte sich neben sie. Er sagte nichts, doch seine Nähe war tröstlich. Sie fühlte sich etwas stärker, etwas hoffnungsvoller und weniger weinerlich. Er würde überleben, so wie sie. Es waren die anderen, die ihr Sorge bereiteten. Alice wurde höchstwahrscheinlich in den Tod geführt, und da Gus und David jetzt in einer anderen Zelle saßen, konnte sie vorhersehen, wie die Trennung es ermöglichen würde, dass sie und Seth entkamen, die anderen jedoch nicht. Es war nur noch eine Frage der Zeit, bis sie sah, wie sich alles ergab.

„Mach die Augen zu und ruh dich ein wenig aus", sagte Seth sanft. „Ich habe das Gefühl, du wirst es brauchen."

„Hast du einen Plan?", fragte sie voll aufblühender Hoffnung.

„Zählt es als Plan, den nächsten Wachmann zu überwältigen und die Tür aufzuschließen?"

Sie lächelte und stupste seinen Arm an. Er zischte etwas. Sie hatte die Wunde ganz vergessen. „Lass mich mal sehen."

Er schaute zu David und Gus hinüber in die andere Zelle. Beide saßen an der Rückwand, die Beine ausgestreckt, die Augen geschlossen. Seth knöpfte sein Hemd auf und schob es über die Schulter. Es war voller Flecken und getrocknetes Blut hatte den Schnitt verkrustet.

Eva fummelte am Saum ihres Kleides herum, wo sie nach einem losen Faden suchte. Sie fand einen und löste ihn weiter.

„Was tust du da?", fragte Seth.

„Ich habe etwas Karbolsäure mitgebracht." Sie weitete das Loch im Saum und zog eine Phiole heraus, die in Verbandsmull eingewickelt war.

„Das hast du mitgebracht?", wiederholte Seth dumpf. „In deinem Kleid?"

Sie wickelte den Mull ab und brachte eine kleine Glasphiole zum Vorschein, die mit einer Flüssigkeit gefüllt war.

„Eva", sagte er vorsichtig, „warum hast du Medizin in deinem Kleid versteckt?"

„Für den Fall, dass es solche Schnittverletzungen gibt." Sie sah ihn nicht an. Sie wollte den Schock in seinen Augen nicht sehen, das Misstrauen.

„Du *wusstest* es. Du *wusstest*, dass du hier landen würdest. Du wusstest auch, dass du Karbolsäure brauchen würdest, also hast du sie in dein Kleid genäht, um sicherzugehen, dass sie mit dir durch das Portal kommt. Mein Gott." Er bellte ein brüchiges Lachen heraus. „Ich glaub 's nicht. Du hattest eine Vision von dir in Wunderland und hast dich vorbereitet. Ich komme mir so dämlich vor, dass ich es nicht begriffen habe."

„Du bist nicht dämlich." Sie gab etwas Karbolsäure auf den Mull und tupfte damit die Wunde ab.

„Warum hast du es mir nicht gesagt?", drängte Seth. „Warum hast du niemandem etwas gesagt?"

„Was spielt das für eine Rolle? Es ändert nichts. Ich wusste nicht, wer noch mitkommen oder was sich hier abspielen würde. Abgesehen davon war es nicht meine Vision, sondern die meiner Mutter. Sie hat mich gewarnt und mir geholfen, dies hier in den Saum zu nähen. Sie hat dafür gesorgt, dass ich dieses Kleid trug, als ich nach Lichfield kam und durch das Portal gegangen bin."

Sie spürte seinen Blick auf sich, während sie seine Wunde reinigte. Ihn anzusehen, konnte sie sich nicht überwinden. Was, wenn sie Enttäuschung oder Misstrauen in seinem Blick sah? Oder noch schlimmer, Abneigung?

„Vielleicht hätte ich es dir eher erzählen sollen", sagte sie, „aber ich sah keinen Grund dafür."

„Der Grund ist, dass du mir etwas vorenthältst, Eva. Tu das bitte nicht wieder."

„Warum?", fragte sie vorsichtig.

„Weil ich möchte, dass wir beide eine offene und ehrliche Beziehung führen."

„Soweit ich weiß, haben wir keine Beziehung."

„Haben wir nicht?"

Der Mull rutschte ihr aus den Fingern. Sie griff danach, doch Seth nahm ihre Hand. Mit der anderen hob er ihr Kinn, damit sie ihn ansah.

„Du hältst etwas zurück", sagte er, während er ihr suchend ins Gesicht sah. „Was ist es?"

Sie ruckte weg. Sie konnte ihm nichts von ihrer gemeinsamen Zukunft sagen. Wie könnte sie zugeben, dass sie seit ihrer ersten Begegnung wusste, dass sie heiraten würden? Was war, wenn es ihn auf einen Pfad zwang, den er gar nicht beschreiten wollte? Er war ein Mann, der viele Frauen geliebt, aber nie einen Antrag gemacht hatte. Warum sollte er das ändern wollen? Was war, wenn das Aussprechen ihrer Vision ihn dazu verleitete, den schlimmsten Fehler seines Lebens zu begehen?

Sie konzentrierte sich darauf, seinen Arm zu verbinden und ihm nicht in die Augen zu sehen.

„Also gut." Er verschränkte die Arme vor der Brust. Vor seiner sehr nackten, sehr maskulinen Brust. Sie weigerte sich, ihm in die Augen zu sehen, aber sie konnte seinen verbundenen Biceps und seinen Oberkörper betrachten. Dagegen gab es kein Gesetz. „Da du zu viel Angst hast, mir dein tiefstes Geheimnis anzuvertrauen, muss ich dir anscheinend meins preisgeben. Ich vertraue dir mein dunkelstes Geheimnis an, damit du mir deins anvertrauen kannst."

„Ich weiß, dass du vertrauenswürdig bist, Seth", sagte sie und begegnete endlich seinem Blick. Es war ein Fehler. Seine warmen Augen nahmen sie gefangen.

„Ich will es dir trotzdem erzählen." Er räusperte sich und verlagerte sein Gewicht. Sie wartete, bis er so weit war. „Du wirst dich erinnern, dass ich mich selbst verkauft habe, um meine Schulden zu begleichen."

„Die Schulden deines Vaters. Ich erinnere mich."

„Nun, manchmal war der Meistbietende ein Mann."

Sie kämpfte hart darum, sich nichts anmerken zu lassen. Es war ein enormer Vertrauensbeweis, dass er ihr davon erzählte, und sie würde ihre Überraschung nicht preisgeben. In Wahrheit war sie mehr von ihrer eigenen Naivität überrascht als von seinem Geständnis. Er war schließlich ein außergewöhnlich schöner Mann und reiche Männer waren auf der Welt häufiger als reiche Frauen, also warum nicht auch bei Versteigerungen? Sie hatte durch ihr Medizinstudium alle erdenklichen Geschichten gehört, sowohl von Patienten als auch von Ärzten, und wusste, was Männer hinter verschlossenen Türen miteinander taten.

„Erzähl es niemand anderem", sagte sie. „Du könntest im Gefängnis landen."

Er legte den Kopf schräg. „Das ist alles, was du dazu zu sagen hast?"

„Ich bin nicht schockiert, wenn es das ist, was du meinst." Sie hatte mehrere Fragen, wusste aber nicht genau, ob er bereit war, sie zu beantworten.

„Bist du ... angewidert?"

„Nein. Ich weiß, dass Männer gelegentlich das Bett mit anderen Männern teilen und auch Frauen mit anderen Frauen. Ich bin vielleicht behütet aufgewachsen, aber ich bin erwachsen und verfüge über eine scharfe Beobachtungsgabe."

Er stieß verhalten die Luft aus. „Dann wird dir aufgefallen sein, dass ich Frauen bevorzuge."

Sie lächelte. „Oh ja, das habe ich definitiv beobachtet."

„Meine Erfahrungen mit Männern waren lediglich Mittel zum Zweck."

Sie legte ihre Hand auf seine. „Danke, dass du es mir gesagt hast."

Er schaute von ihren verschränkten Fingern hoch. „Gibt es noch etwas, was du wissen möchtest? Ich kann deine Fragen beantworten. Ich schäme mich nicht, Eva. Vor dir nicht."

Sie war sowohl froh, dass er das Gefühl hatte, sich ihr anvertrauen zu können, als auch erleichtert, dass er sich seiner Geheimnisse nicht schämte. „Dann habe ich eine Frage. Wie hat das alles angefangen? Die Auktionen, meine ich. Was hat dich darauf gebracht?"

Er drehte seine Handfläche nach oben, sodass er ihre umfasste. „Tatsächlich war es ein Mann, der mich auf die Idee brachte. Ein Franzose, Monsieur Fernesse. Ich habe ihn kennengelernt, als er in London lebte. Er war ein Freund meiner Mutter und sehr an mir interessiert. Ich wusste, dass er mit mir zusammen sein wollte, aber zu der Zeit war ich achtzehn und viel zu sehr mit Frauen beschäftigt, um ihn zu beachten."

„Ich bin mir sicher, dass du sehr beschäftigt warst."

„Ich habe alles weibliche Interesse vollkommen ausgenutzt, ohne einen Gedanken daran zu verschwenden, was mein sprunghaftes Herz ihnen antat. Leider muss ich zugeben, dass ich einigen Debütantinnen die Tugend raubte, ehe ich meine Lektion auf die harte Tour lernte. Einer der Väter konfrontierte mich und befahl mir, seine Tochter zu heiraten. Er zog ihre Hand erst zurück, als er erfuhr, wie arm wir wirklich waren. Danach traf ich meine Wahl vorsichtiger. Keine Debütantinnen mehr, nur noch fröhliche Witwen, die kein Interesse daran hatten, vor den Altar zu treten. Die Witwen waren auch in anderer Hinsicht besser—ich musste sie nicht mit Geschenken bezirzen. Sie gaben vielmehr *mir* Geschenke.

„Monsieur Fernesse war zu dem Zeitpunkt irgendwo am Rande meines Bewusstseins vorhanden, aber er stolzierte in größerem Stil in mein Leben, als mein Ruf in gewissen Kreisen wuchs. Er sagte mir, ich sollte die Witwen dazu bringen, mich für meine Dienste zu bezahlen. Und zwar nicht mit Geschenken, sondern mit Geld. Ich war skeptisch, glaubte nicht, dass sie es tun würden. Also inszenierte er eine private Schau mit einigen seiner wohlhabenderen Klienten—er ist Raumausstatter—und schürte Interesse."

„Lass mich raten", sagte Eva. „Das Interesse war groß?"

„Groß genug, um an Ort und Stelle einer Versteigerung zuzustimmen. Uns beiden wurde schnell klar, dass nicht nur Frauen für mich bieten wollten. Einige Männer fragten ihn, ob sie für ihre Frauen bieten dürften."

„Wirklich?"

Er schmunzelte. „Also habe ich dich schockiert."

„Ich bin schockiert, dass die Männer bereit waren, ihre Frauen mit einem anderen Mann zu teilen."

„Einige wollten nichts mit dem Preis zu tun haben, der auf die Auktion folgte, einige wollten zusehen und andere wollten mitmachen. Monsieur Fernesse lehnte letzteres ab und sagte ihnen, dass ich diese Grenze nicht überschreiten würde. Nachdem ein besonders fieser Gläubiger seine Handlanger zu mir geschickt hatte, sagte ich Monsieur Fernesse, dass ich dazu bereit wäre, wenn das letzte Gebot verdoppelt würde. Monsieur Fernesse bestand darauf, dass ich zuerst … eingeweiht werde. Er nahm mich unter seine Fittiche und zeigte mir, was mich erwarten würde. Sobald ich meinen männlichen Stolz einmal beiseitegeschoben hatte, stellte ich fest, dass ich es nicht so schlimm fand, wie ich gedacht hatte. Es war nicht … natürlich für mich, aber er war ein fürsorglicher Liebhaber und stellte sicher, dass bei der Versteigerung die Grundregeln festgelegt wurden. Er war gut zu mir."

„Glaubst du, die Einführung war nur eine Ausrede, um mit dir zusammen sein zu können?"

„Da bin ich mir ganz sicher. Keine Sorge, Eva." Sein Mund verzog sich zu einem teuflischen Grinsen. „Ich habe mehrere Wochen lang hervorragend gegessen, während er mich umgarnt hat. Ich ließ ihn glauben, dass wir mehr hatten als eine Lehrer-Schüler-Beziehung, obwohl ich wusste, dass sich zwischen uns nie etwas entwickeln würde. Im Rückblick war ich nicht fair zu ihm."

„Du wirst mich nicht dazu bringen, dass er mir leidtut, Seth. Er hat dich ausgenutzt."

„Du kannst niemanden ausnutzen, der genau weiß, was Sache ist und jederzeit gehen kann, ohne verletzt zu werden. Ich musste nicht zustimmen, ihm nicht und auch dem ganzen Rest nicht. Er hat mir nie gedroht, mich in der Gesellschaft oder vor meiner Mutter bloßzustellen. Also hat er auch nie versucht, mich zu erpressen."

Anders als Lady Oxana, hätte Eva sagen können, tat es aber nicht. Sie wollte ihn nicht an diese Hexe erinnern.

„Sobald ich mich in mein Konzept zum Geldverdienen eingefunden hatte, brauchte ich Monsieur Fernesse nicht mehr. Ich nahm die Organisation der Auktionen selbst in die Hand und löste mich allmählich von ihm. Ich sagte ihm, dass ich Männer nie so würde lieben können, wie er es tat. Kurz darauf ging er nach Paris zurück."

„War er in dich verliebt?"

„Vielleicht. Ich weiß nicht, was Liebe ist, also hätte ich die Zeichen nicht deuten können." Seine Finger fassten ihre etwas enger. „Da hast du es. Mein tiefstes Geheimnis. Du hast die Macht, mich ins Gefängnis zu schicken und meinen Ruf für immer zu ruinieren, wenn du möchtest."

„Diese Macht werde ich niemals missbrauchen, Seth."

„Ich weiß. Wenn ich daran gezweifelt hätte, hätte ich es dir nicht erzählt. Jetzt bist du dran. Verrat mir dein Geheimnis. Es kann sicher nicht beschämender sein als meins."

Sie überlegte, ob sie das Thema wechseln oder ihn anlügen und behaupten solle, sie hätte keine Geheimnisse. Aber das wäre grausam. Er hatte ihr sein Vertrauen geschenkt. Sie würde es in Ehren halten und ihm im Gegenzug ihrs schenken.

„Mein Geheimnis ist ganz anders als deins", fing sie an. „Es involviert dich, um genau zu sein, und mich."

„Dann gefällt mir das Geheimnis jetzt schon."

„Das ändert sich möglicherweise, wenn du erfährst, was es ist." Sie zögerte und stählte ihre Nerven. Ermutigend drückte er ihre Hand. „Erinnerst du dich an unsere erste Begegnung?"

„Du warst sehr still und hast mir merkwürdige Blicke zugeworfen."

„Das lag daran, dass ich dich in meinen Visionen gesehen hatte."

Er rückte von ihr ab, um sie besser ansehen zu können. „Wirklich? Ich fühle mich geehrt."

„Ich kannte weder deinen Namen noch war ich darauf vorbereitet gewesen, dir zu begegnen. Es war ein ziemlicher Schock, dass der Mann in meinen Visionen nicht nur ein Freund meines neu gefundenen Halbbruders war, sondern auch noch ein Adeliger. Der größere Schock war allerdings, wie du Alice angeschaut hast."

„Zweifelsfrei sehr schwärmerisch."

Sie nickte.

„Ich meine ernst, was ich vorhin gesagt habe", sagte er sanft. „Ich bin nicht in sie verliebt. Das war ich nie."

„Jetzt weiß ich es, aber damals nicht."

„Warum spielte es eine Rolle, ob du dachtest, ich wäre in Alice verliebt?"

„Weil wir in meiner Vision verheiratet waren."

Seine Finger bewegten sich um ihre. Wollte er sie loslassen? Oder fester halten? Sie beobachtete ihn genau, um zu sehen, ob ihr Geständnis ihn beunruhigte. Sie sah nichts, nur Ausdruckslosigkeit.

„Eine echte Ehe?", fragte er langsam. „Oder die vorgetäuschte, um Lady Oxana auszutricksen?"

„Eine echte Ehe. Ich wusste tief in meiner Seele, dass wir verheiratet waren. Mutter hatte eine ähnliche Vision."

„Ich verstehe."

„Visionen bewahrheiten sich nicht immer", erklärte sie. „Vielleicht passiert es nie."

„Weißt du von einer, die nie eingetreten ist?"

Sie schüttelte leicht den Kopf.

„Also dann. Es scheint beschlossene Sache zu sein." Er seufzte. Nach solchen Neuigkeiten zu seufzen, war kein gutes Zeichen.

„Es muss nicht so sein", sagte sie lahm.

Er betrachtete sie eingehend. „Macht es dir etwas aus, mich zu heiraten?" Es klang wie ein Antrag. Fast.

„Ich habe es abgelehnt", sagte sie, um im Sinne ihrer neu vereinbarten Ehrlichkeit zu bleiben. „Ich wollte niemanden heiraten. Ein Ehemann würde mich erdrücken, mich zwingen, meine Träume und Pläne, Ärztin zu werden, aufzugeben. Und du warst ein Adeliger. Ein Adeliger würde von seiner Lady erwarten, dass sie sich den Konventionen entsprechend verhält."

„Ein konventioneller Adeliger vielleicht." Er strich ihr über das Kinn. Wie konnten raue Hände so sanft sein? „Aber ich bin nicht konventionell, Eva." Seine Stimme schnurrte und seine Augen waren nicht mehr ausdruckslos. Sie leuchteten mit einem Gefühl, das sie nicht entschlüsseln konnte.

Sie schluckte. Wartete.

Doch er sagte nichts mehr, starrte sie nur weiter mit ungebrochener Intensität an, die ihre Nerven zerrüttete.

„Eva!", rief David und brach damit durch den Nebel, der ihren Kopf einhüllte. „Was hast du vorhin auf Seths Wunde getan?"

Sie ließ Seth los, oder vielleicht ließ er sie zuerst los. Sie stellte fest, dass sie ihn nicht mehr ansehen konnte. Sie kannten ihre tiefsten Geheimnisse und auch ihre gemeinsame Zukunft. Das Problem war, dass sie nicht wusste, wie sie weiter vorgehen sollte. Er wirkte genauso unbeholfen und unsicher. Er bewegte sich weg und knöpfte sein Hemd wieder zu, ganz geschäftsmäßig.

„Ich habe etwas Karbolsäure", sagte Eva und griff nach ihrem Rocksaum. „Sie desinfiziert. Brauchst du sie?"

„Gus braucht sie."

Gus hielt sein Handgelenk hoch. „Hab hier 'nen kleinen Schnitt. Nix Schlimmes, aber David meint, du könntest was machen. Schleppst du immer was zum Desinfizieren mit dir rum?"

„Das ist eine lange Geschichte", erwiderte Seth.

Eva fühlte den Saum entlang und zählte die Phiolen mit Karbolsäure. Sie selbst hatte zwei eingenäht, war sich aber nicht sicher, wie viele ihre Mutter noch hinzugefügt hatte. Sie zählte vier Knubbel. Nein, fünf, nur dass der mittlere sich anders anfühlte. Er war länger und flacher. Sie schob die Knubbel durch den Saum und zog sie durch die Öffnung heraus. Einer war definitiv anders als die anderen vier. Sie wickelte ihn aus, hatte aber noch immer keine Ahnung, was sie da sah. Zwei Metallstäbe in der Länge ihres kleinen Fingers lagen auf dem Mull. Warum sollte ihre Mutter die zusammen mit den Phiolen verstecken?

„Alter Schwede", murmelte Seth und nahm sie zur Hand. Sein Gesicht hellte sich auf, als würde er von innen leuchten. „Wo hast du die her?"

„Meine Mutter muss sie hier eingenäht haben. Weißt du, was das ist?"

„Das weiß ich ganz sicher. Ist deine Mutter zufällig Meisterdiebin?"

„Nein."

„Dann hat ihr jemand geraten, dir die hier mitzugeben. Mein Tipp ist Lincoln. Eva, mir scheint, deine Mutter und dein Halbbruder haben hinter deinem Rücken konspiriert."

„Wofür sind diese Stäbe?"

„Um Schlösser zu knacken." Er stand auf. „Lincoln hat mir beigebracht, wie man sie benutzt." Er hockte sich vor die Tür und versuchte, seine Hand durch die Gitter zu stecken, doch sie war zu groß.

„Lass mich mal." Evas Hand passte hindurch und sie konnte das Vorhängeschloss greifen und es näher ans Gitter ziehen, sodass er die Stäbe hineinstecken konnte.

Gus, David und Sir Uther packten die Gitter ihrer Zelle, die

Blicke auf Seths behände Finger gerichtet. Niemand sprach. Eva wagte noch nicht einmal zu atmen.

„Verdammt", murmelte Seth. „Ich wünschte, ich hätte mehr geübt."

Endlich klickte das Schloss auf. Er grinste sie triumphierend an. Sie grinste zurück und schwang die Tür auf. Das Kaninchen hüpfte auf der Stelle, während Seth das Schloss zu seiner Zelle knackte.

„Fitzroy rettet uns, obwohl er noch nich mal in der gleichen Welt is", sagte Gus. „Der Kerl is kein Mensch."

David nahm eins der schweren Schlösser und wog es in seiner Handfläche. „Oder er hat diese Stäbe in das Kleid gepackt, weil seine neue Frau ihn dazu gezwungen hat."

Gus schlug David auf die Schulter. „Idiot."

„Charlie wusste nicht, dass wir Werkzeuge brauchen würden, um uns zu befreien", sagte Eva. „Ein Blick in ihr besorgtes Gesicht hätte dir das bei unserer Abreise gesagt."

David kniff die Lippen zusammen.

„Lincoln verdient deinen Hass nicht", sagte sie. „Er kann nichts dafür, dass wir uns eine Mutter teilen, aber nicht den Vater."

„Ich hasse ihn nicht."

„Du magst ihn nicht."

„Er ist so … anders."

„Du musst ihn nur was besser kennenlernen", sagte Gus, während er Seth beobachtete, der zur Nachbarzelle mit einer Ziege ging. „Der is nich so übel."

„Verschwendet eure Zeit nicht damit, uns zu befreien", sagte der Esel weiter vorn. „Ihr müsst erst die Prinzessin retten. Die Zeit rennt davon. Die Gerichtsverfahren sind berüchtigt für ihre Kürze."

„Außerdem fatal", sagte Sir Uther stöhnend.

„Wie können wir sie retten?", fragte David. „Die Königin hat Wachen und zwei Armeen."

Keines der Tiere antwortete, aber Eva hatte eine Idee. „Wenn wir das Zauberbuch finden und den Spruch aufsagen, der eine Sache in ein Portal verwandelt, dann können wir hindurchschlüpfen, bevor wir geschnappt werden." Es war kein narrensicherer Plan und auch kein sonderlich schlauer, aber niemand hatte eine bessere Idee.

„Nehmt die Prinzessin mit", sagte der Esel. „Nur so bleibt sie am Leben."

„Und wir?", jammerte das Kaninchen. „Wer hält uns am Leben, wenn denen klar wird, dass wir in diesem Wahnsinn eine Rolle gespielt haben?"

„Vielleicht könnt ihr alle mitkommen", sagte David ohne große Überzeugung."

„Wir können unser Land nicht im Stich lassen", sagte der Esel. „Aber danke. Jetzt müsst ihr nur noch in die Nähe der Prinzessin kommen, ohne dass es jemand merkt."

Seth schaute den schwach beleuchteten Korridor entlang. „Das wird kein Problem. Alle zurück in eure Zellen."

„Nein", sagte Sir Uther. „Ich gehe da nicht wieder rein." Er verschränkte die Arme. „Auf keinen Fall."

Gus packte die Ohren des Kaninchens und zog es zurück in die Zelle. David folgte. Seth und Eva gingen in ihre zurück.

„Bitte entschuldige, David", sagte Seth. „Aber ich werde deine Schwester anschreien."

„Viel Spaß", sagte David.

Seth wandte sich an Eva und fing an herumzubrüllen, wie sehr ihr Anblick ihn nerve. „Du bist eine grässliche, grausame Frau!" Er bedeutete ihr, dass sie etwas erwidern sollte.

„Und ich hasse dich!", kreischte sie.

Er wirkte erfreut. „Ich hasse dich viel mehr! Du bist eine hinterlistige Schlange, viel zu schön, als dass es gut für dich wäre."

Sie bemühte sich, nicht zu lachen. „Und du hast das Gesicht eines Engels! Komm her, dann zerkratze ich es dir ein bisschen."

„Wachen!", rief David, der ebenfalls mitmachte. „Wachen, kommt und trennt diese beiden, bevor sie uns alle in den Wahnsinn treiben."

Die anderen Gefangenen stimmten mit ein und brüllten, so laut sie konnten, dass sie von dem ohrenbetäubenden Duo in der letzten Zelle befreit werden wollten.

Schließlich tauchte ein Wachmann wie ein Geist aus der Dunkelheit auf. „Was soll der Lärm hier unten?"

„Die sind's." Sir Uther zeigte auf Eva und Seth.

Eva schrie Seth irgendetwas entgegen, ohne so recht zu wissen, was. Seth brüllte zurück.

Der Wachmann seufzte. „Du da", sagte er zu David, „und du", sagte er zu Eva, „tauscht die Zellen." Er wollte das Vorhängeschloss mit seinem Schlüssel öffnen.

In dem Moment warf Seth die Tür auf, die dem Wachmann ins Gesicht krachte und ihm eine blutige Nase bescherte. Er taumelte zurück. Ehe er eine Chance hatte, seine Kameraden zu rufen, schlug Seth ihn nieder. Gus war bereits aus seiner Zelle heraus und schaffte es, den bewusstlosen Wachmann aufzufangen und auf den Boden zu legen, damit sein Schwert auf den Steinen kein Geräusch machte.

Seth zog sich blitzschnell aus, während David und Eva dem Wachmann die Kleidung abnahmen. Sie rechnete damit, dass ihr Bruder sie anhielt, den Blick abzuwenden, doch es schien ihm egal zu sein, dass sie einen fast nackten Mann anfasste.

Sir Uther nahm währenddessen den Schlüssel und öffnete die nächste Zelle.

„Wo wird Alices Verhandlung stattfinden?", fragte Seth, während er die Tunika des Wachmanns überstreifte.

„Im Audienzsaal", sagte Sir Uther.

„Und das Zauberbuch?"

Sir Uther zuckte mit den Schultern. „In den Privatgemächern der Königin?"

„Ich glaube, ich weiß es", sagte der Esel, der mit einem Huf gegen die Gitterstäbe klopfte, während er darauf wartete, dass das Kaninchen seine Zelle aufschloss. „Vier Wachen sind vor der Tür ihres Ankleidezimmers postiert. Die Kronjuwelen werden darin nicht aufbewahrt, also was bewachen sie?"

„Kleider?", schlug Gus vor.

„Das Zauberbuch", sagte Sir Uther und öffnete die Zellentür des Esels. „Du schuldest mir eine Entschuldigung, du dämlicher Tölpel. Meine Ohren sind empfindlich."

„Mein Stolz auch", sagte Gus. „Ich entschuldige mich erst, wenn du dich entschuldigst, dass du mich einen Tölpel genannt hast."

In die weiße Uniform des Wachmanns gekleidet und mit

seinem Schwert bewaffnet, ging Seth den Korridor entlang, Gus auf den Fersen. David nahm Evas Hand, doch sie hielten sich im Hintergrund, als Seth sich den beiden Wachen näherte, die am Eingang herumlungerten. Der erste Wachmann begriff nicht, was geschah, bis Seths Faust gegen sein Kinn krachte.

Der zweite griff nach seinem Schwert, doch Gus schlug ihn nieder, ehe er es ziehen konnte. Eva half David und Gus, die weißen Uniformen anzuziehen, während Seth sich einen Überblick verschaffte. Ihr Herz schlug ihr bis zum Hals, bis sie ihn sicher zurückeilen sah.

„Die Luft ist rein", sagte er. An die verschiedenen Tiere und Menschen gewandt, die sich jetzt im Gang des Kerkers drängten, sagte er: „Ihr seid nicht genug, um die Armeen und Wachen abzuwehren."

„Sie wird mehrere bei sich im Audienzsaal haben", stimmte der Esel zu. „Und noch viele weitere in und um die Burg verteilt. Es wird für sie ein Leichtes sein, die zu rufen."

„Wir bleiben versteckt, bis du uns ein Signal gibst", sagte die Ziege, die einen Umhang trug.

„Eva, bleib hier", befahl Seth. „Dein Kleid ist zu auffällig. David, benutze das Schwert, falls nötig."

„Ich komme mit euch", sagte David.

Gus klopfte ihm auf die Schulter. „Guter Mann."

„Sir Uther wird auch mit euch gehen", sagte der Esel.

„Warum ich?", jammerte das Kaninchen.

„Weil du den Weg zu den Gemächern der Königin kennst und weil deine Pfoten weich gepolstert sind." Der Esel hob seinen Vorderhuf. Auf dem Steinboden würde er zu viel Lärm machen.

Seths Blick traf Evas. Sie nickte. Er erwiderte es mit einem grimmigen Lächeln und verschwand dann durch den Ausgang und aus dem Kerker. Gus, David und Sir Uther folgten.

Eva verschränkte die Arme und rieb sie, aber die Kälte in ihren Knochen blieb. Die beiden wichtigsten Männer in ihrem Leben begaben sich in unbekannte Gefahren und sie hatte keinem von beiden gesagt, dass sie ihn liebte.

KAPITEL 13

ALICE

Alice hatte nie zuvor solche Angst empfunden. Sie krallte sich in ihr fest wie ein Biest, übernahm ihren gesamten Körper und presste sie zusammen, bis sie kaum noch atmen konnte. Mit Charlie hatte sie sich schon Gefahren gestellt, aber diesmal war die Angst intensiver, denn sie galt jemandem, den Alice liebte. Sie hatte Angst um Markell.

Er kniete mit gesenktem Kopf auf dem Boden. Sie konnte gerade so sein Auge ausmachen, das inzwischen fast zugeschwollen war, und den blauen Fleck auf seiner Wange. Auf dem Weg aus dem Kerker zum Audienzsaal hatte er sich gegen die Wachen gewehrt, bis Alice ihn angefleht hatte, damit aufzuhören aus Angst, sie würden ihn auf der Stelle umbringen, ohne Gerichtsverfahren.

Jetzt wünschte sie sich fast, sie hätten es getan. Sein Verfahren war vorüber und Lord Indrid verkündete das Strafmaß. Es beinhaltete Folter und das Abhacken von Gliedmaßen. Sollte er das überleben, würde er vor Alices Augen gehängt werden.

Sie bettelte nicht. Es war sinnlos. Die Königin besaß keine Kapazitäten für Gnade. Sie lächelte, während Lord Indrid Markells Bestrafungen vorlas. Dann, als er geendet hatte, richtete sie ihre glühenden Augen auf Alice.

„Miss Alice wird des Hochverrats angeklagt", verkündete Lord Indrid. „Sie hat rechtswidrig das Reich verlassen—"

„Sie war nur ein Kind!", rief eine mutige Seele irgendwo hinten im Raum.

Die Königin hämmerte ihre Faust auf die Armlehne ihres Throns. „Wer hat das gesagt? Findet ihn und schickt ihn in den Kerker, bis er Respekt gelernt hat."

Ein Wachmann bewegte sich durch die Menge und die Höflinge flüsterten miteinander.

Ein Soldat in der roten Uniform der Armee nutzte die Gelegenheit, um Markell einen Schluck Wein anzubieten. Er hielt ihm den Becher an die Lippen, denn Markells Hände waren auf dem Rücken gefesselt. Der Mann war einer von zehn Soldaten im Audienzsaal. Weitere zwanzig Wachen standen zusätzlich im Raum verteilt. Sie waren alle bewaffnet.

„Du da!", fuhr die Königin den Soldaten an. „Keine Freundlichkeiten für den Gefangenen."

Der Soldat trat zurück und entschuldigte sich überschwänglich. „Vergebt mir, Eure Hoheit. Ich habe für seinen Vater gekämpft und es schmerzt mich, ihn so zu sehen—"

„Genug!" Sie beugte sich vor. „General Ironside hat mich betrogen. Er hat seinen Treueeid gebrochen und hätte euch alle vergnügt in den Tod geführt, wenn er nicht zuerst gestorben wäre. Ist das ein Mann, der deine Loyalität verdient?"

„Ich bin ihm gegenüber nicht loyal, Majestät. Ich hatte lediglich Mitgefühl mit—"

„Raus! Sentimentale Dummköpfe gehören nicht in meine Armee. Indrid, sorgen Sie dafür, dass er ohne Bezahlung entlassen wird."

„Ohne Bezahlung?", rief der Soldat. „Aber ich habe Kinder, die ich ernähren muss."

„Dann hättest du dir besser überlegen sollen, wem du Wein anbietest."

Alice sah zu, wie er kopfschüttelnd ging. Er warf den Becher einem Wachmann zu. Der Wein hinterließ einen befriedigenden Fleck auf seiner weißen Uniform.

Alices Herz hob sich. Wenn sie eins wusste, dann dass

Freundlichkeit etwas bedeutete. Freundlichkeit im Angesicht von Gefahr war mächtig.

Mit frischem Blick schaute sie sich im Saal um. Wo sie zuvor nur Feinde gesehen hatte, erkannte sie jetzt mögliche Verbündete. Wo sie zuvor geglaubt hatte, die Menschen würden nur sensationslustig dem Verfahren folgen, meinte sie nun, Ängstlichkeit zu sehen. Angst vor der wahnsinnigen Königin, die ihre Feinde in Tiere verwandelte, ehe sie sie hinrichtete.

Der Soldat, der nach der Gegenstimme in der Menge gesucht hatte, hörte damit auf, sobald sich die Aufmerksamkeit der Königin von ihm abkehrte. Unauffällig zog er sich zurück.

„Wir rufen den ersten Zeugen Lord Quellery auf!", verkündete Lord Indrid.

Lord Quellery trat aus der Menge heraus vor die Königin. Sein Körperumfang ließ es nicht zu, dass er vor ihr auf ein Knie fiel, also verbeugte er sich nur. Die Königin wirkte nicht allzu erfreut, gestattete es aber. „Eure Majestät, ich biete Euch meine Treue", sagte er, womit er den Eid sprach, den auch die Zeugen in Markells Verfahren geschworen hatten. „Ich biete Euch meine Loyalität und meinen … Rat."

„Und Ihre Ländereien zu meiner Nutzung", erinnerte die Königin ihn. „Kommen Sie schon, Quellery, Sie wissen, wie es läuft."

„Meine Ländereien zu Eurer Nutzung", murmelte Quellery in sein Doppelkinn.

„Sagen Sie der Königin und dem Hof, was sich vor siebzehn Sommern abgespielt hat", sagte Lord Indrid.

Siebzehn Jahren? Damals war Alice durch das Portal nach England geschickt worden.

„Der Vater der Gefangenen kam zu mir", bellte Lord Quellery laut genug, dass es sogar die Leute ganz hinten im Saal hören konnten. „Er hat mich angefleht, seine Tochter zu nehmen und zu verstecken. Ich habe abgelehnt, da ich wusste, dass sie Eure Rivalin war, Eure Majestät."

„Wir wissen Ihre Loyalität zu schätzen", sagte die Königin. „Ihnen habe ich es zu verdanken, dass ich meinen korrupten und unfähigen Bruder der Macht entheben konnte. Schade nur, dass er seine Tochter bereits in Sicherheit gebracht hatte."

„Verräter!", zischte Markell.

„Schweig!" Die Königin stampfte mit dem Fuß auf den Boden wie ein eigensinniges Kind. „Fahren Sie fort, Quellery. Kommen Sie zum guten Teil."

„Als Markell Ironside die Gefangene nach Burg Quellery brachte, war ich überglücklich, Eurer Majestät wieder einmal helfen zu können, einen Stachel aus dem Fleisch des Königreichs zu ziehen. Ich gab vor, ein Sympathisant zu sein, um sein Vertrauen zu gewinnen. Dann schickte ich umgehend einen Boten hierher, um Euch zu alarmieren."

„Unsinn", knurrte Alice. „Er wollte mich heiraten", sagte sie zu der Königin. „Wenn ich zugestimmt hätte, hätte er uns seine Armee gegeben, um Sie zu stürzen."

Lord Quellery widersprach so heftig, dass seine Spucke in Richtung der Königin flog.

Die Königin hob die Hand. „Versuche nicht, mich zu täuschen, Mädchen", sagte sie. „Du bist vielleicht hübsch, aber für einen Mann wie Quellery bist du eine Bürde. Ich vermute außerdem, dass du ziemlich verrückt bist. Wer würde dich schon heiraten wollen?"

„Ich", sagte Markell deutlich. „Ich möchte es."

Alices Augen füllten sich mit Tränen, obwohl ihr Herz schneller schlug. Selbst wenn an diesem Tag alles endete, hatte sie wenigstens diesen wertvollen Moment, an den sie sich klammern konnte.

„Der Knappe wird seine Zunge zügeln!", schrie die Königin. „Oder er muss damit rechnen, dass sie herausgeschnitten wird."

Alice warnte Markell mit einem schnellen Kopfschütteln. Gott sei Dank schwieg er.

„Fahren Sie fort, Quellery", sagte die Königin. „Erzählen Sie uns mehr von den verräterischen Plänen der Thronräuberin."

Quellery schob seine beachtliche Brust vor. „Sie wollten mir meine Armee abkaufen und sie nutzen, um Euch zu stürzen, meine Königin. Ich hielt so lange wie möglich meine Füße still, damit mein Bote Euch erreichen konnte. Dann überwältigte ich die Rebellen und brachte sie hierher."

„Und hat Miss Alice diese Pläne geschmiedet?"

„Unter Anleitung von Ironside." Er schaute Markell an. „Er

ist der wahre Bösewicht hier, Eure Majestät. *Er* hat geplant, sie zu heiraten, sobald sie auf dem Thron sitzt. Persönliche Macht und Bereicherung sind *seine* Motivation, nicht meine."

Gemurmel erhob sich in der Menge der adeligen Männer und Frauen, doch mehr als ein Soldat schüttelte traurig den Kopf. Sie kannten Markell am besten und wussten, dass Gier ihn nicht antrieb.

„Wenn das so wäre", warf Markell ein, „dann würde ich sie jetzt wohl nicht mehr heiraten wollen, wenn sie nichts als ihre Persönlichkeit zu bieten hat, oder?" Er wandte sich an Alice und trotz allem wurde seine Stimme sanfter. „Wenn sie mich nehmen würde, würde ich sie jetzt und hier in diesem Saal heiraten."

Alice spürte die Veränderung unter den Zuschauern. Sie begann mit scharrenden Füßen und Geflüster, das allmählich anschwoll, bis sie Worte hören konnte.

„… Liebe …" sagte eine Frau.

„… aus einer guten Familie …", sagte eine andere.

„… Überzeugung und Loyalität."

„Quellery ist ein Wendehals", sagte ein Mann laut genug, sodass alle ihn hören konnten.

Lord Quellery protestierte vehement. Lady Oxana stand in der Mitte der ersten Reihe, still wie eine Säule. Nur ihr blasser Hals bewegte sich, wenn sie schluckte. Auch sie hatte die Veränderung in der Atmosphäre gespürt und hatte Angst.

„Prinzessin Alice ist nicht so böse, wie die Königin sie darstellt." Markells Stimme erhob sich klar und deutlich über alle anderen. „Sie ist klug und stark, freundlich und gerecht. Wenn sie es nicht wäre, würde ich ihr jetzt nicht meine Liebe erklären. Ich wäre nicht bereit, mich an sie zu binden."

„Sei still!", brüllte die Königin. „Hör auf zu reden, du Verräter!"

Obwohl sie wütend wurde, ging das Gemurmel unter den Zuschauern weiter.

Alice wusste, was Markell tat und sie wusste, was sie als Nächstes zu tun hatte. Er ermutigte sie mit einem Nicken.

„Ich nehme deinen Heiratsantrag an, Markell", verkündete Alice. Ein distanzierter Teil von ihr wunderte sich über die absurde Theatralik, doch sie schob ihn beiseite. In diesem

Moment war Verlegenheit unangebracht. „Ich kenne ihn zwar erst wenige Tage, aber er hat sich mir gegenüber als loyal erwiesen, als freundlich und mutig. Er hat mich in allen Dingen angeleitet und ich habe mich so darauf gefreut, mehr über mein Land und sein Volk und über meine Eltern zu erfahren." Ihre Stimme brach und Tränen drohten. „Als ich Sir Markell das erste Mal begegnet bin, fürchtete ich mich vor ihm. Er hat mir erklärt, wer ich bin, was meine Situation, mein Geburtsrecht ist, und als ich ihn näher kennenlernte—"

„Bringt sie zum Schweigen!", verlangte die Königin.

„Meine Freunde hatten Angst, mich zu verlieren, und haben gegen Sir Markell und General Ironside gekämpft. Wunderlands beste Männer haben bewiesen, wie mutig sie sind, wie loyal ihrem Land und seinen Bewohnern gegenüber. Ich bin nicht als Prinzessin aufgewachsen. Ich wusste bis vor Kurzem nichts über Wunderland und hatte Angst vor dem, was mich hier erwartet. Aber Sir Markell hat mir den Übergang mit seinem Rat und seiner Geduld leicht gemacht. Ich muss erst noch viele Wunderländer kennenlernen, aber wenn sie alle so sind wie er, dann weiß ich, dass ich in guten Händen bin. Ich weiß, dass ich sie lieben werde, weil ich ihn liebe."

„Bringt sie zum Schweigen, Schweigen, *Schweigen*!", kreischte die Königin und hämmerte ihre Faust auf die Armlehne des Throns und ihren Fuß auf den Boden. „Lord Indrid, *tun* Sie etwas."

Indrid winkte den nächsten Soldaten heran. Der zögerte.

Alice erkannte ihre Chance und ergriff sie. „*Sie* wurden nicht vom Volk gewählt." Sie reckte ihr Kinn der Königin entgegen. „Also sollte es Ihnen auch nicht gestattet sein, Entscheidungen über das Volk zu fällen."

Die Königin versteifte sich. „Dein Vater wurde auch nicht gewählt, ebenso wenig wie dein Großvater. Du genauso wenig. Ich bin die Königin. *Das* gibt mir das Recht, Entscheidungen zu fällen."

„Das sehe ich anders. In England ist die Macht der Monarchin begrenzt. Sie regiert nicht uneingeschränkt."

„Was für ein dämliches Königreich." Die Königin schnaubte vor Lachen.

Alice blendete sie aus und lauschte auf das Geflüster, beobachtete die Gesichter im Saal, nicht nur der Adeligen, sondern auch der Soldaten. Die normalerweise stoischen Männer warfen sich Blicke zu. Zwei von ihnen steckten die Köpfe zusammen. Ihre Blicke fielen auf Markell.

Alice hatte die Zeit in Burg Quellery hauptsächlich damit verbracht, Markell und Lord Blaine die englische Monarchie und Regierung zu erklären. Sie waren interessiert gewesen und hatten sogar über Möglichkeiten diskutiert, ein ähnliches System in Wunderland aufzubauen. Sie hatten vorgeschlagen, die Änderungen langsam und unterschwellig durchzuführen, doch jetzt war keine Zeit für langsam und unterschwellig.

„Die vom Volk gewählten Amtsträger beschließen Gesetze, nachdem im Parlament darüber debattiert wurde", fuhr Alice fort. „Wenn ich Königin bin, werde ich Wunderland in eine konstitutionelle Monarchie führen und in ein System, in dem die Macht nicht in der Hand einer einzigen Person liegt, die nicht vom Volk gewählt wurde."

„*Wenn* du Königin wirst", höhnte die Königin. „Ha! Siehst du deine Fesseln nicht? Bist du blind, was deine Situation angeht? Mir scheint, ich muss sie dir buchstabieren. Ich befinde dich des Hochverrats schuldig. Als meine Nichte steht dir ein schnellerer, ehrwürdigerer Tod zu." Zum Publikum gewandt sagte sie: „Ich bin gnädig. Die Verräterin, die als Miss Alice bekannt ist, wird mit einem scharfen Schwert hingerichtet. Runter mit ihrem Kopf!" Sie lachte und beugte sich vor. „Aber erst wirst du zusehen, wie dein Geliebter qualvoll stirbt." Sie winkte einen Wachmann heran. „Bring Markell Ironside in den Hof und beginne mit der Bestrafung. Das Gerichtsverfahren ist beendet."

„Nein!" Alices Schrei erhob sich über alle anderen Stimmen. Sie flehte die beiden Soldaten an, die miteinander geredet hatten. „Lasst es nicht zu. Ihr habt die Macht, es zu stoppen." Sie sah der Reihe nach jedem der zehn Soldaten einen Moment lang in die Augen. „Ihr habt General Ironside respektiert. Ich weiß, dass es so ist."

„Der Verräter", sagte die Königin abfällig.

„Er war Wunderland gegenüber loyal, ein guter Mann."

„Er hat versucht, mich umzubringen! Seine Königin! Der General hat seinen Eid gebrochen. Er hat sein Ende verdient."

„General Ironside hat erkannt, dass sein Land unter Ihrer Regierung leidet." Alices Stimme klang nicht wie ihre eigene. Sie war stählern und voll kalter Wut. Sie hasste die Frau, die auf dem Thron saß. Hasste sie für das, was sie ihren Eltern angetan hatte, hasste sie dafür, dass sie ihr die Kindheit geraubt hatte, hasste sie für den Schmerz, den sie Markell mit der Ermordung seines Vaters zugefügt hatte. Alice konnte ihren Ärger nicht mehr zurückhalten. Sie hatte genug und würde ihren Teil sagen, auch wenn sie dabei starb. „Der General ist für Wunderland gestorben. Er war dem Volk gegenüber loyal. Er sollte dafür gefeiert werden, dass er uns half, Ihnen zu entkommen. Wenn ich Königin bin, werde ich dafür sorgen, dass er gebührend für sein Opfer gewürdigt wird."

„Wenn, wenn, wenn! Du nimmst schon wieder Dinge an." Die Königin lachte, aber es war ein nervöses Lachen, das schnell erstarb, als sie die Soldaten ihre Schwerter ziehen sah. „Wachen! Wachen!"

Zwei Wachmänner eilten zu ihr und hielten jeden anderen davon ab, ihr zu nahe zu kommen. Ein weiterer öffnete die Türen und die adeligen Zuschauer strömten hinaus. Die anderen Wachen beäugten die Soldaten, die dem Namen Ironside ergebener waren, als die Königin vermutet hatte. Diesmal waren die Soldaten Gott sei Dank bewaffnet, aber sie waren zwei zu eins in der Unterzahl. Außerdem hatte die Königin irgendwo draußen Quellerys Armee zur Verfügung. Beide Armeen hatten keine Ahnung davon, was sich im Audienzsaal abgespielt hatte. Sobald es ihnen klar wurde, lagen die Dinge anders. Leben standen auf dem Spiel. Panik würde ausbrechen. Es würde ein Gemetzel geben. Sie mussten es jetzt aufhalten.

Markell spürte es auch. Er war auf den Beinen, noch immer gefesselt, aber er sah nicht mehr besiegt aus, sondern lebendig. So unfassbar lebendig und schön und Herr der Lage. „Männer! Die Zeit ist gekommen! Steht ihr zu mir?"

Die Soldaten hoben wie ein einziger Mann ihre Schwerter. „Ja!"

„Nehmt die Königin gefangen!"

Die Soldaten griffen die Wachen mit ohrenbetäubendem Schwertklirren an. Einer der Soldaten fuhr mit seiner Klinge durch die Seile, die Markells Hände fesselten, doch ein Wachmann ging auf ihn los.

Alles in Alice schrie vor Angst.

Markell tauchte zur Seite weg und rollte sich unter der niedersausenden Klinge des Wachmanns durch. Dann trat er ihm gegen das Schienbein. Der Wachmann verlor das Gleichgewicht und der Soldat durchbohrte ihn mit seiner Waffe. Blitzschnell durchschnitt er die Fesseln an Markells Beinen.

Markell sprang auf und packte das Schwert des gefallenen Wachmanns. Er wehrte zwei weitere ab. Sein Schwert blitzte im Sonnenlicht, das durch die Fenster fiel. Er war großartig, ein hervorragender Schwertkämpfer. Doch Alice konnte er nicht rechtzeitig erreichen.

Sie sah den Wachmann auf sich zukommen, doch mit gefesselten Händen und Füßen konnte sie nicht fliehen. Aus Angst, Markell abzulenken, wagte sie auch nicht, um Hilfe zu schreien. Er musste sich auf seine beiden Angreifer konzentrieren. Der Wachmann rempelte sie so heftig an, dass ihr die Luft wegblieb. Dann packte er sie, warf sie sich über die Schulter und trug sie zur Rückseite des Audienzsaals zu dem Geheimgang, der aus der Burg führte. Die Königin wurde vor ihnen von einem weiteren Wachmann vorwärts gedrängt. Sobald sie im Gang waren und die anderen Wachen den Eingang blockierten, würde es unmöglich sein, ihnen zu folgen.

Alice schaute zu Markell. Als würde er sie spüren, wandte er den Blick vom Kampf ab und übersah den auf ihn gerichteten Hieb. Die Klinge traf ihn und er stolperte zurück. Blut quoll aus der Wunde an seiner Seite.

KAPITEL 14

SETH

Das Kaninchen war auffälliger, als es Seth recht war. Gus und David führten Sir Uther zwischen sich, Seth ging voraus. So sah es aus, als würden sie einen Gefangenen abführen. In ihren blendend weißen Uniformen passierten sie die Handvoll Wachen mit Leichtigkeit, die in Fluren und vor Türen Dienst schoben. Die Zimmer der Burg waren alle miteinander verbunden. Jede Tür führte in einen weiteren Raum, die alle mit stämmigen Stühlen und Wandteppichen ausgestattet waren, jedoch nicht mit Vorhängen, sondern nur Fensterläden. Jedes Zimmer wurde privater—ein formeller Salon, gefolgt von einem Musikzimmer, einem kleinen Wohnzimmer, einem noch kleineren Vorzimmer und schließlich vom Schlafzimmer der Königin. Zwei Männer bewachten die Tür.

Gus und Seth marschierten auf sie zu und schlugen sie nieder, ehe sie eine Chance hatten zu begreifen, dass keine Kameraden vor ihnen standen. Seth fing den einen auf, doch der andere krachte auf den Boden.

„Warum hast du ihn nicht abgefangen?", flüsterte David.

„Dachte nich, dass er 'ne weiche Landung verdient hat", sagte Gus.

Seth legte die Hand auf die Türklinke, doch Sir Uther hielt ihn mit seiner Pfote zurück. „Sie werden Sie von ihrer Position aus sehen", sagte er.

Seth nickte ihm dankbar zu und öffnete die Tür nur einen Spalt breit, um hindurch zu spähen. Das Schlafzimmer war so groß wie Lichfields Salon und enthielt einige Hindernisse in Form von soliden Möbelstücken und vier Wachen neben dem Ankleidezimmer am anderen Ende. Er schloss die Tür.

„Zwei stehen links, zwei rechts, alle bewaffnet", sagte er. „Die Schwerter stecken in Scheiden an der linken Hüfte."

„Das bedeutet, sie sind Rechtshänder", erklärte Gus David.

„Das weiß ich", sagte David. „Ich habe Bücher über militärische Schlachten gelesen."

„Dann bist du ja Experte."

David warf ihm einen vernichtenden Blick zu.

„Gus, du übernimmst die beiden rechten, ich die linken", sagte Seth.

David nagte an seiner Lippe. „Ich sollte helfen."

Sir Uther hob die Pfoten. „Ich bin nicht bewaffnet."

„Und du bist 'n Feigling", fügte Gus hinzu. „Mit empfindlichen Ohren."

„Du kannst im Hintergrund bleiben", sagte Seth zu David. Der Mann besaß kein Training und keine Neigung zum Kampf. Als sie von den Wachen im Wald angegriffen worden waren, war er erstarrt. Abgesehen davon wollte Seth Evas Gesicht nicht sehen, sollte ihr Bruder verletzt werden. „Komm uns nicht in die Quere. Gus und ich kommen jeder mit zweien klar."

Gus sah ihm in die Augen. Sie wussten beide, dass sie zwei durchschnittliche Schwertkämpfer ausschalten konnten, aber Seth bezweifelte, dass die Wachen durchschnittlich waren. Ihre wichtigste Waffe war das Überraschungsmoment. Es würde ihnen wertvolle Sekunden verschaffen, in denen sie zuschlagen konnten, ehe die Wachen begriffen, dass sie hinters Licht geführt wurden.

„Sir Uther, Sie halten sich versteckt", sagte er.

Die Nase des Kaninchens zuckte und er verschwand schnell im Schatten.

„Das solltest du auch tun", sagte Seth zu David.

David packte seinen Schwertgriff mit beiden Händen und einen Moment lang dachte Seth, er würde sich freiwillig zum

Kampf melden. Doch dann nickte er nur und gesellte sich zu dem Kaninchen.

Seth packte Gus' Schulter. Gus nickte. Es war sinnlos, noch weitere Worte zu verlieren. Sie waren bereits in solchen Situationen gewesen, Dutzende Male. Nach einer Weile wurden Worte bedeutungslos. Jetzt waren Taten gefragt—und höchste Konzentration. Er öffnete die Tür und ging hinein. Die vier Wachmänner spannten sich an, erkannten dann jedoch die Uniformen und entspannten sich wieder. Alle außer einem.

„Ich kenne euch nicht", sagte er.

„Wir sind neu", sagte Seth und marschierte mit Gus an der Seite quer durch das Schlafzimmer. „Wir sind uns noch nicht begegnet."

Einer der anderen Wachmänner zog sein Schwert. „Wir wären einander vorgestellt worden."

„Wir stellen uns jetzt vor."

„Es sind die Gefangenen!", sagte ein anderer. „Ich erkenne—"

Seth zog sein Schwert und griff an, doch der Wachmann, der seine Klinge schon parat hatte, wehrte ihn ab. Gus rammte ihm sein Schwert in den Oberschenkel.

Einer weniger.

Zwei gegen drei war ausgeglichener, aber die Wachen waren geübt. Außerdem waren es große Männer, deren Knochen zermalmenden Hiebe durch Seths Arm vibrierten. Er tänzelte in ihre Reichweite und wieder heraus, wich den kräftigen Hieben aus und wehrte sie nur ab, wenn es gar nicht anders ging, um seine Verletzung zu schonen. Er hatte den Schnitt für nicht sonderlich tief gehalten, doch jeder Schlag fühlte sich an, als würde ihm ein glühendes Eisen in die Wunde gejagt.

Er kämpfte mit zweien, während Gus einen hatte. Gus war der bessere Messerkämpfer, aber Seth der bessere Schwertkämpfer. Gus' Technik bestand aus grobem Hacken, während Seth seine Füße genauso viel benutzte wie sein Schwert. Das hatte er vermutlich seinen Faustkämpfen und seinen Fechtstunden als Jugendlicher zu verdanken.

Allerdings waren diese Männer gut. Sie trugen ihre Schwerter ständig bei sich und trainierten täglich. Zu Hause waren Spielereien mit dem Schwert von wenig Nutzen. Seth wünschte, er hätte mehr mit Lincoln geübt.

Gus stöhnte, doch Seth wagte nicht zu schauen, ob sein Freund getroffen war. Er konnte es sich nicht leisten, seinen Blick von seinen beiden Gegnern abzuwenden. Schweißtropfen bildeten sich auf seiner Stirn und rannen ihm den Rücken hinab. Seine Schulter brannte dank der hämmernden Hiebe und seine Verletzung fühlte sich an, als würde sie in Flammen stehen.

Trotzdem schlug er hart und schnell zu und nutzte alles, was er zur Verfügung hatte. Er musste gewinnen. Er musste dieses Zauberbuch bekommen und Eva nach Hause bringen. Zwischen ihnen bestand etwas Reales, etwas Wertvolles, was sich zu erforschen lohnte. Er konnte sie der Königin nicht ausliefern. Er konnte sie hier nicht sterben lassen.

Mit den Beinen stieß er gegen das Bett hinter sich. Er brüllte frustriert und schlitzte einem Wachmann die Wange auf. Blut quoll aus der klaffenden Wunde und der Wachmann hielt inne. Seth wollte die Gelegenheit ausnutzen, doch der andere wehrte ihn ab.

Beide Männer gingen auf ihn los und das Bett hinter ihm blockierte seinen Fluchtweg.

Er schlüpfte nach rechts, tauchte und rollte sich ab. Beide Wachen stürzten sich auf ihn, sodass er nicht aufstehen konnte. Einem rammte er das Schwert in den Magen, konnte es aber nicht wieder befreien. Der Mann stürzte und riss Seth dabei das Schwert aus der Hand.

Der zweite Wachmann packte seine Waffe mit beiden Händen, hob sie und stach mit einem durchdringenden Kampfschrei zu.

Seth rollte sich zur Seite und sprang auf die Füße. Es kostete ihn wertvolle Sekunden, in denen der Wachmann umgreifen und zustechen konnte. Allerdings verfehlte er und fiel auf die Knie, beide Hände an die Kehle gelegt, um das Blut aufzuhalten, das dort herausströmte.

David stand mit dem Schwert in der Hand über ihm und sah zu, wie sein erstes Opfer starb.

Seth hatte keine Zeit für Mitgefühl. Gus stand in eine Ecke gedrängt und hackte und säbelte mit zwar kraftvollen, aber wilden Hieben. Die Wache konnte ihnen ausweichen und es würde nicht mehr lange dauern, bis Gus bei der Technik die Kraft ausging. Seth holte aus und fällte den Wachmann.

Gus wischte sich mit dem Handrücken die Stirn ab. Sie warfen sich grimmige Blicke zu. Mehr Dank brauchte Seth nicht. „Lass uns das Buch finden", sagte Gus.

Seth folgte ihm zum Ankleidezimmer. Es entpuppte sich als Raum, der ebenso groß war wie das Schlafzimmer mit zwei Sofas, einem langen Tisch, einem Schminktisch, Stühlen und mehreren Truhen. Da es keine Fenster gab, mussten sie eins von Gus' Streichhölzern benutzen, um die beiden Fackeln neben der Tür anzuzünden.

Alle drei durchsuchten den Raum. Bald kam auch Sir Uther dazu. Niemand sprach, während sie durch die Kleidung in den Truhen wühlten.

„Es ist nicht hier", sagte das Kaninchen, als sie die letzte Truhe geleert hatten. „Bei den Göttern, wo ist es?"

Seth sah sich im Raum um. Wenn er ein wertvolles Objekt besäße, würde er es nicht an offensichtlicher Stelle verstecken. Wenn er ein Zauberbuch hätte, würde er es vermutlich in die Bibliothek stellen, aber weder im Schlafzimmer noch im Ankleidezimmer der Königin befanden sich Bücher. Also wo dann? Er ging im Zimmer auf und ab, halb in Gedanken, halb, um nach Verstecken zu suchen.

Eine der Bodenfliesen bewegte sich. Sie war locker, der Mörtel in den Fugen brüchig. Er ging auf die Knie und drückte mit den Fingern auf eine Ecke. Sie kippte.

Gus half ihm, die schwere Steinfliese hochzuheben. Seth steckte seine Hand in das dunkle Loch darunter. Seine Finger schlossen sich um ein kleines Buch.

Er zog es heraus und reichte es Sir Uther. „Ist es das?"

Das Kaninchen blätterte es durch. Mittendrin stoppte es und zeigte Seth die Seite. „Wenn dieser Spruch über einem Objekt ausgesprochen wird, verwandelt es sich in ein Portal. Ich empfehle eine Uhr. Damit hat es für uns in der Vergangenheit gut funktioniert."

Seth nahm das Buch und steckte es unter den Arm. Er würde es nicht aus den Augen lassen.

„Geht es dir gut?", fragte er David, während sie zurückgingen.

David nickte. Ein Blutspritzer bedeckte seine Stirn. Seth beschloss, es ihm nicht zu sagen. Je weniger David über das nachdachte, was er getan hatte, desto geringer die Gefahr, dass er zusammenklappte. Seth brauchte ihn aufmerksam und tüchtig. Die Sache war noch nicht ausgestanden.

Von irgendwo in der Ferne drangen Stimmen zu ihnen, doch er konnte die Worte nicht verstehen.

„Der Audienzsaal", sagte das Kaninchen schwermütig.

Gus fluchte. „Wir müssen Alice holen."

„Ich gehe zu Eva", sagte Seth nur.

Gus musste die Verzweiflung in Seths Stimme gehört haben, denn er widersprach nicht.

„Du gehst." Seth reichte Sir Uther das Buch. „Öffne ein Portal und hole Alice und Markell da raus."

Das Kaninchen drückte das Buch an seine Brust. „Ich bleibe bei euch. Ohne Schutz kann ich nicht da reingehen."

Sie fanden Eva dort, wo sie sie zurückgelassen hatten, umgeben von den anderen menschenähnlichen Kreaturen. Alle standen um sie herum oder saßen auf dem Boden und schauten auf, als Seth und die anderen eintrafen.

„Was ist los?", fragte er. Eva saß an die Wand gelehnt. Sie hatte die Augen geschlossen und ihr Gesicht war aschfahl. *Gott, nein.* Panik krachte in seine Brust. Er kniete sich neben sie und umfasste ihre viel zu blassen Wangen mit beiden Händen. „Eva!"

Sie öffnete die Augen. „Seth", sagte sie schwer atmend. „Hilf mir auf. Wir müssen gehen."

„Du hattest eine Vision, nicht wahr?", fragte David, der ihre Hand nahm, während Seth sie hochhob.

Sie nickte. „Eine starke."

„Deine Visionen schwächen dich?", fragte Seth.

„Nur wenn sie sehr stark sind. So wie diese." Sie holte Luft, als müsse sie sich beruhigen. „Wir müssen in den Tunnel, der vom Audienzsaal wegführt."

„Warum?", fragte Sir Uther.

„Es ist der beste Weg hinein. Wir müssen uns bewaffnen und vorbereiten."

Seth wollte sie wieder absetzen. „Hier bist du sicherer."

„Nein. Ich komme mit. Ich kann laufen. Wir sollten alle gehen."

Er nahm ihre Hand und sie folgten gemeinsam dem Esel und der Ziege aus dem Kerker, durch die Tiefen der Burg bis zu einem Ausgang, der in den Innenhof führte. Mehrere königliche Soldaten in Rot standen dort und warteten auf Befehle. Sie beobachteten die Prozession von drei weiß gekleideten Wachen, die die Tiere und eine Frau zwischen sich führten.

„Von der Gerichtsverhandlung", erklärte Seth ihnen.

Unbehelligt gelangten sie über den Hof zur Rückseite des Schlosses, wo die Ställe und andere Gebäude in einem unordentlichen Haufen zusammengedrängt waren. Der Esel blieb vor einem großen Holztor stehen, das von Dienern und Lieferkarren genutzt wurde.

„Auf der anderen Seite werden Wachen sein", flüsterte er.

„Wie viele?", fragte Seth.

„Zwei."

Gus tippte Seth auf die Schulter. Er zeigte auf eine Leiter, über die man oben auf die Mauer gelangte. „Geht nicht allzu weit runter. Was meinste?"

„Ich meine, es ist unsere beste Option."

Zu hoch war es nicht, aber sie mussten ordentlich landen, um sich nicht zu verletzen. Zum Glück war Seth schon aus vielen Fenstern gesprungen, manchmal verfolgt von einem Bösewicht oder einem eifersüchtigen Ehemann oder wütenden Vater.

Er zwinkerte Eva zu und bekam eine Rötung ihrer Wangen zur Belohnung. Gut. Sie war zu blass gewesen. Er stieg vor Gus die Leiter hinauf und hielt inne, als er oben angekommen war.

Zur Hölle. Quellerys Armee lagerte am Fuß des Hügels, auf dem die Burg stand. Wie die königliche Armee hatte sie keine Ahnung, was sich in der Burg abspielte, und wartete einfach auf Quellerys Befehle.

Gus tippte gegen Seths Fuß.

Seth stieg ganz hinauf, hockte sich aber hin, als er oben war.

Er stand nicht auf. Er wollte nicht, dass die grün gekleidete Armee ihn sah.

Gus kam dazu und zischte durch die Zähne. Keiner von beiden sprach, während er erst einen Finger, dann zwei, dann drei hochhielt. Sie sprangen gemeinsam, jeder auf einen Mann. Die Wachen starben schweigend mit gebrochenem Genick.

Seth schloss das Tor auf und legte einen Finger auf die Lippen. Er zeigte den Hügel hinab. „Quellerys Armee."

Die Ziege fluchte. „Der Eingang zum Tunnel ist dort unten."

„Wir sind nur drei Wachleute, die Gefangene abführen wie befohlen", erinnerte Seth die anderen.

Sie marschierten den Hügel hinunter, die Tiere vorneweg. Gus und Seth hielten jetzt jeder zwei Schwerter und benutzten sie, um ihre sogenannten Gefangenen vorwärts zu treiben.

„Seth, der General kennt uns." Gus nickte in Richtung des Anführers, der sich aus der Gruppe löste.

„Ruhig bleiben", flüsterte Seth. Sie waren noch einige Meter entfernt, als Seth den General ansprach. „Wir bringen diese Gefangenen in den Kerker." Er deutete auf die Tür des Tunnels in der Nähe.

Der General nickte nicht. Er sagte auch nichts. Seine Männer und er starrten nur die Tiere an, die auf zwei Beinen liefen. Die Gesichter der Wachen beachteten sie nicht. Sie konnten Gott danken, dass Menschen von Kuriositäten so fasziniert waren. Anscheinend waren Wunderländer da nicht anders als jeder andere auch.

Sie betraten den Tunnel. Die einzigen Schritte, die Seth hörte, waren ihre eigenen. „Die Hand auf die Schulter der Person vor euch", sagte er, während die Dunkelheit sie verschluckte.

„Oder Pfote", fügte Gus hinzu. „Oder Huf."

„Weißt du, was uns erwartet?", fragte Seth und drückte sacht Evas Schulter.

„Wir kommen unbehelligt bis ans Ende", sagte sie.

„Und dann?"

„Und dann werdet ihr eure Schwerter brauchen. Das ist alles, was ich weiß, Seth. Es tut mir leid."

„Du hast uns den Weg hinein gezeigt. Das ist mehr als genug."

Sie berührte seine Hand und strich mit dem Daumen an seinem entlang. Dann ließ sie los.

Je näher sie dem Audienzsaal kamen, desto lauter wurden die Stimmen und das ominöse Klirren von Waffen.

Seth gab Eva eins seiner Schwerter. „Bleib hier. David?"

„Ich werde sie beschützen." Davids Stimme bebte. Seth konnte gerade so seinen Umriss erkennen, das Schwert erhoben, um auf alles einzuschlagen, was durch die Tür kam. Seth schob sich an ihm vorbei und öffnete die Tür, doch Gus stürmte mit beiden Schwertern fuchtelnd als Erster hinaus. Beinahe hätte er einen Wachmann umgerannt. Er schaltete ihn aus, während Seth den anderen erledigte. Die Königin kreischte.

Hinter ihr hievte ein weiterer Wachmann eine gefesselte Alice von seiner Schulter und schubste sie zu Seth. Er fing sie auf, verlor aber das Gleichgewicht. Wäre Gus nicht hinter ihm gewesen, um ihn zu stützen, wäre er zu Boden gegangen und leicht angreifbar gewesen. Seth setzte Alice ab und blockierte den Hieb der Wache wenige Zentimeter vor seiner Nase.

Das war knapp gewesen. Zu knapp. „Ich mag meine Nase da, wo sie ist, danke schön", sagte er und stieß nach dem Wachmann. Er täuschte erst links, dann rechts an und attackierte ihn schließlich genau in der Mitte.

Der Wachmann ließ seine Waffe fallen und griff nach der blutenden Wunde.

Gus musste Alices Fesseln durchtrennt haben, denn sie war plötzlich frei, packte das Schwert des Gefallenen und hastete in den Kampf. Die weiß gekleideten Wachen kämpften mit roten Soldaten. Irgendwie hatte die königliche Armee die Seiten gewechselt. Es war der beste Anblick des Tages. Allerdings waren sie in der Unterzahl, doch das würde sich ändern, wenn sich ihnen der Rest der königlichen Armee anschloss. Solange Quellerys Armee nicht auch noch eintraf.

„Warte!" Seth erwischte Alices Arm, ehe sie sich in Gefahr bringen konnte.

„Markell!", weinte sie und versuchte, sich loszureißen. „Er ist verletzt."

Seth folgte ihrem Blick zu Markell, der blutend am Boden lag. Er wich der Klinge eines Wachmanns aus, indem er wegrollte.

Ein weiterer, der den Wert des Preises dort am Boden erkannte, kam seinem Kameraden zur Hilfe. Markell saß zwischen ihnen in der Falle.

Alice schrie.

Seth sprintete los, doch er wusste, dass er mit einem Schwerthieb nicht beide Männer niederstrecken konnte. Bis er mit einem fertig war, würde der andere Markell mit seiner Klinge durchbohrt haben. Seth musste sie beide auf einmal erwischen.

Er warf sich auf den Wachmann, der ihm am nächsten stand, und nutzte ihren gemeinsamen Schwung, um den zweiten ebenfalls umzuwerfen. Alle drei gingen in einem Gewühl von Armen, Beinen und Schwertern zu Boden, aber wenigstens war Seth ganz oben.

Gus packte ihn und zog ihn aus der Gefahrenzone. Bevor auch nur eine der Wachen aufstehen konnte, schaltete Gus sie mit kräftigen, tödlichen Schwerthieben aus.

Alice rannte zu Markell und half ihm auf die Füße. Der Mann blutete aus einer Wunde an seiner Seite, doch er lebte.

„Es ist vorbei!", rief er. „Wachen, legte eure Waffen nieder! Die königliche Armee ist gegen euch. Das Volk ist gegen euch! Ergebt euch jetzt und—"

„Nein!", brüllte die Königin aus dem Eingang des Tunnels. Sie hielt das Zauberbuch in der Hand. Neben ihr traten Lady Oxana und Lord Quellery zurück, während ihre grüngekleidete Armee aus dem Tunnel strömte. Am Kopf der Reihe gingen Eva und David mit erhobenen Händen. Die Tiere folgten. Schwerter drückten sich gegen ihre Rücken.

„Eva!" Seth hastete vorwärts, doch Lady Oxana packte Eva an den Haaren und hielt ihr ein Messer an die Kehle.

Sie lächelte Seth mit einem hässlich verzogenen Grinsen an. „Möchtest du deine Frau retten?", fragte sie. „Komm und versuche es. Lass mal sehen, ob du es kannst."

Er würde nicht schnell genug sein. Sein Blick hielt Evas gefangen. Obwohl seine Augen brannten, schaute er nicht weg, blinzelte nicht. Er brauchte diese Verbindung zwischen ihnen und er vermutete, dass sie die ebenso brauchte. *Sei stark, meine Liebe.* Er wusste nicht, ob ihre seherischen Fähigkeiten seine Gedanken auffangen konnten, aber in seinem Kopf sprach er die

Worte wieder und wieder, für alle Fälle. Sie schenkte ihm ein schwaches Lächeln, also verstand sie ihn vielleicht.

Einige wenige übrig gebliebene Wachen und die grüne Armee trieben die roten Soldaten zusammen. Während sie das taten, strömten weitere rote Soldaten durch die Doppeltüren des Haupteingangs. Sie blieben wie angewurzelt stehen und versuchten, die Situation zu erfassen.

„Deine Armee ist gegen dich!", sagte Alice zu der Königin. „Gib auf und du wirst gnädig behandelt werden.

„Quellerys Armee ist gut ausgebildet", sagte die Königin. „Und wir haben deine Freunde. Legt die Waffen nieder, oder dieses Mädchen stirbt zuerst."

Seth gefror das Blut in den Adern. Es konnte hier nicht enden. Eva hatte ihm gesagt, dass sie überleben und heiraten würden.

Was, wenn sie sich irrte?

„Es gibt einen Weg, wie wir das hier zu unseren Gunsten wenden können", murmelte Markell.

„Quellery töten", sagte Gus.

Er hatte Recht. Quellerys Soldaten würden nicht für einen Toten kämpfen. Sie waren Söldner und wenn die Person, die sie bezahlte, nicht mehr da war, würden sie nicht mehr kämpfen wollen.

„Ich dachte an die Königin", sagte Markell.

„Erst Oxana", sagte Seth. Er traute ihr durchaus zu, dass sie Eva aus purer Rachsucht tötete, selbst wenn alles verloren war.

Allerdings war er zu weit weg, um etwas auszurichten. Markell, Gus und die roten Soldaten waren ebenfalls zu weit weg. Niemand konnte die Person erreichen und retten, die Seth auf dieser Welt am meisten liebte, ehe dieses Messer ihr die Halsschlagader aufschlitzen würde.

Eva formte die Worte *Ich liebe dich auch* mit ihren Lippen.

Sie hatte seine Gedanken gehört! Er hatte mit ihr kommuniziert, ohne ein Wort zu sagen. Seine Augen brannten wieder, wurden aber auch feucht. Es war ihm egal. Bis die überwältigende Verblüffung über ihre Fähigkeiten verblasste und sein Denkvermögen wieder einsetzte, dauerte es einen Moment.

Lass dich fallen, sagte er in seinem Kopf. *Lass dich fallen wie ein Stein. Sie hält dich nicht fest; du kommst frei.*

Eva gab kein Anzeichen, dass sie ihn gehört hatte. Sekunden verstrichen. Die Königin befahl der grünen Armee vorzurücken, doch von ihr nahmen sie keine Befehle an. Sie warteten auf Quellery.

Quellery zögerte. Seth sah den Augenblick, in dem er begriff, dass er das Königreich an sich reißen konnte. Die grüne Armee gehörte ihm. Die roten Soldaten würden besiegt werden, die Königin und Alice konnte er beide vertreiben.

Quellerys Augen leuchteten auf. Er straffte die Schultern, wandte sich zur Königin um und stieß ihr ein Messer in die Brust, das er in seinem Ärmel verborgen gehabt haben musste.

In diesem Moment ließ Eva sich zu Boden fallen, rollte zur Seite und trat Lady Oxana in einer perfekt abgestimmten, fließenden Bewegung die Beine weg. Seth hätte nie an ihr zweifeln sollen. Sie war immerhin Lincolns Schwester.

„Angriff!", brüllte Markell.

„Angriff!", sagte Lord Quellery und riss der toten Königin das Zauberbuch aus den Händen. Er blätterte die Seiten durch.

Markell fluchte. „Lasst ihn keine Zaubersprüche aufsagen! Da stehen welche, die uns alle zerstören können!"

Eva krabbelte auf Quellery zu, doch Lady Oxana packte ihren Fuß. Eva trat um sich und traf Oxanas Gesicht. Die stach mit dem Messer zu.

Seth verlor die beiden aus dem Blick, als die Armeen um ihn herum aufeinandertrafen. Er kämpfte sich blindlings um sich hackend zu ihnen durch. Am Rande nahm er Gus wahr, der neben ihm vorwärts drängte und einen Weg zu Eva frei schlug.

„Lass meine Schwester in Ruhe!" Davids Stimme erhob sich über den Kampflärm.

Seth kämpfte sich weiter. Er war mit Blut bedeckt, einiges davon sein eigenes. Er scherte sich nicht darum. Alles, was zählte, war Eva.

Endlich war der Weg frei und er sah Eva und David, die einander fest umklammert hielten. Lady Oxana lag tot zu ihren Füßen, ihre Kehle durchschnitten. Von Davids Messer tropfte Blut. Seth atmete wieder.

„Seth!", brüllte Gus.

Seth drehte sich um und sah Quellery aus dem Buch lesen, abgeschirmt von einer Mauer aus Soldaten. Sie mussten ihn aufhalten, ehe er den Zauberspruch vollendete. Das musste er Gus nicht sagen. Sie brauchten überhaupt nicht miteinander zu reden, sondern griffen einfach die fünf Männer an und kämpften mit all ihren letzten Kräften.

Seth schaltete einen aus. Trotzdem waren die Soldaten in der Überzahl. Quellerys Stimme dröhnte und dröhnte und dröhnte.

Gus fiel auf ein Knie, wodurch seine beiden Gegner im Vorteil waren. Seth musste zu ihm gelangen. Er konnte seinen Freund, den Mann, den er als Bruder betrachtete, genauso wenig hier sterben lassen wie Eva.

Seth brüllte vor Wut, Frustration und Schmerz. Es strömte aus ihm heraus und entfachte ein Feuer in ihm. Er erschlug einen weiteren Soldaten, sah jedoch aus dem Augenwinkel, wie eine Klinge durch die Luft genau auf Gus' Kopf niedersauste.

„Nein!", schrie Seth.

Die Klinge wurde abgefangen. Markell stürzte in Seths Blickfeld, sein Gesicht ein Bild purer Entschlossenheit. Gus kam schnell wieder auf die Beine und zu dritt erledigten sie die verbliebenen Soldaten.

Dann rammte Markell seine Klinge in Quellerys Bauch.

Quellerys Augen traten hervor. Er schaute auf das Schwert, das Markell herauszog. Blut strömte aus der Wunde. Quellery versuchte, es mit einer Hand aufzuhalten, doch es war sinnlos. Er ließ das Buch fallen und benutzte auch die zweite Hand, doch das Blut hörte noch immer nicht auf zu fließen.

Er plumpste auf die Knie und kippte mit einem gurgelnden Stöhnen nach vorn. Der Boden schien bei dem Aufschlag zu beben.

„Genug!", rief Markell den Soldaten aus beiden Armeen zu. „Quellery ist tot! Die Königin ist tot! Hört auf zu kämpfen."

Einige hielten inne, andere machten jedoch in ihrem Blutrausch weiter.

„Ihr seid alle Wunderländer!", schrie Alice. „Das ist sinnlos. Bekämpft euch nicht gegenseitig. Es ist vorbei. Jeder, der weitermacht, erhält keine Bezahlung."

Der Rest der Soldaten, sowohl die roten als auch die grünen, senkten ihre Waffen. Einer von Quellerys Soldaten bestätigte, dass Quellery tot war. Es war das Signal für die gesamte Söldnerarmee, ihre Waffen niederzulegen.

Seth ließ sein Schwert fallen. Eva rannte mit tränenüberströmtem Gesicht auf ihn zu. Er fing sie auf, hob sie hoch und vergrub sein Gesicht in ihrer Halsbeuge.

Sie hielten sich eng umklammert. Ihre heftig hämmernden Herzen sprachen mehr als tausend Worte. Als er sich genug von seinem Schock erholt und seine Angst sich gelegt hatte, setzte er sie ab und sah sie an. Dann küsste er sie. Gründlich, hingebungsvoll und gewillt, ihr jedes Stück von sich selbst zu schenken. Es war weit mehr, als er jemals jemandem gegeben hatte, doch es kümmerte ihn nicht. Sein Herz war bei Eva sicher. Das wusste er ganz tief in seinem Innersten.

Sie hielt seinen Hinterkopf und erwiderte den Kuss, als wäre sie völlig ausgehungert. Es war alles, was er wollte, mehr als er verdiente, aber er würde es annehmen und für immer bewahren.

Von irgendwo weit weg drang ein Räuspern in sein Bewusstsein. Es verwandelte sich in Husten und schließlich traf eine Faust seine Schulter.

„Heb dir das für später auf", sagte Gus an Seths Ohr. „Ihr Bruder wird sauer."

David sah sie mit gerunzelter Stirn an, die Arme verschränkt, wirkte jedoch nicht wütend. Seth nahm Evas Hand und ging auf David zu. Er wollte ihm erst die Hand geben, umarmte ihn dann aber stattdessen. Es fühlte sich richtig an.

„Du hast sie gerettet", murmelte Seth in Davids Ohr. „Du hast ihr das Leben gerettet."

„*Du* hast unser aller Leben gerettet." David machte sich los und tätschelte verlegen Seths Arme. „Ich schätze, du willst sie jetzt heiraten."

„Wenn sie mich will."

„Ich glaube nicht, dass es in der Hinsicht irgendwelche Zweifel gibt."

Eva lächelte und schmiegte sich an Seths Seite, die Arme um ihn gelegt. Er küsste ihren Scheitel.

„Wie seid ihr aus dem Kerker entkommen?", fragte Markell.

„Lincoln hat uns geholfen", sagte Gus.

„Er ist hier?", fragte Alice und sah sich um.

Seth fischte die Metallstäbe aus seiner Tasche. „Er hat Eva die hier mitgegeben."

Alices Augenbrauen hoben sich. „Sein zweites Gesicht hat ihm gesagt, ihr die zu geben?"

„Wahrscheinlich Leisls, aber es war ganz sicher seine Idee, sie ihr zusammen mit der Karbolsäure mitzugeben."

„Wo wir gerade davon sprechen." Eva griff in die tiefe Tasche ihres Kleides und reichte Alice die verbleibenden Phiolen. „Nimm sie und behandle Markells Wunden damit, nachdem sie gesäubert wurden. Ich habe nicht genug für alle." Sie schaute sich nach den Toten und Verletzten um und schluckte. „Es tut mir leid."

Seth strich ihr über den Rücken. Es musste schwer für sie sein, so ein Gemetzel zu sehen und nicht helfen zu können.

„Alice könnte mit uns zurückkommen", sagte Gus und blinzelte schnell. „Sie und Markell können ins Krankenhaus gehen, seine Wunden versorgen lassen und dann friedlich in London wohnen."

Alice küsste ihn auf die Wange. „Das ist ein netter Gedanken, aber nichts für uns. Unser gemeinsames Zuhause ist hier." Sie reichte Markell das Zauberbuch. Er nahm es, doch sie ließ nicht los. Sein Brustkorb hob sich mit einem tiefen Atemzug, dann zog er sie in seine Arme und küsste sie vor allen Anwesenden.

Einige der roten Soldaten jubelten und stimmten ein „Lang lebe Königin Alice!" an. Zustimmung brandete auf. Einige Adelige, die an der Tür standen, wiederholten den Ruf.

„Ich glaube, du bist eine Weile sicher", sagte Seth zu ihr. „Aber es wird nicht leicht."

„Das ist Veränderung nie", sagte sie. „Ich möchte eine konstitutionelle Monarchie errichten."

Sir Uther trat vor und räusperte sich. „Entschuldigung, Eure Majestät." Er verbeugte sich. „Darf ich das Zauberbuch haben? Meine Freunde und ich würden uns gern von Ihren Freunden in unserer wahren Gestalt verabschieden, nicht in dieser albernen Verzauberung."

„Ihr seht nich allzu albern aus", sagte Gus. „Also, *du* schon mit den langen Ohren und der zuckenden Nase, aber die anderen sind feine Tiere."

Das Kaninchen verdrehte die Augen. „Warte nur, Sir. Wenn ich meine normale Gestalt wiederhabe, wirst du dich vor Angst zusammenkauern. Ich bin eigentlich ein sehr großer Mann."

Gus tat so, als würde er übertrieben stark zittern.

Alice reichte dem Kaninchen das Buch und es blätterte die Seiten durch, bis es die richtige gefunden hatte. Seine klare Stimme hallte durch den Audienzsaal, als es die seltsamen Worte sprach.

Eins nach dem anderen verwandelten sich die Tiere zurück in ihre menschliche Gestalt. Die meisten waren Männer, doch es gab auch zwei Frauen. Sie schauten an sich herab, berührten ihren Körper, die Haare und ihr Gesicht, um sicher zu gehen, dass sie wieder ganz und gar menschlich waren.

Gus schaute zu dem riesigen Mann hoch, der mit dem Buch in der Hand vor ihm stand. Der bärtige, blonde Sir Uther lächelte Gus an, wobei seine großen Schneidezähne über seine Unterlippe ragten. Gus schluckte. Sir Uthers Lächeln wurde breiter.

„Zeit zu gehen", sagte Gus. „Auf Wiedersehen, ihr alle." Er umarmte Alice, schüttelte Markells Hand und streckte dann Sir Uther die Hand entgegen. Das ehemalige Kaninchen nahm sie schmunzelnd.

Alice trat zu Seth, zögerte jedoch.

Er beugte sich zu ihr und küsste ihre Wange. Dann nahm er sie in die Arme. „Auf Wiedersehen und viel Glück", sagte er. „Werde glücklich."

„Das bin ich schon. Und du auch, wie ich sehe."

„Sehr." Er ließ sie los und wandte sich an Markell. „Ich würde dich ermahnen, gut auf sie aufzupassen, aber ich weiß, dass du es tun wirst."

Eva umarmte Alice, wobei sie ihr letzte Anweisungen zur Behandlung von Wunden gab. Doch die Mediziner Wunderlands waren bereits eingetroffen und kümmerten sich effektiv um die Verletzten.

„Schicken Sie sie nach Hause", sagte Alice zu Sir Uther. Tränen glänzten in ihren Augen. „Es ist Zeit."

Jemand reichte Sir Uther eine Uhr und er hielt sie fest, während er die Worte aus dem Buch las. Erst schien nichts passiert zu sein, doch als er den zweiten Zauber sprach, leuchtete die Uhr auf.

Markell und Alice hielten sich an den Händen. Alice biss sich auf die bebende Unterlippe und winkte zum Abschied.

Seth verschränkte seine Finger mit Evas, als er den Sog des Portals spürte.

Dann wurde alles schwarz.

KAPITEL 15

LINCOLN

Lincoln musste zugeben, dass er Seth und Gus vermisst hatte. Sobald er ihre grinsenden, wenn auch übel zugerichteten Gesichter sah, als sie in Lichfield Towers' Eingangshalle spazierten, wurde ihm klar, dass ihm ihr Verlust viel ausgemacht hätte, wären sie nicht nach Hause gekommen. Nicht, dass er ihnen das sagen würde. Charlie kannte seine Gefühle und das war alles, was zählte. Am Abend, nachdem sie durch das Portal gegangen waren, hatte sie ihm gesagt, dass er sich Sorgen machte. Am folgenden Abend hatte sie ihm gesagt, er würde am Boden zerstört sein, wenn sie starben. In beiden Fällen hatte sie Recht gehabt, auch wenn es ihm zu dem Zeitpunkt nicht vollständig bewusst gewesen war. Erst jetzt, als sein Herz bei ihrem Anblick höherschlug, konnte er sich eingestehen, dass seine Frau ihn besser kannte als er sich selbst.

Seine Frau. Er lächelte in sich hinein. Nie würde er sich daran gewöhnen, sie so zu nennen, auch wenn er sich schon sehr an die Vorzüge gewöhnt hatte, die mit der Ehe einhergingen.

Er ließ sich gern von Seth umarmen und erwiderte Gus' Schulterklopfen. Eva umarmte ihn ebenfalls und küsste seine Wange. Doch es war Davids Handschlag, der ihn überraschte. Er war fest und freundschaftlich. Auf Davids Jacke und seinem Gesicht waren Blutspuren. Er hatte getötet.

Charlie führte sie in den Salon und bat Doyle, Brandy und

Kuchen zu bringen. „Setzt euch, setzt euch. Ihr müsst erschöpft sein."

„Wir können uns nicht auf deine hübschen Sofas setzen", sagte Eva. „Wir sind völlig verdreckt. Ich möchte gar nicht darüber nachdenken, worauf ich im Kerker gesessen habe.

Charlie winkte ab. „Vergiss die Polster. Monsieur Fernesse wird uns etwas genauso Schönes schicken, sollten sie nicht mehr zu retten sein."

Eva und Seth warfen sich einen Blick zu. Also hatte er es ihr erzählt. Na so was. Was hatten die beiden noch miteinander geteilt? Lincoln konnte es sich denken, würde aber auf die Ankündigung warten und dann überrascht tun.

„Danke", sagte David zu Lincoln. „Ohne deine Voraussicht … wären wir nie aus dem Kerker gekommen."

„Er hat meiner Mutter gesagt, sie solle einen Dietrich in mein Kleid nähen", erklärte Eva Charlie.

„Ich weiß", sagte Charlie, als wäre sie nie krank vor Sorge gewesen. „Er hat es mir erzählt, *nachdem* ihr weg wart." Sie warf Lincoln ein eisiges Lächeln zu. „Es wäre schön gewesen, vorher informiert zu werden."

Eva berührte Charlies Knie. „Wir dürfen nicht allzu viel über die Zukunft verraten, die wir in unseren Visionen sehen. Es könnte jede Menge Chaos verursachen."

Charlie verschränkte die Arme und funkelte Lincoln böse an. Also hatte sie ihm noch immer nicht vergeben, dass er ihr nicht sofort von seinem Gespräch mit Leisl erzählt hatte.

„Ich wusste nicht, wofür ihr den Dietrich brauchen würdet", sagte Lincoln.

„Trotz der formidablen Intelligenz meines Mannes, gepaart mit seinen seherischen Fähigkeiten konnte er nicht erraten, warum seine Mutter ihn um einen Dietrich bat. Und obendrein hat er sie noch nicht einmal gefragt!" Sie drehte ihm die Schulter zu.

Er blinzelte ihr ernstes Profil an und überlegte, wie er sie davon überzeugen konnte, ihm zu vergeben. Er würde Seth später fragen müssen. Der wusste immer die richtigen Dinge zu sagen.

Allerdings sah Seth aus, als würde er später beschäftigt sein, so wie er Eva anstarrte.

Sie schafften es, ihre Neuigkeiten für sich zu behalten, bis Doyle mit den Erfrischungen kam. Der brachte den Koch, Lady Vickers und Leisl mit. Die beiden Frauen hatten einander in den letzten Tagen Gesellschaft geleistet und sich gemeinsam um ihre Kinder gesorgt. Obwohl Leisl gewusst hatte, dass Eva überleben würde, hatte sie Davids Schicksal nicht gesehen.

Seth drückte seine Mutter überschwänglich, während Eva und David Leisl umarmten. Gus beäugte den grinsenden, gerührten Koch, als hätte er in seinem Leben keinen schöneren Anblick gesehen. Der Koch bot ihm einen Teller mit Keksen an und Gus nahm einen.

„Nimm dir mehr", drängte der Koch ihn. „Ganz viele. Seth?"

Seth schlug dem Koch auf die Schulter. „Danke", sagte er fröhlich. „So, alle mal herhören. Ich habe zwei Dinge, die ich dir sagen möchte, Mutter, hier vor aller Ohren."

Lincoln seufzte. Das würde emotional werden. Er wünschte, er könne sich in sein Büro zurückziehen, doch Charlie wirkte noch immer unterkühlt und er hoffte, dass wenigstens eine von Seths Ankündigungen ihre Laune verbessern würde. Lincoln hatte keine Ahnung, was die andere sein würde, und verspürte eine gewisse Neugier.

„Erstens, Mutter, Koch, möchte ich euch beide wissen lassen, dass ich eure Beziehung akzeptiere. So merkwürdig es auch ist, ihr seid beide gute Menschen und verdient Liebe." Er breitete die Arme aus. „Ihr habt also meine Erlaubnis zu heiraten."

Stille breitete sich aus. Dann brachen der Koch und Lady Vickers in schallendes Gelächter aus. „Oh, das", sagte sie. „Wir haben nur so getan, als würden wir uns verlieben, um dich zu ärgern."

„Mich ärgern? Warum?"

„Um dir eine Lektion zu erteilen. Du kannst mir nicht vorschreiben, mit wem ich zusammen sein darf und mit wem nicht, Seth, genauso wenig wie ich es dir vorschreiben kann."

„Aber … aber du hast versucht, mich dazu zu zwingen, Frauen zu heiraten, von denen du dachtest, sie würden eine gute

Partie abgeben. Du hast ziemlich deutlich gemacht, dass du Alice für keine passende Partnerin gehalten hast."

„Das war sie auch nicht." Sie knabberte den Rand eines Kekses ab. „Ihr hättet euch mit der Zeit gehasst." Sie lächelte erst Seth, dann Eva sanft an. Lincoln hatte so eine Ahnung, was Lady Vickers und Leisl in den letzten Tagen so alles besprochen hatten. Irgendwie war es Leisl gelungen, Lady Vickers' Meinung darüber zu ändern, dass Seth des Geldes wegen heiraten sollte.

Seth warf dem Koch einen vernichtenden Blick zu. „Und du hast dich dafür hergegeben?"

Das Grinsen des Kochs wurde breiter. „Ich brauchte ein bisschen Unterhaltung."

„Ich hasse dich."

Der Koch hielt ihm erneut den Keksteller hin. Seth nahm einen und grinste.

„Du sagtest zwei Ankündigungen", sagte Charlie. „Was ist die andere?"

Seth nahm Evas Hand und küsste ihren Handrücken. „Eva und ich werden heiraten."

Leisl klatschte begeistert in die Hände. Charlie sprang von ihrem Stuhl auf und umarmte die beiden. „Herzlichen Glückwunsch! Ich hatte ja keine Ahnung, dass ihr zarte Gefühle füreinander habt."

„Es ist schon erstaunlich, was es bewirkt, wenn man zusammen in einer anderen Welt feststeckt." Seth zwinkerte Eva zu.

Eva lächelte zurück. „Wir haben viel übereinander gelernt. Viele wunderbare Dinge."

„Aber ich dachte, du mochtest ihn nicht sonderlich, geschweige denn ihn lieben", sagte Charlie.

„Nun …" Eva hob eine Schulter. „Die Wahrheit ist, dass ich bereits wusste, wir würden heiraten. Ich hatte eine Vision."

„Du wusstest …" Charlie warf die Hände in die Luft. „Warum bin ich die Letzte, die alles erfährt?" Sie warf Lincoln noch einen finsteren Blick zu. „Wusstest du es?"

„Nein. Nein!" Er sagte es zweimal, zur Sicherheit.

„Nur meine Mutter wusste es", sagte Eva. „Ich habe versucht, Seth hier in London aus dem Weg zu gehen, aber das war in Wunderland unmöglich. Ich wollte nicht, dass es wahr wird, weißt du?"

„Warum denn nicht?", fragte Charlie.

„Weil er ein eingebildeter Lackaffe is", bot Gus als Erklärung an.

Eva lachte. „Weil ich nicht glaubte, dass ein Adeliger ..." Sie sah ihre Mutter an. „... ein Adeliger eine Ärztin zur Frau haben will. Ich dachte, er würde mich zwingen, meine Karriere aufzugeben."

Leisl nippte an ihrem Brandy. Es wurde wieder still im Salon.

„Sie wird eine hervorragende Ärztin", sagte David leise. „Sie hat Alice das Leben gerettet." Er wartete, doch Leisl nippte nur noch einmal. „Mutter, tu das nicht. Es ist ihr Traum. Wenn Seth ihr nicht im Weg steht, dann hast auch du kein Recht dazu."

„Was für Einwände hast du dagegen, dass sie Ärztin wird?", fragte Lincoln.

„Krankenpflege ist ein sicherer, edler Beruf für eine englische Dame", sagte Leisl. „Medizin ist nichts für anständige Mädchen. Es schickt sich nicht."

„Ich bin keine englische Dame, Mutter", platzte Eva heraus. „Ich besitze die ganze Unabhängigkeit und das Feuer meines Roma-Erbes. Mir ist es egal, was du oder sonst jemand denkt. Ich bin klüger als die meisten Männer in meiner Klasse und ich kann im Bereich der Medizin etwas bewirken. Ich werde meinen Abschluss machen, mit oder ohne deinen Segen, also kannst du genauso gut nachgeben."

Leisl nippte wieder. Lady Vickers griff nach ihrem Fächer, der auf dem Tischchen neben ihr lag. „Es wird etwas dauern, sich mit dem Gedanken anzufreunden", sagte sie und wedelte mit dem Fächer, als wolle sie damit wegfliegen. „Eine Ärztin in der Familie. Man stelle sich das vor."

Seth starrte seine Mutter so böse an, dass ihr Wedeln langsamer wurde. Sie würden sich mit der Zeit an den Gedanken gewöhnen, vermutete Lincoln. Sobald Charlie mit ihnen gesprochen hatte, würden sie es schneller akzeptieren. Sie war gut darin, anderen etwas begreiflich zu machen. Sehr gut sogar.

Er sah leicht besorgt zu ihr, ob sie ihn immer noch anfunkelte. Doch das tat sie nicht. Stattdessen sah sie glücklich und zufrieden aus. Gut. Da die anderen jetzt zurück waren, konnte er mit seinen Plänen weitermachen.

„Hat noch jemand etwas, was er mir mitteilen möchte?", fragte Charlie ausgesprochen beherrscht. „Noch irgendwelche Neuigkeiten, von denen ich als Letzte erfahre?"

„Alice und Markell sind zusammen", sagte David. „Sie werden wahrscheinlich heiraten und Wunderland von einer absoluten in eine konstitutionelle Monarchie umwandeln."

Charlie starrte ihn an. „Da war viel los in den paar Tagen."

„Und ich habe meinen Job bei der Bank verloren." Er sagte es zu Leisl und zum ersten Mal, seit Lincoln sie kennengelernt hatte, wirkte sie schockiert. „Mein Arbeitgeber hat mich entlassen. Ich war zu beschämt, um es dir zu sagen."

„Warum?", fragte sie. Mütterlicher Ärger machte ihre Stimme hart.

David streckte seine Finger und schob sein Kinn vor. „Ich habe ihm gesagt—"

„Er hat mehr Geld verlangt", sagte Eva. Sie lächelte David an. „Du bist besser dran, wenn du dort nicht mehr arbeitest. Ich bin mir sicher, dass dein nächster Arbeitgeber dich viel mehr zu schätzen weiß."

Lincoln hatte den klaren Eindruck, dass es eine Lüge war, doch Leisl schien es nicht zu bemerken.

Sie berührte Davids Knie. „Sie hat Recht. Du bist sehr gut in deinem Job. Du wirst eine bessere Arbeit finden, mit mehr Respekt und Geld. Und jetzt lasst uns nach Hause gehen. Eva, David, ihr braucht ein Bad. Ihr stinkt."

„Die sind nicht die einzigen." Der Koch rümpfte die Nase und sammelte leere Gläser ein. „Ich habe Gus schon gerochen, bevor er in diese Welt zurückkam."

„Du hast mich vermisst", sagte Gus.

„Mehr als Apfelkuchen."

„So sehr?"

„Aber nicht mehr als Bacon."

Sie verabschiedeten sich von den Cornells, auch wenn es recht lange dauerte, bevor Seth bereit war, Eva loszulassen. Er schien zu glauben, dass sie nicht mehr sicher war, wenn er sie nicht sehen konnte. Lincoln kannte das Gefühl nur zu gut.

„Gewöhn dich dran", sagte Lincoln zu ihm, als sie ins Haus zurückgingen. „Es geht nie wieder weg."

„Bist du schon ein Eheexperte?", fragte Seth mit einem schiefen Grinsen.

„Weit davon entfernt." Lincoln wartete, bis Charlie außer Hörweite war und beugte sich näher zu Seth. „Ich brauche deinen Rat. Sie ist wütend auf mich, weil ich ihr nicht gesagt habe, dass ihr nach Wunderland geht. Ich habe ihr erzählt, dass ich es nicht wusste, dass Leisl mir nur gesagt hat, sie bräuchte etwas, mit dem man Vorhängeschlösser knacken kann. Etwas, das klein genug ist, um es in Evas Kleid zu nähen."

Seth legte den Arm um Lincolns Schultern. Lincoln fragte sich, wie viel er getrunken hatte, bis ihm einfiel, dass er frisch verliebt war. An diese ersten Tage erinnerte sich Lincoln sehr gut. Ein Nebel hatte sich auf ihn gelegt und für merkwürdige Verhaltensweisen gesorgt, ganz zu schweigen von blöden Entscheidungen.

„Ich habe das Geheimnis ergründet, mit dem man die Liebe einer Frau aufrechterhält, mein Freund, und ich werde es dir völlig umsonst preisgeben", sagte Seth.

„Du lebst mit deiner Mutter in meinem Haus."

„Dann eben für den Preis der Miete. Das Geheimnis, um Charlies Liebe zu bewahren, ist Vertrauen. Sie muss wissen, dass sie dir vertrauen kann, und du musst ihr vertrauen. Dafür musst du alles mit ihr teilen, sogar die schlechten Dinge."

„Wie die Geheimnisse, die du Eva erzählt hast."

Seths Arm zuckte zurück. „Bist du dir sicher, dass du kein Teufel bist?"

Lincoln zog es vor zu schweigen. „Was ist, wenn ihr diese Geheimnisse Sorgen bereiten?", fragte er. „Oder ihr schaden?"

„Dann musst du da sein, um ihre Hand zu halten oder sie zu retten. Was auch immer nötig ist. Und jetzt muss ich mich sputen, sonst bekommt Gus das erste Bad."

„Danke, Seth."

„Danke mir nicht, erhöhe lieber meinen Lohn." Er sprintete die Treppe hinauf und überholte Gus, der Charlie von der Herzkönigin erzählte.

Die Stunde, die Seth badete, verbrachte Gus damit, Lincoln,

Charlie, dem Koch und Lady Vickers alles zu berichten, was sich in Wunderland ereignet hatte.

Später, als die anderen sich zurückgezogen hatten, stand Lincoln hinter Charlie, die an ihrem Schminktisch saß. Er nahm ihre Bürste und beobachtete, wie sie durch ihre honigbraunen Locken glitt.

„Ich habe mich schon gebürstet", sagte sie und warf ihm einen merkwürdigen Blick zu.

Er erwiderte nichts, sondern überlegte, wie er anfangen sollte. Vertrauen, hatte Seth gesagt. „Ich hätte dir von dem Dietrich erzählen sollen", sagte er. „Ich hätte dir alles weitergeben sollen, was Leisl mir mitgeteilt hat, als sie danach fragte. Es tut mir leid."

Sie schwieg, was ihn dazu zwang, ihrem Blick im Spiegel zu begegnen. Verdammt. Das tat sie immer. Inzwischen sollte er für diesen Trick gewappnet sein. „Warum hast du es nicht getan?", fragte sie.

„Weil ich nicht wusste, wie es für sie ausgehen würde. Ich wusste noch nicht einmal, ob sie eine Gelegenheit bekommen würden, den Dietrich zu benutzen. Leisl hat es mir nicht gesagt und selbst wenn sie es getan hätte, hätte sich ihre Vision nicht bewahrheiten müssen. Ich wollte dich nicht beunruhigen."

Sie drehte sich um, pflückte ihm die Bürste aus der Hand und küsste seine Knöchel.

Sein Herz nahm seinen gewohnten Rhythmus wieder auf, während er ausatmete. „Du dachtest, ich würde mich einmischen, nicht wahr?", fragte sie. „Du dachtest, ich würde versuchen, sie aufzuhalten."

„Nein." Er seufzte. *Vertrauen.* „Ja. Ein bisschen. Aber hauptsächlich wollte ich dich nicht beunruhigen."

„Danke für deine Ehrlichkeit, Lincoln. Aber bitte verschweige mir nicht noch einmal etwas. Diese Ehe wird nicht funktionieren, wenn wir nicht ehrlich miteinander sind."

Die inzwischen vertraute Panik stach ihm heftig in die Brust. Er nickte. „Ich verspreche es."

„Mir tut es auch leid. Es war nicht fair von mir, das zu sagen. Unsere Ehe ist stabil. Das wird sie immer sein. Du brauchst dir darum keine Sorgen zu machen."

Er nickte wieder. Es gab nichts mehr zu sagen, was gut war, denn ihm war nicht nach Reden zumute. Er wollte sie nur ansehen, so hübsch in ihrem Nachthemd. Ohne Nachthemd würde sie noch hübscher aussehen, doch er konnte noch etwas warten.

Sie stand auf und legte die Arme um ihn. Dann zog sie das Band ab, das seine Haare zusammenhielt, und fuhr mit den Händen hinein. „Also, was verschweigst du mir noch?"

Er hob die Augenbrauen. „Wie kommst du darauf, dass ich noch etwas mitzuteilen hätte?"

„Ich kann dich lesen wie ein Buch, Lincoln."

Sehr wahr. „Ich habe mich über eine Hochzeitsreise an die Côte d'Azur in Frankreich informiert. Jetzt, da die anderen zurück sind—"

Sie küsste ihn und raubte ihm damit sowohl die Worte als auch den Atem. Er hob sie hoch und trug sie zum Bett. Ihre flinken Finger halfen ihm schnell aus seinem Hemd, dann rollte sie ihn auf den Rücken und setzte sich auf seinen Schoß, um ihn zu bewundern. Er beobachtete sie leicht benommen und überglücklich, während sie ihr Nachthemd auszog.

Morgen würde er Seths Lohn erhöhen.

Heute Nacht würde er seine Frau genießen.

ENDE

EINE NACHRICHT DER AUTORIN

Ich hoffe, Sie hatten beim Lesen von **Die Weisheit des Wahnsinns** ebenso viel Spaß wie ich beim Schreiben. Als unabhängige Autorin ist Mundpropaganda entscheidend für den Erfolg. Wenn Ihnen dieses Buch also gefallen hat, überlegen Sie doch bitte, ob Sie Ihren Freunden davon erzählen möchten und in dem Shop, in dem Sie das Buch gekauft haben, eine Rezension hinterlassen. Wenn Sie über Neuerscheinungen informiert werden möchten, abonnieren Sie meinen Newsletter unter http://cjarcher.com/contact-cj/newsletter/. Sie werden nur dann kontaktiert, wenn ein neues Buch erscheint.

AUSSERDEM VON C. J. ARCHER

REIHEN MIT 2 ODER MEHR BÄNDEN

Glass and Steele

Ministerium der Kuriositäten

The Glass Library

Cleopatra Fox Mysteries

After The Rift

The Emily Chambers Spirit Medium Trilogy

The 1st Freak House Trilogy

The 2nd Freak House Trilogy

The 3rd Freak House Trilogy

The Assassins Guild Series

Lord Hawkesbury's Players Series

Witch Born

EINZELTITEL

Courting His Countess

Surrender

Redemption

The Mercenary's Price

ÜBER DIE AUTORIN

C.J. Archer begeistert sich für Geschichte und Bücher, seit sie denken kann, und wähnt sich glücklich, dass sie beides vereinen konnte. Sie verbrachte ihre frühe Kindheit in der dramatischen Schönheit des Outbacks von Queensland, Australien, lebt inzwischen aber mit ihrem Mann, zwei Kindern und einer frechen schwarzweißen Katze namens Coco in Melbourne.

Abonnieren Sie C.J.s Newsletter auf ihrer Webseite, um informiert zu werden, wenn sie ein neues Buch herausbringt: http://cjarcher.com/deutsch/

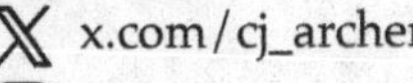

facebook.com/CJArcherAuthorPage
x.com/cj_archer
instagram.com/authorcjarcher